松山大学研究叢書　第一〇一巻

ディケンズと歴史

矢次　綾

大阪教育図書

もくじ

凡　例

●本文中の引用文の出典は、巻末の引用・参考文献一覧に基づき、必要に応じて括弧内に著者名、著書タイトル、ページ数を記している。

●『子供のためのイングランド史』、雑誌に寄稿したエッセイなどを除いたディケンズ作品の引用および言及は、引用・参考文献一覧に挙げたペンギン・クラシックス版に依拠する。『バーナビー・ラッジ』は二〇〇三年の版である。引用する場合は、必要に応じて次のような略語に続いて頁数を括弧に入れて示す。

The Sketches by Boz, 1836	*SB*
The Pickwick Papers, 1836-37	*PP*
Oliver Twist, 1837-39	*OT*
The Old Curiosity Shop, 1841	*OCS*
Barnaby Rudge, 1841	*BR*
Pictures from Italy, 1844-45	*PI*
The Christmas Books 1: A Christmas Carol and The Chimes, 1843 and 1844	*CB*
David Copperfield, 1849-50	*DC*
Bleak House, 1852-53	*BH*
Hard Times, 1854	*HT*
Little Dorrit, 1855-57	*LD*
A Tale of Two Cities, 1859	*TTC*
Great Expectations, 1860-61	*GE*

●『子供のためのイングランド史』についてはオックスフォード・クラシックス版に依拠し、引用する場合は、必要に応じて次の略語に続いて頁数を括弧に入れて示す。

Master Humphrey's Clock *and* A Child's History of England, 1841 *CHE*

●本書で使用している図表は以下の通りである。

① Hablot K. Browne ("Phiz"), "Old John at a Disadvantage"(*BR* ch. 54)
② Hablot K. Browne ("Phiz"), "Hugh Accosts Dolly" (*BR* ch. 21)
③ Hablot K. Browne ("Phiz"), "Barnaby Greets his Mother" (*BR* ch. 17)
④ Hablot K. Browne ("Phiz"), "To the Rescue" (*BR* ch. 67)
⑤ Hablot K. Browne ("Phiz"), "Barnaby is Enrolled" (*BR* ch. 49)
⑥ George Cattermole, "Sir John Chester's End" (*BR* ch. the last)
⑦ Hablot K. Browne ("Phiz"), "Mr Haredale Defies the Mob" (*BR* ch. 45)
⑧ Hablot K. Browne ("Phiz"), "Lord Gordon in the Tower" (*BR* ch. 73)
⑨ Hablot K. Browne ("Phiz"), "Front Wrapper for Monthly Number, June 1959 Instalment"
⑩ R. Doyle, "Trotty Veck among the Bells" (*The Chimes*, Third Quarter)
⑪ Hablot K. Browne ("Phiz"), "A Procession of the Unemployed" (*OCS* ch. 45)
⑫ Hablot K. Browne ("Phiz"), "Tom-all-Alone's" (*BH* ch. 46)
⑬ George Cattermole, "At Rest (Nell dead)"(*OCS* ch. 71)
⑭ Marcus Stone, "Charles I taking leave of his Children" (*CHE* ch. 33)

序章

第一節　はじめに

〈小説家が描く歴史〉と〈歴史学者が描く歴史〉の間にはどのような違いがあるのだろうか。この点を念頭に置きながら、十九世紀英国を代表する小説家、[1] ディケンズ（Charles Dickens, 1812-70）の歴史小説『バーナビー・ラッジ』（*Barnaby Rudge*, 1841）および『二都物語』（*A Tale of Two Cities*, 1859）、歴史物語『子供のためのイングランド史』（*A Child's History of England*, 1851-53）を吟味すること、これが本書の主な目的である。[2] 以上二作の歴史小説はあまり高く評価されていない。また、『子供のためのイングランド史』はほとんど読まれていない。それでも、ヨーロッパ規模で歴史意識が高まり、英国内外の多くの小説家がウォルター・スコット（Sir Walter Scott, 1771-1832）に触発されて歴史小説を書いた十九世紀という時代に対し、文豪ディケンズがどのような反応を示したのか、また、歴史についてどのような考えを持ち、その考えをどう表現したのかは吟味に値するはずである。

　吟味する前提として、本章では、ディケンズと歴史と言う場合にいったい何が想起されるか、本書で歴史というとき、いったいそれは何を指しているのか、ディケンズと歴史について現在までにどのような研究がなされてきたか、ディケンズの二作の歴史小説と『子供のためのイングランド史』以外のどのような作品に着目しながら本書では論を進めるかについて述べることにする。

第二節　ディケンズと歴史の特異な関係

本書で「ディケンズと歴史」と言う場合、それはディケンズが歴史をどのように捉え、作品にどのように反映させたかを意味している。この点についての研究は比較的少ない。その理由は、彼の二冊の歴史小説の評価があまり高くなく、『子供のためのイングランド史』がほとんど読まれていないためであろう。それに加え、ハンフリー・ハウスが『ディケンズの世界』（一九四一年）の中で、ディケンズには「的確な歴史感覚（historic sense）がなく、自分の小説を特定の時期の正しい記録にしようという意図もなく、時代錯誤的であることを恐れてもいない」（House 21）と批判した影響が大きいと考えられる。ハウスがそう批判したときに引き合いに出したのは、『荒涼館』（*Bleak House*, 1852-53）である。『荒涼館』は準歴史小説（quasi-historical novel）、すなわち、オースビーによれば、「調査が必要なほど遠い過去ではないが、作者の幼年時代かそれよりももう少し古い時代、記憶を通して捉えうるより近い時代を主な舞台にした」（Ousby 139）小説に分類される。ディケンズ作品に限らず、ヴィクトリア朝の小説の多くが準歴史小説である。ディケンズは『荒涼館』の中に、例えば、ロンドンのセント・パンクラス界隈で一八二三年から三〇年頃にかけて見られたスペイン人難民（*BH* 649）や、一八四四年にグレアム内務大臣によって任命された初の平服の刑事（『荒涼館』にバケット氏として登場する）という彼が実際に目撃していたであろう人々の様子を書き込んでいる。そういった人々が、大法官裁判所の悪弊やスラム街の劣悪な住環境という『荒涼館』が分冊出版された一八五〇年代初頭における時事問題と、まるで同時期に存在していたかのように描かれていることを根拠に挙げて（House 31-33）、ハウスは、ディケンズには「的確な歴史感覚」がないと断定したのである。

しかしながら、十九世紀前半の英国の小説家たちが六十年以上前の出来事を歴史と見なしていたことを考慮するなら、ディケンズは、一八二〇年代から一八五〇年代初頭を大まかに同時代と捉えていたのではないだろうか。当時の小説家が歴史をそのように定義したのは、スコットが『ウェイヴァリー』(*Waverley*, 1814) に副題「約六十年前の歴史物語 ('Tis Sixty Years Since)」を付け、執筆時から約六十年以上前の出来事を歴史と見なしたのに倣ったためである。社会改革者的な小説家ディケンズの『荒涼館』執筆における主眼は、第一回ロンドン万国博覧会 (一八五一年) に熱狂する人々の目を同時代の社会問題に向けさせることにあり (本書第九章第二節参照)、「自分の小説を特定の時期の正しい記録にしようという意図」(House 21) はおそらくなかった。要するに『荒涼館』を引き合いにしてディケンズには「的確な歴史意識」がないと判定するのは、やや乱暴だと筆者には思える。ただし、後述するように、ディケンズ小説がヴィクトリア朝の記録文書であるかのように読まれる傾向があることを考慮すれば、ハウスがそのように批判するのも納得できる。

本書の目的は、ディケンズが彼から見た歴史についてどう考え、どう表現したかを検証することであり、彼が歴史を書くことを念頭に置いて執筆した『バーナビー・ラッジ』、『二都物語』、『子供のためのイングランド史』を中軸に据える。ただし、ディケンズと歴史と一般に言う場合、ディケンズという存在や、彼の作品がヴィクトリア時代を想起させる装置として機能していることを含意する場合が多いようである。その証拠の一つとして、クリスマス・シーズンになると英国各地で開かれるディケンジアン・クリスマス・フェスティヴァルが挙げられる。その中でも有名なのは、ディケンズと縁が深いケント州ロチェスターで開催されるものだが、参加者の多くは、『クリスマス・キャロル』(*A Christmas Carol*, 1843) をはじめとしたディケンズ作品の登場人物やヴィクトリア女王、特に誰というわけでなくても、ヴィクトリア時代を中心とした過去を想起させる思い思いの装束に身を包んで通りを練り歩く。観客は日本の祭りにおける大名行列の場合のように、英国の過去に思いを馳せる。古典と呼ばれる作品や、歴史を題材にした作品はそのどれもが読者を過去へ誘うものだが、ディケンズ作品は特にそのような意味合いが強く、しかも、ヴィクトリア朝と強く関連づけられているのだろう。それを裏づけるかのように、人々の歴史意識を検証する際に、ディケンズに注意が払われる場合がある。マーズデンは『ヴィクトリア朝の価値観――十九世紀社会の実体と展望』（一九九〇年）において、「ディケンズはヴィクトリア朝そのものだ」（Marsden 49）と述べた。ガーディナーは「一般人の歴史――ディケンズ的なものと私たち」（一九九五年）において、マーズデンのこのコメントを引用し、現代人が「ディケンズ的な（Dickensian）」という形容詞からヴィクトリア朝における何を想起するかについて、映像化されたディケンズ作品を吟味することを通して解明を試みている。

このようなディケンズと歴史の特異な関係を考慮すれば、ディケンズには「的確な歴史感覚がない」というハウスの批判は、ディケンズの記述が歴史理解と関連づけられることに対し、警鐘を鳴らすものと解釈できよう。それから約六十年後、歴史学者のピーター・ゲイが『小説から歴史へ――ディケンズ、フロベール、トーマス・マン』（二〇〇二年）の第一章「怒れるアナーキスト」において、[3]『荒涼館』をはじめとしたディケンズ作品を吟味し、ディケンズが特定の時代について公平無私の立場から記録する歴史家ではなく、同時代の社会的弱者の直面する問題を描出し、読者を怒らせる風刺作家であることを認識しておくべきだと主張している。

ゲイが前掲書において、ディケンズだけではなく、フロベール（Gustave Flaubert, 1821-80）とトーマス・マン（Paul Thomas Mann, 1875-1955）という仏独の大物小説家も俎上に載せ、史料としての小説の有用性について論じると同時に、歴史家と小説家の果たす役割の違いを明確化しているのは、自分を「歴史の記述者（amanuensis of history）」と呼んだバルザック（Honoré de Balzac, 1799-1850）に見られる小説家の誤認識（Gay 17）を示唆するためというよりも、二十世紀後半に歴史が文学に歩み寄り、作品の執筆背景や同時代の批評を史料として使用する場合が見られるようになったためであろう。例えば、歴史家のD・G・パスは『ディケンズと「バーナビー・ラッジ」――反カトリック運動とチャーティズム』（二〇〇六年）において、『バーナビー・ラッジ』をその執筆背景も含めて吟味し、チャーティスト運動だけではなく反カトリック運動の動向が、一八三〇年代の英国で強く懸念されていたという結論を導いている。ディケンズや十九世紀の英国と直接的に関係しないが、リン・ハントは『フランス革命と家族ロマンス』（一九九二年）において、革命家たちの「政治的な世界を書き直し、家父長的な権威から引き離された政治形態を心に描くための創造的な努力」（Hunt xiv）をたどる際に、十八世紀後半の小説を分析対象にしている。

第三節　いつのことを歴史と呼ぶのか

既述したように、十九世紀前半の英国の小説家たちは、スコットが六十年以上前の出来事が歴史なのだという見方を示したのに倣い、そのような出来事を中軸に据えて歴史小説を書いた。ディケンズも同様であり、『バーナビー・ラッジ』ではゴードン暴動（一七八〇年）、『二都物語』ではフランスの恐怖政治（一七九三～九四年）という、執筆時期から見て六十年以上が経過した過去を彼の視点から再構築した。ところが、ルカーチがスコットの正統な後継者と見なすバルザックは（Lukács

82)、『ふくろう党』(*Les Chouans ou la Bretagne en 1799*, 1837) において、出版年から約四十年前の反革命勢力による蜂起を題材として扱い、現在に近い過去も歴史とする見方を提示した。バルザックが一八二八年に執筆を開始し(Rey 5)、その翌年に出版する予定だったことを考慮するなら、彼は三十年経過していない過去を歴史と見なしていたことがわかる(本書第六章第五節参照)。フロベールは『感情教育』(*L'Éducation Sentimentale*, 1869) で、二月革命(一八四八年)というさらに近い過去を題材にしている。彼らがこのような見方をするようになったのは、十八世紀末から十九世紀半ばのフランスにおいて、共和制、帝制、王制と、政治体制が目まぐるしく移り変わるたびごとに、過去と現在の間に断絶が生じ、旧体制が歴史として客観的に振り返るべきものになったからだと考えられる。ミシェル・ド・セルトーが論じているように、歴史は現在と過去の間に時間的な断絶が生じ、過去が客観性を帯びたことを前提に編纂されるからである。(97-98)。

時間空間に断絶が生じたという思いを人々が抱いた時期として、例えば、スエズ動乱が勃発した一九五六年を挙げることができる。多くの英国人がこの時期に、第一次世界大戦以降の数十年間を歴史として振り返っている(Halifax 11-12)。その様子を劇化したのが、カズオ・イシグロ(Kazuo Ishiguro, 1954-) の『日の名残り』(*The Remains of the Day*, 1989) である。自分は主人ダーリントン卿と共に国際政治の中心にいたと自負する執事スティーヴンスが、一九二〇年代から三〇年代にかけての国の歴史を、自分自身の人生と重ね合わせながら振り返っている。イシグロの着想の源の一つは、『日の名残り』に登場する実在の外務大臣、初代ハリファックス伯爵 (Edward Frederick Lindley Halifax, 1881-1959) の自伝『完全なる日々』(*Fulness of Days*, 1957) ではないかと推測される。なぜなら、ハリファックスはその巻頭言で、自分の人生だけではなく国の歴史を語っているのだと豪語し（Halifax 11）、自伝を『完全なる日々』と呼んでいるからである。ハリファックスのそのような姿勢への揶揄を込めて、イシグロは一介の執事に彼と似たようなことをさせ、その語りを『（完全なる）日（々）の名残り』と呼んでいるのではないだろうか。[4]

要するに、どの程度古い過去を歴史と呼ぶのかは状況次第である。本書では、歴史学者が研究対象とし、文学者が歴史を描くという意識を持って振り返った過去を、大まかに歴史と呼ぶことにする。

第四節　ディケンズの歴史意識や歴史小説に焦点をあてた先行研究

（一）ディケンズとスコットを比較する研究

スコットは二十世紀になって大幅に読者数を減らした（Pritchett 43）。しかしながら世紀半ばに再評価の動きがあったと、米本弘一は『フィクションとしての歴史――ウォルター・スコットの語りの技法』（二〇〇七年）の序章で分析し、その契機となった論考として、ルカーチの『歴史小説論』（一九三七年）と、デイシャスの「小説家としてのスコットの功績」（一九五一年）を挙げている。ルカーチは「個人の運命と歴史の一般的な運動との有機的なつながりを描出」（Lukács 20）すべきだという命題を歴史小説に課し、[5]スコットをこの命題を解決した最初の小説家と見なして、歴史小説の始祖と呼んでいる。デイシャスは、過去の社会と現在の社会のつながりを描出している点にスコットの特徴を見出し（Daiches 38）、この点に留意しながら、スコットランドを舞台にした彼の歴史小説を吟味している。米本による前掲書も含め、二〇〇〇年以降に日本で出版されたスコット論――例えば田中裕介の「歴史の衣装哲学――スコット・コントラ・カーライル」(二〇〇二年)や、樋口欣三の『ウォルター・スコットの歴史小説――スコットランドの歴史・伝承・物語』(二〇〇六年)――も、スコット再評価の延長上にあると言えよう。

同人誌的傾向が強かった初期の『ディケンジアン』誌において、スコットがディケンズに及ぼした影響は時折取り上げられる話題だった。[6] その中で注目に値するのは、レイの「永遠なるディケンズ」(一九三二年)であろう。レイは『バーナビー・ラッジ』と『ミドロージァンの心臓』(*The Heart of Midlothian*, 1818. 以下、『ミドロージァン』と略記)において、中心的な歴史上の事件として暴動が取り上げられている点に着目し、ディケンズとスコット、各々の歴史の描き方について考察している。レイの考察は、例えばデイヴィッド・ロッジの「初期ヴィクトリア朝の群衆と権力」(一九九〇年)における『バーナビー・ラッジ』に関する箇所とは異なり、各々の小説における暴徒の根本的な態度の違い(Lodge 111, 114)が吟味されていないなど、論が粗いと言わざるを得ない。それでも、没後百周年を機にディケンズ研究が本格化した後も、同じ俎上に載せられる場合が多いこの二作の歴史小説を、早い段階で比較検討したものとして注目に値する。

『バーナビー・ラッジ』と『ミドロージァン』の両方を取り上げた論考の多くが着眼しているのは、暴動が中心的な歴史上の事件として取り上げられている点、そして、知的障がい者――『バーナビー・ラッジ』ではタイトルと同名の白痴の若者、『ミドロージァン』では狂女マッジ・ワイルドファイアが暴動に関与している点である(Bowen, "Introduction," xxii)。[7] 暴動を議論の中心に据え、暴徒がどう描かれているかに論を集中させた代表例が、ゴードン・スペンス(Spence, "Introduction," 18-19)やデイヴィッド・ロッジ(Lodge, 110-15)の論考である。[8] ケイスは「スコットへの反発――『バーナビー・ラッジ』におけるディケンズの反歴史」（一九九〇年）の中で、暴徒を吟味するだけではなく、作者の歴史観の相違にまで論を掘り下げており、ディケンズ研究の深化という点でも注目に値する。ハンフリー・ハウスがディケンズには「的確な歴史感覚がない」と断じた影響がおそらくあって、ディケンズの歴史観もしくは歴史意識が研究の対象となることは、極めて少なかったからである。

スコットの歴史小説について研究者が高く評価しているのは、「事実の検証に深く立ち入っているだけではなく、対立する利害関係と異質な生活様式、互いに反発する人間集団、二つの国民、二重の言語そして風俗」が描出されている点である。[9]『ミドロージアン』について言えば、スコットはこの小説に、一七〇七年の併合後間もないスコットランドと、キャロライン王妃（Caroline of Ansbach, 1683-1737）を中心とした中央政府との対立関係を書き込み、前者を象徴するものとして、ポーティアス暴動（一七三六年）における暴徒を描いた。換言すれば、スコットは、イングランド支配の下で脈打っているスコットランドの不屈の精神を、均一で統制が取れた集団に象徴させ、イングランドに対する一八世紀前半のエジンバラ市民の感情を表現したのである。ディケンズはそのようなスコットの手法に反発して『バーナビー・ラッジ』を執筆したとケイスは主張する（Case 129-31）。その根拠としてケイスは、『バーナビー・ラッジ』における暴徒が、悪政によって生み出され、貴族によって扇動された犯罪者や白痴、堕落した役人といった雑多な人々の寄せ集めである点を挙げている。要するに、ケイスによれば、ディケンズは『バーナビー・ラッジ』において、ゴードン暴動を描いたというよりも、ポーティアス暴動についての独自の見方を提示しようとしたのであり、『バーナビー・ラッジ』には、ディケンズが『ミドロージアン』を書き換えたものという側面がある。

筆者の解釈はケイスとは異なる。すなわち、ディケンズが『バーナビー・ラッジ』の群衆を雑多な人々の寄せ集めとして描いた理由は、宗教的な大義を守るために人々がゴードン暴動を引き起こしたわけではないという独自の主張を行うため、また、あらゆる階層に属する人々が、望むと望まざるとに関わらず、暴動に翻弄される様子を表現するためだと、筆者は考えている。この点については、本書第一章および第二章で詳述する。

(二)『バーナビー・ラッジ』と『二都物語』が十九世紀の歴史小説の中で占める位置に関する議論

フランス革命とナポレオン戦争が勃発し、ヨーロッパ中が未曾有の混乱に陥る中で、人々は歴史的な変化が実際に起きることを実感し、ナショナリズムと自国の歴史に対する興味が喚起された(本書第一章第一節参照)。その結果、十九世紀前半は歴史書出版の黄金時代になった。ドイツではランケが『宗教改革時代のドイツ史』(*Deutsche Geschichte im Zeitalter der Reformation*, 1839-47)と『プロイセン史』(*Neun Bücher preussischer Geschichte*, 1847-48)を、フランスではティエリが『ノルマン人によるイングランド征服の歴史』(*Histoire de la Conquête de l'Angleterre par les Normands*, 1825)を、ギゾーが『ヨーロッパ文明史』(*Histoire de la civilisation en Europe*, 1828)を著した。英国でも同様に歴史学の大著が相次いで出版されたが、それについては本書第七章の冒頭で述べる。

そのような時代を背景に、スコットの歴史小説が英国内外で大流行し、触発された作家が歴史を題材に小説を書いた。ディケンズはそのうちの一人だが、彼の二作の歴史小説は文学史の中でどのような位置を占めているだろうか。なお、ヴィクトリア時代に書かれた歴史小説は全体として、あまり高く評価されていない(Bowen, "Historical Novel" 244)。ルカーチは『歴史小説論』においてサッカレー（William Makepeace Thackeray, 1811-63）以外の英国の小説家にほとんど注意を払わず、スコットの後継者に相応しいのはバルザックだと主張している（Lukács 82）。ルカーチがこのような判定を下す際の基準にしたのは、「個人の運命と歴史の一般的な運動との有機的なつながり」（Lukács 20）が、彼の目から見て描出されているか否かである。『バーナビー・ラッジ』と『二都物語』は、人物の行動の原因と結果が描かれる際、道徳的な側面に力点が置かれているために、この命題が解決されておらず（Lukács 243-44）[10]、したがって歴史小説として認定できないと、ルカーチは判定している。

ルカーチ以後の歴史小説論においても、『バーナビー・ラッジ』と『二都物語』は同様の判定を下されているだろうか。英国の主に十九世紀の歴史小説に焦点をあてた批評書、すなわち、フライシュマンの『イングランドの歴史小説――ウォルター・スコットからヴァージニア・ウルフまで』（一九七一年）、アンドリュー・サンダーズの『ヴィクトリア朝の歴史小説――一八四〇年から一八八〇年まで』（一九七八年）、ハリー・ショーの『歴史に基づくフィクションの形態――サー・ウォルター・スコットと彼の後継者たち』（一九八三年）の中で、歴史小説家としてのディケンズがどのように評価されているかを吟味し、この問いの答を導き出したい。

フライシュマンは、個々の歴史小説を吟味する前に、第一章「歴史フィクションの理論へ」において、歴史小説一般について次のように述べている。

> 歴史小説の歴史小説たる理由は、歴史が人生を左右する影響力としてまさに存在しているからである。そのような影響力は小説中の人物にとってだけではなく、小説の外側にいる作者や読者にとっても存在している。読む過程において我々は、歴史小説の主人公たちが彼らの生きる

時代特有の歴史の影響力だけではなく、いつの時代においても人生を左右するであろう影響力に直面していることに気づくだろう。人生に付きものの運命という概念が、(歴史小説では)神々ではなく歴史によって象徴されているのである。(Fleishman 15)

フライシュマンは登場人物と歴史の影響関係に着眼する一方で、人物が生きたと設定されている時代に必ずしも特有ではない影響力に翻弄される可能性を指摘している。この観点からフライシュマンは『バーナビー・ラッジ』と『二都物語』を吟味し、人物たちがヴィクトリア朝の道徳規範にしたがっていると同時に、社会の歴史的発展の過程に見られる影響も確かに受けている(Fleishman 104-05, 113)と分析している。社会の歴史的発展の過程に見られる影響は、マルクスが共産党宣言(一八四八年)の中でその存在を主張したものだが、フライシュマンによれば、『バーナビー・ラッジ』では、時代の刷新を阻止しようとする抑圧的な過去に対する反乱として、『二都物語』では、時代を更新する潜在的な力として描かれている(Fleishman 119)。[11]

フライシュマンは、登場人物が生きていると設定されている時代の精神が作品にどのように描出されているかに着目し過ぎて、小説の「歴史性(historicity)」を見逃さないようにする必要があるという警告もしている(Fleishman 102-03)。この警告は、『バーナビー・ラッジ』について分析する際に特に留意すべきであろう。なぜなら、エドマンド・ウィルソンをはじめとした批評家たちが、ディケンズは『バーナビー・ラッジ』を執筆するときに、ゴードン暴動ではなくチャーティスト運動(一八三八〜四八年)を念頭に置いていた(Edmund Wilson 18)と断定し、それを理由に、『バーナビー・ラッジ』を歴史小説として認定するのに難色を示しているからである(本書第一章第一節参照)。

実際にディケンズはチャーティスト運動の動向を警戒しており、『バーナビーラッジ』を構想した一八三〇年代と、ゴードン暴動前夜の一七七〇年代後半に同様の危機的状況を見出していた（本書第一章第一節参照）。だから彼は最初の歴史小説でゴードン暴動を取り上げ、チャーティストの急進性を戯画化すると同時に批判するために、サイモン・タパーティットを首領とする「徒弟騎士団」の滑稽さと邪悪さを強調したと考えられる（本書第一章参照）。しかしながら、だからと言って、ディケンズはこの作品において歴史を描いていないと断言できないだろう。E・M・フォースターは、歴史の書き手が構想段階で抱いていた主題と、出来上がった作品との食い違いについて、『小説の諸相』の中で次のように述べている。

> フランス革命やロシア革命について書こうとしていたかもしれない。が、記憶や連想や感情が湧いてきて、当初の目的を曇らせる。その結果、脱稿後に読みなおしてみると、他の誰かがそのペンを握り、主題を背後へと追いやったかのように感じられる。（E. M. Forster 36）

フォースターが分析しているように、ディケンズがゴードン暴動について書いているうちに、インスピレーションに導かれて、当初考えていたのとは異なる作品が完成した可能性がある。しかしながら、仮にそうだとしても、彼がゴードン暴動について書いていないとは言えないのである。

『一八四〇年から一八八〇年までのヴィクトリア朝の歴史小説』でサンダーズは、ダーウィンが進化論を唱えつつあり、マコーリー（Thomas Barbington Macauley, 1800-59）が進歩史観もしくはホイッグ史観の礎を築きつつあった十九世紀前半において、過去、現在、未来の連続性を表現する歴史小説が人々にとって魅力的に見えた（Sanders, *Historical Novel* 2）と述べ、その上で、個々の小説家や歴史小説について論じている。ディケンズ論にあてた第四章「嵐の跡」において、サンダーズは、ディケンズが自分の視点から歴史を再構築することにそれほど執心しておらず、彼にとって歴史が現在への警告、また未来を映し出すものに過ぎず（69）、過去よりも現在や未来の方が差し迫った問題だった（95）と主張している。サンダーズによれば、ディケンズは『二都物語』で、登場人物が困難に巻き込まれた背景として歴史上の事件を利用し（72）、『バーナビー・ラッジ』では、自分の都合に合わせて歴史を調整している。その証拠としてサンダーズは、暴動の中心人物とされるジョージ・ゴードンよりも、『ゴードン卿の生涯』（*Life of Lord George Gordon, with a Philosophical Review of his Political Conduct*, 1795）の作者で、ゴードンの秘書だったと公言していたロバート・ワトソン（Robert Watson, 1746-1838）にディケンズが興味を持ち、彼を基にした架空の人物ガッシュフォードを入念に造形した（75-76）と述べている。

ハリー・ショーは、フライシュマンやサンダーズとは対照的に、歴史小説について論じているというよりも、ルカーチの『歴史小説論』における議論を受け容れた上で、歴史を題材とした小説の新たな側面を浮かび上がらせようとしている（Harry Shaw 27）。だからショーは、著書『歴史に基づくフィクションの形態――サー・ウォルター・スコットと彼の後継者たち』のタイトルにおいて、歴史小説という用語を使っていない。ショーは『バーナビー・ラッジ』にまったく触れていないが、「パストラルとしての歴史、ドラマの源泉としての歴史」と題した章の一節で『二都物語』について論じている。なお、ショーがパストラルという用語を使うとき、それは田園詩や牧歌劇を狭義的に指しているのではなく、W・エンプソンの『牧歌の諸変奏』（*Some Versions of Pastoral*, 1935）における議論に倣って拡大解釈し、同時代もしくは未来についての社会的なヴィジョンを展開する舞台として、歴史を利用したヴィクトリア時代の詩や散文(54)を指している。この観点から、ショーは『二都物語』をパストラルと見なし、ディケンズがフランス革命を背景とした小説の中に、労働者階級が革命を起こすのではないかという執筆当時の一触即発の状況を書き込み、そのような事態を回避するよう、読者に呼び掛けていると解釈する(95)。さらにショーは、歴史には元から物語性があると指摘し、ディケンズがフランス革命を背景にすることによって、普遍的な物語をドラマチックに演出していると分析している。要するに、ショーは現在を描くために歴史を利用することを否定的に捉えておらず、歴史を利用することが小説に与える効果に着目している。

以上を総括するなら、フライシュマン、サンダーズ、ショーは共通して、「個人の運命と歴史の一般的な運動との有機的なつながりを描出すること」(Lukács 20)という命題をルカーチが歴史小説に課したことを批判していない。ただし、フライシュマンがルカーチほど厳格ではないにしても、この命題に注意を払いながら、ディケンズは社会の歴史的な発展の過程を理解し、その理解を二作の歴史小説に反映させていると論じたのに対し、サンダーズとショーによれば、ディケンズは歴史小説においても、歴史ではなく現在に対してより強い関心を示している。G・K・チェスタトンも、『チャールズ・ディケンズ』(一九〇六年)の『子供のためのイングランド史』に関する箇所(Chesterton, *Dickens* 81)において、サンダーズやショーと同じ見解を提示している。

以上に挙げた一九八〇年代以前の批評家たちは概して、『バーナビー・ラッジ』と『二都物語』を高く評価しておらず、ディケンズの歴史意識を、吟味する価値があると見なしていない。ところが、二十世紀の終わりが近づくにつれ、ヒストリオグラフィック・メタフィクションの隆盛などによって歴史小説のあり方が多様化し、厳格な命題が課されにくくなった。また、ポストモダンの歴史学者が、歴史として伝えられるものもまた、文学作品と同様に「言語に依拠した実在であり、言語の秩序に属する」(White 37)と主張し、歴史記述を巡る意識が変化した。おそらくその影響から、二〇〇〇年頃になると、ディケンズは歴史小説の中で独自の歴史観(philosophy of history)を提示していると主張する批評家が登場する。この点については次項で、個々の歴史小説の再評価の動きについてはその後の項で検証したい。

(三)ディケンズは独自の歴史観を持っていたという主張

ディケンズは独自の歴史観を持っていたと主張した批評家の一人がウィリアム・J・パーマーである。パーマーは『ディケンズと新歴史主義批評』(一九九七年)の中で、ヴィクトリア時代の記録者であり、同時代特有の言説の提示者としてのディケンズのあり方と、新歴史主義批評の着眼点との関わりについて検証した後、最終章「ディケンズの歴史観」の後半部において、そのように主張している。すなわちパーマーは、ディケンズが『二都物語』を、「形容詞の最上級においてのみ理解される」(TTC 5)時代の混乱を描写することから始め、死を目前にしたカートンに、「この奈落から立ち上がる美しい都市と光り輝く人々」(TTC 389)を思い描かせながら、締めくくっていることを根拠に、ディケンズにとって歴史が、混乱した過去から明るい未来へと着実に流れていると断言し、歴史を記述する際のディケンズを「リアリストで進化論的なヒューマニスト」(Palmer 170)と呼んでいる。

ディケンズはそのような直線的な歴史観の持ち主だと見なすパーマーに対し、異議を唱える批評家の一人が、ブラントリンジャーである。「ディケンズは歴史観を持っていたか――『バーナビー・ラッジ』の場合」（二〇〇一年）における彼の主張によれば、[12]ディケンズにとって過去は、悪魔や幽霊のように人々にとり憑くものであり、ディケンズにとって歴史は、悪政に対する虐げられた者の常軌を逸した反応の繰り返しによって形成されている。そのようなディケンズの歴史観をブラントリンジャーは「グロテスク・ポピュリズム」と呼んでいる。これは、政治的な正統性の有無を民衆もしくは大衆の判断に委ねるポピュリズムに、醜悪で、歪曲されたものに対する執着を意味するグロテスクを冠して創造したブラントリンジャー独自の用語である（Brantlinger 63）。ブラントリンジャーは論を進める際に、『バーナビー・ラッジ』執筆時のディケンズが影響を受けた先人をスコットに限定している（Brantlinger 63）。それは『ディケンズとカーライル』の著者ゴールドバーグも同様であり、彼は、ディケンズが『二都物語』における革命描写に関してのみ、カーライル（Thomas Carlyle, 1795-1881）の『フランス革命』（*The French Revolution: A History*, 1837）からヒントを得ていると断言している（Goldberg 100-28）。[13]しかしながら、後年ディケンズが息子の一人に、自分に最大の影響を与えたのはカーライルだと述べている（Ackroyd, *Dickens* 301）ことを考慮するなら、カーライルの影響を『二都物語』に限定すべきではないだろう。ブラントリンジャーが主張する歴史観をディケンズが持っていれば、その背後には、十九世紀の前半から半ばの英国で見られた、過去への憧憬もしくは過去の理想化に対するディケンズの反発（本書第八章第二節参照）と、カーライルが『フランス革命』で提示した「黙示録的かつ循環的で、時間の亡霊が奏でる熱狂的な音楽に合わせて男女が踊っているような歴史観」（Gilmour 32）の影響があるのではないだろうか。バットとティロットソンのように、ディケンズは『フランス革命』を参考にして『バーナビー・ラッジ』における暴動場面を描いたと分析する（Butt and Tillotson 84）批評家もいる。

以上の先行研究を踏まえ、ディケンズが作品中で過去に対するどのような考えを表現し、どのような歴史観を提示しているかについて、本書第一章から第三章で『バーナビー・ラッジ』をもとに検証する。その検証結果を念頭に置きながら、第四章以降で『二都物語』や『子供のためのイングランド史』を吟味する。そうすることによって、『バーナビー・ラッジ』から『子供のためのイングランド史』までの約十年、さらに『二都物語』に至る約十年の間にディケンズの歴史意識に変化が生じているかどうか、各々の作品の執筆時期における社会事情が彼の歴史観にどのように影響しているかといった、一つの作品に限定した論考ではカバーできない点が浮き彫りになると考えられる。

(四)『バーナビー・ラッジ』、『二都物語』、『子供のためのイングランド史』に関する研究

①『バーナビー・ラッジ』

概して批判的な出版当時における反応の中で、『バーナビー・ラッジ』に対する好意的な評価と言えば、弁護士でダイアリストのヘンリー・クラブ・ロビンソン（Henry Crabb Robinson, 1775-1867）が、一八四一年の日記に記した「ジョージ・ゴードン卿の暴徒が起こした暴動の描写は素晴らしく、史実に基づいていようとなかろうと、詩的な真理を備えている」というコメントである。[14] その後の『バーナビー・ラッジ』評においても、その歴史性やプロットが批判されても、[15] 暴徒の描き方については肯定的に解釈される場合が多い。ロッジの「初期ヴィクトリア朝の群衆と権力」の『バーナビー・ラッジ』に関する箇所（Lodge 110-11）はその一例である。その歴史性が肯定的に議論されるように

なった最初の例の一つは、前節で取り上げたブラントリンジャーの「ディケンズは歴史観を持っていたか――『バーナビー・ラッジ』の場合」であろう。本節では、『バーナビー・ラッジ』論の中でも、この小説を歴史小説と呼べるかどうかを論じたものと、その歴史性について論じたものの動向をたどる。その後に、本書における『バーナビー・ラッジ』論の特徴を述べる。

一九七〇年以前において、エドマンド・ウィルソン（Edmund Wilson 18）をはじめとした多くの批評家が、ディケンズは『バーナビー・ラッジ』において、ゴードン暴動というよりも、チャーティスト運動などの同時代の社会問題を描いていると断定しているが、フィリップ・コリンズは、『バーナビー・ラッジ』を〈ニューゲート・ノヴェル〉の一つと捉え、ディケンズが十八世紀におけるニューゲート監獄の様子を描くことを念頭に置いて、『バーナビー・ラッジ』の原型である『ロンドンの錠前師、ゲイブリエル・ヴァードン』を一八三六年頃に構想していたと論じている（Collins, *Crime* 27-28）。[16] すなわち、コリンズはディケンズが過去を描出するいう意思を持って『バーナビー・ラッジ』を書いたと見なしているのである。同様にバットとティロットソンは、例えば、ロバート・ワトソンの『ゴードン卿の生涯』といったゴードン暴動関連の書籍がディケンズの書斎にあったことを根拠に挙げ、ディケンズがゴードン暴動を中軸とする歴史小説を確かに書こうとしていたと主張している（Butt and Tillotoson 84-85）。

以上の論考を踏まえ、ゴードン・スペンスは「歴史小説家としてのディケンズ」において、ディケンズがスコットに倣い、執筆時から約六十年前の出来事を歴史と見なして『バーナビー・ラッジ』を執筆した（本章第一章第一節参照）と同時に、構想および執筆していた一八三〇年代後半から四十年代初頭の社会状況への憂いや不満を、小説中に表出させていると分析している（Spence, "Historical

Novelist" 21-22)。要するにスペンスは、同時代に対する作者の思いが歴史小説に反映されている可能性を認めているが、このような観点から歴史小説としての『バーナビー・ラッジ』のあり方について論じるのが、最近の傾向である。

歴史小説の定義について再考しながら『バーナビー・ラッジ』を分析した論考として、スティガンドの「『バーナビー・ラッジ』は歴史小説か」(一九七五年)や、ウィダーソンの「『バーナビー・ラッジ』における歴史とミステリー」(一九八一年)がある。この二本の論考から十年後もしくは二十年度に出版された、ケイスの「スコットへの反発――『バーナビー・ラッジ』におけるディケンズの反歴史」(一九九〇年)や、ブラントリンジャーの「ディケンズは歴史観を持っていたか――『バーナビー・ラッジ』の場合」(二〇〇一年)では、『バーナビー・ラッジ』は歴史小説か否かという議論ではなく、ディケンズが歴史についてどのように考えていたかを、『バーナビー・ラッジ』を通して読み取ろうとする姿勢が顕著になる。

以上の論考に後続する本書においても、ディケンズが歴史もしくは歴史的な変化について、どのような考えを作品に反映させているかについて分析する。さらに、ディケンズが十八世紀末をどのような時代と見なし、ゴードン暴動をどのように描出しているかについて吟味する。そうすることによって、ディケンズが十八世紀から十九世紀にかけての時代の流れを的確に捉え、その流れと人物たちの運命との関わりを描いていること、すなわち、ルカーチの言う「個人の運命と歴史の一般的な運動」(Lukács 20)を『バーナビー・ラッジ』に書き込んでいることを立証したい。具体的には、第一章「変化と不変」で、登場人物が歴史的な変化を実感する様子をディケンズがどのように描いているかを分析し、第二章「他者の歴史」で、ディケンズが一七八〇年を時代の転換期と見なし、歴史を循環させようとする旧勢力と進化させようとする新勢力のせめぎ合いとして、時代が転換する様子を描いていることを立証する。その際、一八三〇年代後半から四〇年代初頭という時代に対する社会改革者ディケンズの憂いが、歴史記述にいかに影響しているかについても射程に入れ、彼が進歩を希求しているにも関わらず、歴史は循環するという思いに囚われていることを解明する。バフチンのカーニヴァル理論を援用するが、これは、ディケンズがゴードン暴動とその後の新時代の到来を、祝祭としてのカーニヴァルとして描いているためである。

第三章「歴史記述のフィクション性と狂人――『ミドロージァンの心臓』との比較」では、十九世紀前半における〈歴史記述のフィクション性〉に関する議論に対し、ディケンズとスコットの各々が歴史小説の中で、どのような反応を示しているかについて吟味する。本章で着目する『バーナビー・ラッジ』の狂人は、タイトルと同名の主人公ではなく、カラスのグリップである。ディケンズが細心の注意を払いながら、グリップを「聖なる愚人」として造形し、自分の代弁者としての役割を付与していることも解明する。グリップと『ミドロージァン』に登場する狂女マッジ・ワイルドファイアを比較することを通して、スコットとディケンズの影響関係、共通点と相違点を明らかにする。さらに、ホイッグ史観の礎を築いたマコーリーがスコットを敬愛し、手本としていたことへ論を発展させ、本書第八章および第九章でディケンズとマコーリーを比較する際の素地とする。

②『二都物語』

『二都物語』の出版当初の売れ行きは好調であり、『サタデイ・レヴュー』誌から酷評された（*Letters* 9: 183, n. 3, 7 December 1859）ものの、多くの書評において賞賛された。ただし、その後の批評史では、ディケンズ的なユーモアが見られない、[17] もしくはディケンズらしくないという否定的な見方が目に付く。本節では、ディケンズ的か否かという点ではなく、歴史小説としての側面や革命描写に焦点をあてた論考について概観する。

ディケンズが『二都物語』でフランス革命をどのように描出しているかが、二十世紀初頭の『ディケンジアン』において既に話題にされていたことは既述した。チェスタトンが、小説内で表現された「威厳と雄弁」(Chesterton, *Dickens* 117) は評価できても、フランス革命という歴史上の事件を描いているとは言えないと評したのをはじめ、『二都物語』は歴史小説として失敗だと見なされる場合が多い。フランスの批評家モノは、バスチーユ監獄陥落や革命輪舞(カルマニョール)(本書第四章参照)の描写に一定の評価を与えているものの、十八世紀のフランス貴族の描写に欠陥が見られることなどを証拠に挙げて酷評している (Monod 170-71)。スペンスは、ディケンズがフランス革命から知的、政治的要素を取り去り、読者の恐怖心を煽る場面の描写に執着した結果、『二都物語』を歴史小説ではなく寓話の次元に貶めていると酷評している (Spence, "Historical Novelist" 24)。

『二都物語』再評価の兆しが見え始めたのは、一九七〇年以降、その人物造形が精神分析的に論じられるようになってからである。その中でも代表的な論考は、変革の時代を描くというディケンズの歴史小説家としての意図と、人物の心理描写の両方に着目したハターの「『二都物語』における国家と世代」(一九七八年)である。ハターは、ヴィクトリア朝小説に頻繁に見られる家族というコンテクストに着眼し、フランス革命期という変革の時代における支配者と被支配者との葛藤が、『二都物語』では父と息子の葛藤として描かれていると分析する。『二都物語』における精神分析的な側面と、革命描写の両方に注意を払う論考として、ボールドリッジの「『二都物語』――ブルジョア的個人主義に代わるもの」（一九九〇年）もある。

本書第四章「日常化したカーニヴァル——革命空間の集団および個人」および第五章「歴史編纂——過去の暴露と現在の再構築」においても、『二都物語』における歴史的要素と精神分析的要素の両方に留意している。第四章では、ディケンズが日常化したカーニヴァルを描くことによって、フランス革命期特有の集団心理とそれに対する個人の反応を描出していることを解明する。ロッジ（Lodge 109-10）をはじめとした批評家が共和主義者の行動をカーニヴァルに喩えてきたが、『二都物語』で描かれているのは、バフチンが論じた祝祭としてのカーニヴァルではない。ディケンズは日常化したカーニヴァルを描くことによって、革命空間の特異性を表現すると同時に、集団に対する自分自身の両価感情（アンビヴァレンス）を匂わせている。この点も吟味の対象とし、この両価感情こそが、フランスの恐怖時代に対するディケンズの嫌悪感の表れであることを解明する。

第五章では、ディケンズが『二都物語』の中で、歴史編纂についての自分の考えと、精神分析的な要素とをいかにして融合させているかについて論証する。ミシェル・ド・セルトーによれば、過去が現在から遮断されていることを前提にして行われる歴史編纂と、過去と現在の連続性を前提に、過去にさかのぼって現在を見直す精神分析とは相容れない（セルトー 97-98）。ところがディケンズは、この二つを融合させることによって共和主義者の恣意性を表現すると同時に、為政者の行う歴史編纂に対して批判的な態度を示している。

『二都物語』について、フランス革命を題材にした他の歴史小説との比較は従来あまりなされていない。本書第六章「フランス革命期を描く小説の歴史性——『ラ・ヴァンデ』、『ふくろう党』、『九十三年』との比較」では、同時期を描いた英国およびフランスの歴史小説と『二都物語』を比較し、英仏の小説家の間に革命に対する、どのような意識の相違があるかについて検証する。まずはトロロプ（Anthony Trollope, 1815-82）の『ラ・ヴァンデ』（*La Vendée*, 1850）に目を向け、ディケンズとトロロプという二人の英国人小説家が、革命のどのような側面に着目しているかを明らかにする。続けて、バルザックの『ふくろう党』（*Les Chouans ou la Bretagne en 1799*, 1837）とユゴーの『九十三年』（*Quatrevingt-treize*, 1874）を吟味し、ディケンズおよびトロロプの場合と比較検討する。

③『子供のためのイングランド史』

『子供のためのイングランド史』は最も読まれていないディケンズ作品の一つであり、その評価は出版当初から高くなかった。例えば、スウィンバーンは、その「安っぽい急進主義」を突きつけられると、『子供のためのイングランド史』が「書かなければよかったのにと嘆くしかないディケンズ唯一の作品」に思えてならないと不満をもらし、ジョージ・バーナード・ショーは「大人気ないことが言い訳にさえなっていない」と酷評している。[18] ディケンズの親友ジョン・フォースターでさえ、『ディケンズの生涯』（*The Life of Charles Dickens*, 1872-74）に、「成功作だとは言えない」（John Forster 2: 126）と記している。

二十世紀に入っても評価は好転せず、例えばバーチは、一九五五年にロンドンのディケンズ・フェロウシップ本部で行った講演を基にした論考の中で、『子供のためのイングランド史』を「忘れ去られた本」と呼んでいる。その一方で、マーフィーが翌一九五六年にディケンズ・フェロウシップ・ホノルル支部（当時）で行った講演を基にした論考の中で、『子供のためのイングランド史』は、純粋な歴史書ではないにしても、ディケンズの特徴が表れた素晴らしい読み物だと賞賛している（Murphy

159）が、マーフィーの論考は実証性に欠けており、バーチの方が説得力がある。バーチは、十九世紀の英国人がどのような子供観を持っていたか、どのような児童書が理想的とされたかについて、当時よく読まれていたジョン・バニヤン（John Bunyan, 1628-88）や、リチャード・ラヴェル・エッジワース（Richard Lovell Edgeworth, 1744-1817）と彼の娘マライア（Maria Edgeworth, 1768-1849）による著作を基に類推し、歴史の手引書に限らず、児童書そのものが乏しく、あるとすれば躾の本だった一八五〇年代初頭（Birch 123）に子供のための歴史書を執筆するとはどういうことなのかについて、次のように記している。

子供のための歴史書は、単なる滑稽なお喋りに過ぎない楽しいだけの読み物か、日付と統治者名と戦闘名に満ちた重苦しい頁の蓄積のどちらかになる傾向があり、そのちょうど中間くらいを目指すのは、非常に難しい。子供の読者もしくは聞き手が教育されていることに気づかないよう配慮して、いかに教授するかは、この分野におけるどの書き手にとっても最大の問題の一つに違いない。（Birch 124）

そう述べた上でバーチは、陰謀や戦乱の記述に満ちた『子供のためのイングランド史』から想定される子供観と、その他の著作に見られるディケンズの子供観との間には相違があると指摘し、『子供のためのイングランド史』をディケンズの多様性を示す作品と見なして論考を締めくくっている。

一九六三年には、フィリップ・コリンズが『ディケンズと教育』の中で、『子供のためのイングランド史』を取り上げている。[19] と言ってもコリンズは、「子供なのは読者ではなく作者だ」（Chesterton,

Dickens 81）というチェスタトンの辛らつなコメントを引用しながら、過去に対して偏狭なディケンズは歴史の記述者としての無能だと断定し（68）、『子供のためのイングランド史』を駄作と判定している。そして、この作品に意義を見出すとすれば、それは「残忍さ、抑圧、汚職、無知に対する作者の憤り」が書き込まれている点であり、「古きよき時代」に対するディケンズの反応には分別が感じられると述べている（68-69）。

一九七〇年以降も『子供のためのイングランド史』は、ディケンズ批評の俎上にほとんど載せられていない。載せられるとすれば、他のディケンズ作品との関連においてである。例えば、フリードマンは、「イングランドの歴史と『荒涼館』、各々の中間地点」（一九八七年）において、ディケンズが『荒涼館』のちょうど中間地点にあたる第三十一章（ヒロインのエスタが天然痘と思われる病に感染する章）および第三十二章（クルックが自然発火［spontaneous combustion］によって死亡する章）を執筆するのとほぼ同時期に、『子供のためのイングランド史』の、ロンドン大疫（一六六五年）とロンドン大火（一六六六年）に関する箇所を書いていたことに着目し、エスタの病とペストの流行、そして、クルックの死と大火が、ディケンズの頭の中で関連し合っていると述べている。その根拠として、フリードマンは、クルックの死とロンドン大火という火にまつわる惨事が、エスタの出生の謎の解明を遅らせる、ペストの拡大を抑えるという肯定的な効果を生んでいることを挙げている。『荒涼館』と『子供のためのイングランド史』の関連性について、ルーカスは「過去と現在――『荒涼館』と『子供のためのイングランド史』」（一九九六年）の中で、フリードマンよりも広範に分析し、ディケンズの歴史意識や、彼が現在と過去の関わりについてどのような見解を持っていたかにまで考察の範囲を拡大している。

ウェストバーグは「『寓意物語をするみたいな言い方』――『オリヴァー・トゥイスト』と『子供のためのイングランド史』における清教徒革命と心理的葛藤」（一九七四年）において、『子供のためのイングランド史』と『オリヴァー・トゥイスト』（*Oliver Twist*, 1837-39）および『デイヴィッド・コパフィールド』（*David Copperfield*, 1849-50）との関連性を吟味し、登場人物に自己を投影させるというディケンズの傾向をあぶり出している。論文タイトル中の「寓意物語をするみたいな言い方」は、デイヴィッド・コパフィールドの伯母ベッツィーの言葉「彼は寓意物語をするみたいな言い方をするのよ」（"That's his allegorical way of expressing it," *DC* 261）に基づき、「彼」とは彼女の同居人で狂人のディックを指している。ウェストバーグによれば、ベッツィーはそう言うことを通して、ディックが歴史上の人物のついて話しているようでいて、実際には自分自身について話していることをほのめかしている。すなわち"expressing it"の"it"は自己（himself）を指しており、そのようなディックの自己表現の仕方を「寓意物語をするみたいな言い方」とベッツィーは呼んでいると、ウェストバーグは分析しているのである。ディック（Dick）をその名が示す通りディケンズ（Dickens）の第二の自我と見なすならば、[20]ディケンズは『子供のためのイングランド史』において歴史上の人物について語っているようでいて、実際には自分自身について語っている（本書終章第一節参照）。ウェストバーグが『オリヴァー・トゥイスト』と『子供のためのイングランド史』を関連づける理由は、この二つの作品の登場人物の名前や性質が似ていると、彼が見なしているためである（Westburg 637-38）。

以上のウェストバーグの論考と共に『チャールズ・ディケンズ――批評と評価』（*Charles Dickens: Critical Assessments*, 1995）に収められているのが、ジャンの「『子供のためのイングランド史』におけるる事実、フィクション、解釈」（一九八七年）である。ジャンは、『子供のためのイングランド史』

と、ディケンズが種本にしたと言われているトマス・カイトリーの『イングランド史』(*The History of England*, 1837) 各々において、歴史上の事実だと一般に認められている事柄がどのように記述されているかを比較し、前者には、事実だと考えられる過去の出来事というよりも、作者の個人的な見解が記されていると分析している (Jann 634)。例えばオリヴァー・クロムウェルについて、カイトリーは王位に就く野望を持っていたと断言している (Keightley 2: 250)。その一方で、ディケンズは「王という単なる名声を欲したかどうかは疑わしい」(*CHE* 492) と述べ、クロムウェルの強硬な印象をやわらげると同時に、自分がクロムウェルに対して好意的な見方をしていることを暗示している (Jann 632)。

本書第七章および第八章で、以上の議論がなされてきたことを念頭に置く。それと同時に、他のディケンズ作品との関連、歴史意識が高まった当時の教育や社会的、思想的背景を考慮に入れて、『子供のためのイングランド史』を吟味する。そうすることによって、十九世紀半ばの英国で優勢になりつつあった歴史観や、懐古主義的傾向に対してディケンズがどのような反応をしたかについても解明できるはずである。その際の比較対象として、カイトリーの『イングランド史』に加え、[21] 子供のための歴史の手引書として同時代に人気があったと言われる『ミセス・マーカムのイングランド史』(*Mrs Markham's History of England, alias A History of England from the First Invasion by the Romans Down to the Present Time*, 1823) と『アーサー君のイングランド史』(*Little Arthur's History of England*, 1835)、さらに、ホイッグ史観の礎が築かれつつあった当時、影響力が大きかったと考えられるマコーリーの『ジェイムズ二世の戴冠以降のイングランド史』(*The History of England from the Accession of James the Second*, 1848) に特に留意する。ディケンズが敬愛したカーライルよりもマコーリーに重点を置くことによって、当時の風潮に対するディケンズの反応をより明確にすることができると考えられるからである。

もっとも、ディケンズが『子供のためのイングランド史』の中で、歴史もしくは過去についての自分の考えを十分に表現しているとは言いがたい。したがって本書第九章「『子供のための歴史の手引書を書きたいという意思をおそらく最初に表明した時期に執筆した『クリスマス・キャロル』(*A Christmas Carol*, 1843)および『鐘の音』(*The Chimes*, 1844)、『子供のためのイングランド史』とほぼ同時進行で執筆した『荒涼館』、『子供のためのイングランド史』が掲載された『ハウスホールド・ワーズ』誌の「序言」なども合わせて吟味し、彼が、過去、現在、未来についてどのような考えを持っていたかについて検証する。

以上で挙げたディケンズ作品の中でも『荒涼館』に特に留意するが、その理由は、『荒涼館』と『子供のためのイングランド史』が、第一回ロンドン万国博覧会(一八五一年)とほぼ同時期に執筆されたからである。万国博覧会は当時の英国の繁栄を国の内外に印象づける祭典であり、それに至る過程を肯定する祭典でもあった。要するに、万国博覧会開催は英国の歴史を再考する契機であり、ディケンズは『荒涼館』に同時代の社会に対する憂いを書き込むだけではなく、国の歴史についての独自の考えを反映させたはずである。そしてディケンズはその考えを、『子供のためのイングランド史』にも意識的もしくは無意識的に表出させたのではないだろうか。

第五節　キーワード

本書において使用するキーワード（歴史、フィクション、歴史小説、またはそれらに類する用語）がそれぞれ何を指しているのかを明確にしておく。

（一）歴史

本書で歴史（history）と言う場合、それは歴史学が扱いうる対象で、事実として一般に認識されている過去の出来事もしくはその総体を指す。歴史的な（historical）という形容詞もこれに準じた意味で用いている。個人的な歴史もしくは個人史について言う場合は、「個人的な」やそれに類する形容詞（句）を冠している。現在から見てどの程度の時間を隔てた過去を歴史と呼ぶかについては、既述したように、状況によって異なる。したがって、この点について厳密に定義しないことにする。

（二）歴史小説、準歴史小説、歴史ロマンス、歴史物語、フィクション

本書では、歴史上の事件として一般に認識されている出来事を中心に据えた小説で、特定の過去へ読者の意識を喚起させる小説、小説家が歴史を記述するという意思を持って執筆した小説を歴史小説と大まかに呼ぶことにする。そうする理由は、ヒストリオグラフィック・メタフィクションが小説の一潮流を作るなど、歴史に関する小説が多様化している現在、二十世紀前半にルカーチが課したよ

うな厳格な命題を歴史小説に課すことは現実的ではないからである。読者の意識を過去へ誘う小説と言えば、ディケンズを含むヴィクトリア朝の小説家の多くが書いた準歴史小説も同様だが、準歴史小説は、彼らが大まかに同時代と見なしながら、近い過去を小説の背景にした可能性を否定できないだろう。その一方で、歴史小説を書くとき、小説家は、歴史を叙述するという明確な意図を持っているはずであり、ヴィクトリア朝の小説家は多くの場合、「序文」の中で、執筆時に依拠した史料を明記し、それを基にどのような歴史を描いたのかを述べている。要するに、小説家が歴史小説を書くという意思を持っていたかどうかを、本書では重視する。

スコットの小説は〈歴史小説〉ではなく〈歴史ロマンス〉と呼ばれることがあるが、〈ロマンス〉とは何だろうか。スコット自身が一八一八年出版の『ブリタニカ大百科事典』に「補遺」として「ロマンス論」を寄稿して、次のように述べている。

> 我々は〈ロマンス〉を「散文もしくは韻文における架空のナラティブであり、その関心は奇怪で尋常ならざる出来事に向けられている」と説明したくなるであろう。このように、同じ分野に属していても、ジョンソン博士が「主に恋愛に関し、流れるように進行する物語(tale)」と説明する〈小説〉とは相対するものである。その一方で我々は、〈小説〉をロマンスとは異なる「架空のナラティブ」と定義したくなるかもしれない。ロマンスと異なる理由は、そこに人間の遭遇する日常的な出来事が書き込まれており、現在の社会状況に合致しているからである。(Scott, "Romance" 27)

要するに、スコットは「奇怪で尋常ならざる出来事」を描くのがロマンスで、「日常的な出来事」を描くのが小説だと明確に区別している。ところが、樋口によれば、スコットは、一八二八年に自分の小説を全集(Magnum edition)にまとめたとき、全集につけた「お知らせ」および「総合序文」の中で、小説とロマンスを区別せずに無頓着に使っている(樋口 6)。この点を考慮し、本書では歴史ロマンスという用語は使わずに、スコットについても〈歴史小説〉という用語を使う。そのようにするもう一つの理由として、ディケンズが〈ロマンス〉を「非日常的な出来事」を指して限定的に使用していることも挙げられる(本書第九章第一節参照)。

本書で歴史物語と言う場合、それは子供を主な読者と想定し、平易な表現で描いた説話体(narrative)の歴史書を指している。もちろん、大人向けの歴史書であっても、ある種の物語もしくは説話に違いない。例えばマコーリーの『ジェイムズ二世の戴冠以降のイングランド史』も、「説話的な歴史書(narrative history)」と呼ばれることがあるが、本書では、説話体の(narrative)という形容詞は訳さずに歴史書と呼んでいる。

本書においてフィクションという場合、ノン・フィクションの反意語としての虚構の物語もしくは作り話というよりも、語り手の恣意を反映した言説を指している。

注

1　本書では、“England”は「イングランド」という日本語に置き換え、「イギリス」という語は使用していない。連合王国を指すときは「英国」を使用している。

2　*A Child's History of England* は原百代によって初めて邦訳され、『英国史物語』というタイトルで一九五〇年に暁書房から出版された。本書では、ディケンズが「歴史」に「子供の」と冠している点に着目するため、また、前注の通り“England”は「イングランド」という日本語に置き換えるため、『子供のためのイングランド史』と呼んでいる。

3　金子幸男訳のタイトルを使わせていただいている。

4　矢次「カズオ・イシグロと歴史」二五四〜五五頁参照。『日の名残り』と『完全なる日々』の類似性に関する議論については、シム（Sim 111）を参照。

5　「時代の特殊性」が書き込まれていても、ルカーチは歴史小説と認定しない場合がある。例えば『モル・フランダース』（*Moll Flanders*, 1722）や『トム・ジョーンズ』（*The History of Tom Jones, a Foundling*, 1749）は、「時代の特殊性」が生き生きと書き込まれていても、作者のデフォーやフィールディングが「時代の特殊性を歴史的な流れの中で理解」していることが読み取れないとルカーチは判定し、歴史小説として認定していない（Lukács 20）。

6　例えば、『ピクウィック・クラブ』（*The Pickwick Papers*, 1836-37）のサム・ウェラーの「ウェラリズム」の源を『ロブ・ロイ』（*Rob Roy*, 1818）に登場する庭師フェアサーヴィスの台詞に求めようとしたもの（“Andrew

Fairservice and Sam Weller," 1908）、『ロブ・ロイ』の第十三章および第十四章と『リトル・ドリット』（*Little Dorrit*, 1855-57）の第三十八章が類似していると指摘したもの（"A Dickens Scene with a Scott Prototype," 1920）、『二都物語』のカートンとダーネイとの関係と同様の人間関係が『ロブ・ロイ』に描かれているといった例を複数挙げながら、ディケンズ作品とスコット作品を比較したもの（"Similarities and Ideas between Scott and Dickens," 1934）がある。

7　「狂女」や「白痴」、またこれに類する表現は今日では使用を避けるべき用語として認識されているが、本書では、スコットやディケンズが十八世紀および十九世紀における、知的障がい者が置かれていた好ましくない状況を描出している可能性を鑑み、これらの表現を使用している。

8　ロッジは「初期ヴィクトリア朝の群衆と権力」において、『バーナビー・ラッジ』の暴徒が「異教的儀式の乱飲乱舞のエネルギー」（110）に溢れている一方で、『ミドロージアン』の暴徒が「規律正しく整然としていて、責任感を備え、犯罪的・反社会的要素が見られない」（113-14）点に着目している。

9　これは十九世紀フランスの歴史学者ジャック・ニコラス・オーギュスタン・ティエリの言葉で、小倉が引用している（56-57）。

10　ルカーチによれば、ディケンズが道徳面を描出するのは、彼の「小市民的でラディカルなヒューマニズムと理想主義」（Lukács 243）のためであり、同時代を描いた小説では、書き込まれた社会問題が読者にとって身近であるため、そのような側面が目立ちにくい。

11　フライシュマンとは対照的に、ボームガーテンは、『二都物語』には歴史的発展の過程が描かれていないと述べ、その根拠として、領主権と封印状の濫用を除き、革命の要因が飢えと困窮の問題に限定されていることを挙げている（Baumgarten 166）。このボームガーテンの論は説得力がある。なぜなら、『バーナビー・ラッジ』には、時代を刷新しようとする力としてジョーとエドワードという二人の若者の活躍が描かれている（本書第一章三節および第二章第四節参照）が、『二都物語』では、時代を刷新する潜在力であったはずのダーネイが、実際には無力であることが最終的に暴露されるからである。ダーネイの身代わりになるカートンについても、彼の自己犠牲的な死が革命の流れを止める可能性は示されていない（本書第四章第三節参照）。スペンスは、「歴史小説家としてのディケンズ」において、ディケンズがフランス革命を描ききれていない理由は、貴族が起こした暴行事件とその顛末に、物語を集中させすぎているためだと分析している。

12　この論考は、カリフォルニア大学サンタ・クルース校のディケンズ・プロジェクトが主催するディケンズ・ユニヴァース一九九九年大会で発表され、二〇〇一年の『ディケンズ研究年報（*Dickens Studies Annual*）』第三十号に掲載されている。大会では年毎に特定のディケンズ作品に焦点が当てられ、大会での議論を収録した『研究年報』はディケンズ研究への影響力が大きい。一九九九年大会に続き、二〇一九年大会でも『バーナビー・ラッジ』に焦点が当てられる。『研究年報』第三十号の掲載論文で、本書で参照もしくは引用した論文として、ブラントリンジャーの論文の他に、カトリックとプロテスタントの対立に光をあてたウィルトの論文と、『バーナビー・ラッジ』はファシズムを描いたものだとするグラヴィンの論文がある。

13　『アトランティック・マンスリー』誌の編集者ジェイムズ・T・フィールズは、『フランス革命』を読んだディケンズの反応を、“... the more he read the more he was astonished to find how the facts had passed through the alembic of Carlyle's brain and had come out and fitted themselves, each as a one great whole, making a compact result, indestructible and unrivalled”（Collins, *Interviews* 313）と記している。なお、『二都物語』の細部に対する『フランス革命』の影響については、サンダーズが『「二都物語」の手引き』（*The Companion to A Tale of Two Cities*, 1988）の該当箇所で検証している。

14　このロビンソンのコメントは、フィリップ・コリンズが引用している（Collins, *Critical Heritage* 102）。

15　例えば、エドガー・アラン・ポー（Edgar Allan Poe, 1809-49）は、ヘアデイル殺害事件に関するプロットが、ゴードン暴動に関するプロットによって損なわれていると批判的である（Collins, *Critical Heritage* 109）。ポーは『バーナビー・ラッジ』に登場するカラスのグリップに感銘を受けて『大鴉』（*The Raven*, 1844）を執筆したと言われている（105）。

16　コリンズによれば、ディケンズはニューゲート監獄の様子を『二都物語』にも書き込んでいる（Collins, *Crime* 31）。『バーナビー・ラッジ』が構想段階では、ヴァードン（Vardon）――後にヴァーデン（Varden）と改名――を主人公とする小説であったことについては、本書第一章第一節および第二章第一節を参照。

17　この点について、例えばグロスを参照（Gross 26）。

18　スウィンバーンとショーのコメントはどちらも、ハドソンがオックスフォード版『子供のためのイングランド史』の「序論」の中で引用したものである（Hudson x）。

19　コリンズに先立って、ディケンズと教育について論じたヒューズとマニングは、各々の著書『教育者としてのディケンズ』（*Dickens as an Educator*, 1902）と『ディケンズの教育観』（*Dickens on Education*, 1959）の中で『子供のためのイングランド史』にまったく触れていない。

20　ディケンズの分身だと考えられる人物として、美文調の喋りを特徴とする『骨董屋』のディック・スウィヴェラーもいる。実際、ディックはディケンズの呼び名の一つだった。この点についてグランシーは、一八五四年の『ハウスホールド・ワーズ』誌クリスマス号に掲載された「七人の貧しい旅人たち（The Seven Poor Travelers）」の登場人物リチャード・ダブルディックに付けた注の中で、"Dickens frequently used variations of his own name for his characters, often with the implication of doubles or doppelgängers"（Glancy,

"Introduction" 802, n. 17）と述べている。ディックという名前でなくても、ディケンズと同じC・Dのイニシャルを持つチャールズ・ダーネイや、C・Dを反転させたイニシャルD・Cを持つデイヴィッド・コパフィールドも彼の分身だと考えられる。デイヴィッド・コパフィールドのそのような側面については、ジョン・フォースター（John Forster 1: 4）を参照。

21　エドガー・ジョンソンによると、ディケンズは手持ちのカイトリーの『イングランド史』の片隅にメモを残しており、このことから、これが『子供のためのイングランド史』の種本だと考えられるようになった（Johnson 2: lxi, n. 51）。キトゥンも一九〇二年に同様の指摘をしている（Kitton 199）。カイトリーの他に、デイヴィッド・ヒュームの『イングランド史』（*The History of England*, 1754-62）や『チャールズ・ナイトの絵入りイングランド史』（*The Pictorial History of Charles Knight*, 1837-40）も種本として挙げられることがある。この点については本書第七章の注8参照。カイトリーは、ラグビー校のトマス・アーノルド校長の依頼を受けて、歴史や民間伝説に関する本を著した。『イングランド史』はそのうちの一冊だと推測される。エイヴリーは、歴史の専門家ではないカイトリーの『イングランド史』をディケンズが参考にしたとすれば、それは奇異な選択だと述べている（Avery xxiii）。

第一部『バーナビー・ラッジ』

第一章　変化と不変

第一節　『バーナビー・ラッジ』は歴史小説か

『バーナビー・ラッジ』の批評史を概観すると、ディケンズはゴードン暴動（一七八〇年）ではなくチャーティスト運動（一八三八～四八年）を念頭に置いてこの小説を書いた、したがって歴史小説だとは言えないという指摘が目に付く。しかしながら、本当にそうなのだろうか。どのような論文の中でそういった指摘が行われているのかについて確認した後に、『バーナビー・ラッジ』は歴史小説と言えるのかどうかについて再検討したい。

チャーティスト運動を念頭に置いているという視点に立った一九七〇年より前の代表的な論文として、エドマンド・ウィルソンの「ディケンズ――二人のスクルージ」（一九二九年）、ハンフリー・ハウスの『ディケンズの世界』（一九四一年）、スティーヴン・マーカスの『ディケンズ――ピクウィックからドンビーまで』（一九六五年）がある。例えば、ウィルソンは次のように記している。

表向きの主題は、ゴードン暴動として知られる反カトリック暴動である。ロンドンで一七八〇年に勃発した。しかしながら、ディケンズの心中に明らかにあったのは、産業不況が数年続いた結果、普通選挙の実施と労働者の代表団を国会に派遣にするための認可を求めるチャーティストの不穏な動きが、一八四〇年に危機的な状況に至っていたことである。(Edmund Wilson 18)

もっとも、こういった見方は、ゴードン・スペンスによる一九七三年のペンギン版『バーナビー・ラッジ』の「序論」以降、あまりなされなくなった。スペンスは、ゴードン暴動直前の数年間と、『バーナビー・ラッジ』が執筆されていた頃の社会情勢が類似していることを根拠に、ディケンズがチャーティストの動向に懸念を抱いていたから、ゴードン暴動を小説のテーマにした可能性があると認めている。同時にスペンスは、そのような可能性があるからと言って、ディケンズが過去を借用して同時代を描いたとは言えないのではないかという疑問を呈し、従来の解釈よりも慎重な態度を取っている。そのような態度を取る理由としてスペンスが挙げているのは、ディケンズがチャーティスト運動とゴードン暴動を同一視していた可能性を示唆する証拠が、『バーナビー・ラッジ』以外にほとんど見当たらないため、また、仮に同一視していたとして、ディケンズがチャーティスト運動をどの程度理解し、ゴードン暴動として『バーナビー・ラッジ』に書き込んだのか、証明しにくいためである(Spence, "Introduction" 19-20)。同様に従来の批評に疑念を呈した批評家として例えばジョン・グラヴィンがおり、ゴードン暴動とチャーティスト運動を直接的に関連づけない批評が主流になっている。

ディケンズが一七七〇年代後半から一七八〇年にかけての歴史を書く意思があった証拠として、一八四一年版『バーナビー・ラッジ』の「序文」における以下の箇所を挙げることができる。

ゴードン暴動についての物語は、私が知る限りで、小説にまだ描かれていない。この暴動の他に類を見ない驚嘆すべき特徴を、私はこの物語に映し出したいと思うようになったのだ。(*BR* 3)

実際にはゴードン暴動は既に小説に描かれていた（Butt and Tillotson 77-78）。また、『ロンドンの錠前師、ゲイブリエル・ヴァードン』（*Gabriel Vardon: The Locksmith of London*）というタイトルで一八三六年に三巻本で出版される当初の計画が、出版形態や宣伝広告を巡る出版社とのトラブルにより頓挫したため、ディケンズは『骨董屋』（*The Old Curiosity Shop*）の連載終了後の週刊誌『ハンフリー親方の時計』（*Master Humphrey's Clock*, 1840-41）に、『バーナビー・ラッジ』として一八四一年二月から十二月にかけて連載するまで、約五年間待たなければならなかった（Bowen, "Introduction" xiii-iv）。要するに、『ピクウィック・クラブ』の作者としてある程度の名声を博していても、まだ二十歳代だったディケンズにとって、歴史小説を出版するのは時期尚早だった。彼は出版社との関係の構築も含め、入念な準備をする必要があったのである。

とは言え、ディケンズがこの時期に歴史小説に目を向けたのは、当然の成り行きだった。一つ目の理由として、スコットの歴史小説が国の内外で読まれ、文学史の流れに大きな影響を与えていた当時、多くの小説家が歴史小説というジャンルに挑戦し、名声を確立しようとしていた。その中で、ディケンズが歴史小説執筆を試みたとしても不思議ではない。二つ目の理由として、一応の名声を博していたからこそ、ディケンズは小説家として次の段階を踏むための新たな挑戦を必要とした。新たな挑戦とは、その後の彼の作品から推測するなら、社会をパノラマとして描くことである。ディケンズはそれ以前の作品でも英国社会を描いているが、『バーナビー・ラッジ』で初めて、貴族から馬丁、死刑執行史に至るまで、様々な社会階層に属する人物たちを登場させ、『荒涼館』や『リトル・ドリット』(*Little Dorrit*, 1857) などの作品に続くパノラマ的な社会像を創り上げた。そして、多岐に渡る人物たちが一つの事件に向けて収斂していく様子を描きながら、政治的な意図や行動がどのように形成されるのかについての独自の考えを、『バーナビー・ラッジ』において提示しようとしたのである。

ディケンズが社会をパノラマとして描くための糸口をゴードン暴動という歴史上の事件に求めた理由は、歴史小説の普及についてのルカーチの考察を基に類推することができる。ルカーチによれば、十九世紀になって人々が歴史に関心を持ち、歴史小説を読むようになった背景として、フランス革命とナポレオン戦争がヨーロッパ規模で史上初の「大衆的な経験」となったことが大きい。これらの大事件の衝撃によって、大衆は先祖代々続いてきた生活が永遠に続くわけではないことを知らしめられ、さらに、歴史が「絶え間ない変化の過程」であり、「個人の生活に直接的な影響を与える」ことを実感したのである (Lukács 23)。ディケンズはこれらの事件が一般大衆に及ぼした影響を鋭敏に感じ取っていたと考えられる。そして、そのような事件が「大衆的な経験」となり、社会のあらゆる階層に属する人々に影響を与える様子を、彼が熟知するロンドンの史上稀に見る大事件、ゴードン暴動を通して描き出そうとしたのである。[1]

ディケンズがゴードン暴動勃発以前の数年間と一八三〇年代との間に、類似した危機的状況を見出したことは否定できない。一八三二年の第一次選挙法改正で労働者に選挙権が与えられなかったため、ロバート・オーエンらを中心にした労働者団体が一八三七年に人民憲章（ピープルズ・チャーター）を作成し、一八三九年と一八四二年に議会に提出した。ディケンズは労働者の要求の多くに賛同した (Bowen, "Introduction" xxii) が、彼らの急進性については危機感と嫌悪感を持った。その証拠に、ディケンズは『骨董屋』

第四十五章に、チャーティストを思わせる労働者の一団を登場させ、その粗野で荒々しい様子を書きたてている。[2] 同時代に見られたような一触即発の事態がゴードン暴動前にも生じていたはずだと、ディケンズは考えたのであろう。なお、パスによれば、『バーナビー・ラッジ』構想時もしくは執筆時にディケンズの頭にあったのは、チャーティスト運動ではなく、福音主義者による反カトリック運動に対する懸念だった (Paz 160)。歴史的背景についてのウォールダーの解説を参照するなら、旧教徒救済令 (Catholic Relief Act) が公布されてから二年を経過した一七八〇年と、一八二九年の旧教徒解放令 (Catholic Emancipation Act) によりカトリック教徒が市民権を得た一八三〇年代は、保守的なプロテスタントがカトリック教徒に対して警戒心を抱いた点で類似していた (Walder 94)。要するに、ディケンズが一八三〇年代に『バーナビー・ラッジ』を構想および執筆したのは時宜にかなっている。

このように一七八〇年頃と一八三〇年代が類似しているからと言って、ディケンズが過去を借用して同時代を描いたと断定するのではなく、ゴードン暴動と同様の惨状が十九世紀に繰り返されるのではないかという危機感を抱いていたと解釈すべきであろう。すなわち、危機は再来する可能性があるという歴史観をディケンズは持っており、[3] その視点に立って『バーナビー・ラッジ』を執筆したと考えられる。このような循環的な歴史観は、マコーリーがその礎を築きつつあったホイッグ史観と対照的である。すなわち、マコーリーは十九世紀半ばに至る「必然的な進歩」に疑いを持たないほど同時代の政治体制を信頼し、名誉革命以後、英国の立憲君主制は進化の一途をたどったと主張する直線的な歴史観を表した (Macaulay, McLean 1)。その一方で、ディケンズは不満足な同時代に憂いと怒りを抱き、そのような時代を作り出した為政者によって、ゴードン暴動のような危機が再び招かれ、悪しき歴史が循環するのではないかと懸念した。だから彼は、一八四一年版『バーナビー・ラッジ』の「序文」で、ゴードン暴動が示す歴史の教訓が理解されていないと嘆き（*BR* 3）、為政者が暴動の要因について十分に検討せず、社会問題に対する適切な処置を怠り続けた結果、十九世紀に同様の危機的状況が繰り返されることへの強い懸念を表現したのである。

ディケンズが社会改革者的な小説家として、『オリヴァー・トゥイスト』で新救貧法（一八三四年）の制度上の欠陥を指摘し、この法律を制定そして施行した政府を糾弾したのと同様に、『バーナビー・ラッジ』では、ゴードン暴動の惨状を招いた当時の政府の責任を追及している。その証拠に、ディケンズはゴードン暴動における暴徒を「大部分は不当な刑法と、不正な監獄規則と、最悪の警察によって生み出された、ロンドンの屑（くず）とも滓（かす）とも言うべき連中」（*BR* 407）と呼び、一八四一年の「序文」の中で、ゴードン暴動を「宗教動乱」、すなわち宗教的な大義によって引き起こされた動乱と呼ぶのは間違いだと述べている（*BR* 3）。そうすることによってディケンズは、悪政が社会的弱者に不満を抱かせ、破壊行為に駆り立てたと主張しているのである。

暴徒の中に絞首執行吏（ハングマン）のデニスを書き込んでいることもまた、ディケンズが政府を批判している証左である。役人でありながら被差別的な立場にあるデニスは、[4] 社会に対する漠然とした不満から暴徒の先頭に立っているが、その一方で、自分自身を「法の番人（a constitutional officer）」と呼び、絞首執行吏が死刑執行するのと同様に、破壊行為を繰り広げることが「法にかなっている（constitutional）」と豪語する。デニスはカトリック教徒の権利拡大によって絞首刑の執行数が減少すると思い込んでおり、暴動を扇動してそれを妨げることは、彼から見れば「法にかなっている」のである。[5]

あのカトリック野郎が権力を持ちやがって、首を吊る代わりに茹でたり焼いたりするようになれば、おいらの仕事はどうなるってんだ。おいらの仕事はべらぼうにある法律の一つだってぇのに、奴らがそれをどうこうするってことになれば、法律っててぇもんがどうなるってんだ。宗教がどうなるってんだ、国がどうなるってんだ。（*BR* 312）

ディケンズは執拗にデニスを絞首執行吏という役職名で呼び、デニスにこのような曲論を展開させることによって、「法にかなっている」とはどういうことなのかを読者に問いかけている。それと同時にディケンズは、自分が被支配者の過激な行動に賛同しておらず、警戒心を抱いていたことを匂わせている。

ただし、次章第四節で詳述するが、ディケンズはゴードン暴動が破壊行為のみをもたらしたと述べているわけではなく、暴動と新時代の到来を関連づけている。新時代を象徴するのが、貴族の嫡男エドワード・チェスターと、メイポール亭の跡取り息子ジョー・ウィレットである。後者は、デニスと共に暴動を先導する徒弟のサイモン・タパーティットと対照的な人物として描かれている。タパーティットは、親方である鍵職人ゲイブリエル・ヴァーデンに不当な悪意を抱き、機が熟すれば蜂起することを目論んで「徒弟騎士団」を結成した。すなわち、タパーティットは、ディケンズが急進的すぎるチャーティストを戯画化して造形した人物であり、しかも、「古きよきイングランドの慣習を復活させる変化以外の一切の変化に抵抗する」（*BR* 76）と主張していることからわかるように、過去を再来させようとする人物である。一方のジョーは、父親のジョン・ウィレットに不満を抱いている点でタパーティットと似ているが、過去を「復活させる」のではなく、時代を進化させることを通して活路を開く人物として肯定的に描かれている。[6]

以上より、『バーナビー・ラッジ』は、ディケンズが歴史を描くという明確な意思を持って執筆した歴史小説だと見なすことができる。ただし、彼がこの題材を選んだ背後には、一八三〇年代という不満足な現状への憂いと、そのような現状を作り出した為政者がゴードン暴動という危機的状況を再来させようとしているのではないかという危機感がある。だから、『バーナビー・ラッジ』では、時代を進化させようとする人物が肯定的に描かれている一方で、過去を再来させようとする人物が否定的に描かれているのである。

第二節　父親たちが作り出す遅延、停滞、不変

既述したように、ディケンズは『バーナビー・ラッジ』の中に、歴史が「絶え間ない変化の過程」であり、「個人の生活に直接的な影響を与える」ことを大衆が実感する（Lukács 23）様子を書き込んでいる。ディケンズは、歴史小説としては異例なことに、第三十三章までの前半部に歴史上の人物を登場させず、歴史上の事件として一般に認識されている出来事にほとんど触れていない。そうすることによってディケンズは、人物たちが歴史的な変化の起きる可能性に気づいていないことを暗示している。そして彼は、小説後半部で人物たちがゴードン暴動という「大衆的な経験」をして、歴史は「絶え間ない変化の過程」であり「個人の生活に直接的な影響を与える」ことを知らしめられる様子を描出しているのである。

換言すれば、歴史的な変化は必然的に起きること、さらに、個人の人生と国家規模の事件が連動

する可能性を示唆するために、ディケンズは小説前半部で、変化の兆しを察していない父親たちが現状に甘んじる一方、息子たちが停滞と不変の重苦しい雰囲気を感じ取って不満を抱く様子を描き、後半部で、一部の息子たちが不満を爆発させて暴動を先導し、他の息子たちが暴動を鎮圧して時代を刷新する様子を描いている。現状に甘んじて息子に不満を抱かせる父親の代表格がジョン・ウィレットである。彼が主を務めるメイポール亭は、十六世紀以降の変化をまったく受けていないかのように叙述されている。その酒場では、一七七五年三月十九日を描く第一章と、一七八〇年の同日を描く第三十三章のどちらにおいても、ウィレットとその仲間たちが酒を酌み交わしながらルーバン殺害事件について噂話をしており、彼らがこの五年間、不変に囚われながら生活してきたことが示唆されている。そのような状態にあったからこそゴードン暴動勃発の衝撃は大きく、暴徒にメイポール亭を襲撃されて、ウィレットは精神的に退行し痴呆に陥ってしまう。その瞬間を描いたのが、フィズ（Hablot K. Browne, 1815-82）による挿絵（図①）である。宿屋の看板だった柱、すなわちメイポールの先端が窓を突き抜け、椅子に縛り付けられているウィレットの頭上をかすめている（*BR* 454-56）。この挿絵には、暴動勃発によってメイポール亭という不変の空間が冒され、歴史的な変化が流入した瞬間が描かれているのである。メイポールが宿屋の主人としての権威の象徴であることを考慮するなら、暴徒たちがそれを倒し、その空間を冒す道具にすることによって、宿屋の安定と不変を司ってきたウィレットを事実上去勢し骨抜きにしたことがほのめかされている。

不変に囚われていたウィレットは、息子ジョーの成長という変化に気づかず、子供扱いをして彼に不満を抱かせていた。ディケンズはその様子も小説前半部に書き込み、ジョーが小説後半部で時代を刷新する役割を担うようになる背景を構築している。愚鈍なウィレットはジョーが家出してもその理由がわからず、息子を捜索する張り紙広告において彼を「少年」と呼び、その身長を実際よりもかなり低く記載して子供扱いを続ける（*BR* 274-75）。それに対し、暴徒がジョーの代わりに不満を爆発させ、変化を見せつけるべくメイポール亭を襲撃するのである。成長という変化を見逃してジョーに不満感を抱かせる点において、理想的な父親ヴァーデンでさえまったく非がないわけではない。ヴァーデンは、彼の娘ドリーに対するジョーの恋心を理解せず、ドリーではなくミセス・ヴァーデンに花束を渡すように助言して、ジョーを落胆させている（*BR* 117）。ただし、ヴァーデンが疑似的な息子タパーティットに不当な悪意を抱かせたことは彼の責任ではなく、「怠惰な徒弟」タパーティットの逆恨みとして描かれており、公明正大なヴァーデンは、変化を見逃しているにも関わらずジョーに慕われる。そのような善性の証拠として、ディケンズは、ヴァーデンが「時の翁（ファーザー・タイム）」と上手に付き合い健康的に年を重ねる、つまり時の変化を受け容れる好人物として造形している（*BR* 25）。

一方、ウィレットと同様に否定的な面が目立つ父親たちは、時間の経過に伴う変化を恐れる人物、もしくは正常な変化を遂げられない人物として描かれている。そのうちの一人が、利己的な理由から息子エドワードの恋路を邪魔し、しかも、英国社会に対する絶望感を息子に植え付けるジョン・チェ

図① Old John at a Disadvantage (*BR* ch.54)

スターである。彼は年齢という変化を感じさせるという理由で息子から父と呼ばれるのを拒否し（*BR* 267）、化粧を用いて容貌を変化させまいとしている。殺害されたルーバンの弟ジェフリー・ヘアデイルも、否定的な面が目立つ人物である。彼は信頼に足る人物だが、疑似的な娘で姪のエマの結婚については専制ぶりを発揮し、破談に追い込むために、チェスターと共謀する約束さえしてしまう（*BR* 108）。エマの結婚相手として、学生時代以来の宿敵チェスターの息子エドワードを受け容れることが彼にはできないためである（*BR* 359）。このように過去に囚われる傾向を持つヘアデイルは、兄を殺した真犯人を見つけ出したいという思いが強すぎるために、事件が起きた二十八年前から、正常な変化を遂げられずにいる。その証拠に、ルーバン殺害の真犯人、ラッジは、ヘアデイルの容貌が、ルーバンの死亡した二十八年前から不変であることに驚愕している（*BR* 513）。ラッジ自身、二十八年前に自分が犯した罪から逃走し続けている、過去に囚われた人物である。しかも彼は、罪を犯した証拠を息子バーナビーに、手首の血痕と精神遅滞という形で刻み込むことによって、[7] 自分が囚われている過去に息子を取り込んでいる。そうすることによってラッジは、息子が知的成長という変化を遂げるのを妨げているのである。以上のように、ウィレット、チェスター、ヘアデイル、ラッジといった父親たちは、息子や姪が変化するのを認めず、小説前半における閉塞感に満ちた不変の雰囲気を形成すると同時に、暴動や、鎮圧後に時代の刷新が起きるに足る状況を構築している。

第三節　息子たちと暴動

父親たちの社会的立場も不変の雰囲気を形成する一端を担っている。すなわち、犯罪者のラッジを除いて、父親たちは、都市ブルジョア（ヴァーデン）、宿屋の主人（ウィレット）、国会議員の貴族（チェスター）、地主（ヘアデイル）という安定した地位にあり、「確立され安定した世界が当然備えている停滞、不活性」（原 471）が不変と結び付く。チェスターの私生児でジプシー、メイポール亭の馬丁でもある、すなわち非差別的な立場にあるヒューは、「確立され安定した世界」に反発して然るべき人物として造形されている。彼の母親は貧困ゆえに偽金作りに手を染め絞首刑に処せられているが、母親と当時六歳だった自分に何の同情も示さなかった社会に対し、ヒューは漠然とした恨みを抱いている（*BR* 200）。したがって、ヒューには暴動を先導し破壊行為を行う理由があると言えそうだが、ディケンズはそのようなヒューの人物造形をより完全にしようとするかのように、彼にケンタウロスという異名を与え、野性的かつ非理性的な活力を象徴させている。ヒューは、食欲についてもドリーに対する色情についても（図②参照）、その表現が率直であり（*BR* 176-79）、バフチンのカーニヴァル的な暴動における異教的儀式の乱飲乱舞のエネルギーを表現するのに相応しい人物として造形されているのである。

図② Hugh Accosts Dolly Varden (*BR* ch. 21)

ディケンズは暴徒の行き過ぎた振る舞いを警戒すると同時に、常軌を逸したエネルギーに憑かれた群衆を描き出すことに魅了されていた。その証拠として、よく引用されるのが、一八四一年九月十八日付のジョン・フォースター宛の書簡（*Letters* 2: 385）である。その中でディケンズは、ニューゲート監獄襲撃の場面を描いていると、暴徒の起こした火災の煙で「煙い」と述べ、自分が執筆にいかに没頭しているかを示唆している。ディケンズは、ヒューが暴徒に加わった背景を書き込むことによって、虐げられた子供の複雑な心理状態の描出もしている。ヒューは社会に対する恨みを、上流階級の一角を占めているだけではなく、幼かった自分に父親として援助の手を差し伸べるべきだったチェスターに対し、そうとは知らずに吐露し（*BR* 200）、その結果、無意識のうちに父親に誘導されて暴動の先頭に立っている。ヒューは最も恨むべき父チェスターによって支配されているのである。ディケンズは子供の信頼を裏切る大人を『骨董屋』の中で非難している（*OCS* 48）が、精神的な幼稚さに付け入ってヒューを利用したチェスターは、そのような非難されるべき大人の一人である。チェスターが世知によって巧みにヒューを圧倒し、反発不可能な心理状態へ追い込む過程（*BR* 192-200）は、『オリヴァー・トウィスト』の中でフェイギンが孤児にスリの手管を教える過程（*OT* 110-11）に似ている。なぜなら、ヒューと孤児はどちらも、教育の欠如や精神的な未成熟のために自分の置かれた状況を理解することができず、大人によって利用されているからである。要するに、ヒューは社会的弱者としての子供の一人であり、そのような子供が一七八〇年前後においても、一八三〇年代と同様に苦境にあったことをディケンズは示唆している。

ヒューが父の意にしたがって暴動を先導した従順な息子であることは、暴動後に獄中でヒューに再会したデニスの知るところとなり、ヴァーデンに伝えられる。すなわち、デニスは独房の中でヒューが母親について漏らした言葉（*BR* 620-21）を聞いて、ヒューがチェスターの息子であることに気づき、自分自身の処刑の前日にそれをヴァーデンに告白する（*BR* 628-30）。ヒューと同様に野性的かつ非理性的な活力を象徴する白痴のバーナビーも、父親に従順な息子である。なぜなら、バーナビーは父親によって直接的に誘導されていなくても、次の引用に示されている通り父の性向を受け継いでおり、その性向にしたがって破壊行為に加わったと解釈できるからである。

（バーナビーは）ハンカチをねじって頭に巻き、額まで帽子を下すと、身体をコートで包み、（母親の）前に立った。その姿は彼が模倣している原型にとてもよく似ていたので、背後から様子をうかがっている闇に包まれた人物は、彼の影法師だと言ってもよさそうだった。（*BR* 150）

これは、バーナビーが、エドワードを襲った追剥を、父だとは知らずに、捕まえてやると息巻き、暗闇の中で垣間見た追剥の姿を真似る場面であり、彼がその背後に隠れている父ラッジと酷似していることが明示されている。それを裏づけるかのように、フィズによる挿絵（図③参照）では、バーナビーの背負う籠の中にいるカラスのグリップがラッジを凝視している。「堕

図③ Barnaby Greets his Mother (*BR* ch. 17)

落した状態の人間性を観察するのが大好き」（*Letters 2*: 438）なグリップの鋭い視線は、バーナビーが「堕落した」ラッジと同じ性向の持ち主だということを雄弁に物語っているのである。[8]

無意識のうちに父ラッジの性向を受け継ぎ、無邪気に破壊行為を行うバーナビーの姿を通して、ディケンズは、犯罪が必ずしも明確な理由によって引き起こされるわけではないという考えを匂わせている。この点は、ルーバン・ヘアデイルを殺害したラッジの動機が明らかにされず、根拠のない悪意による犯行と説明するしかないことを通しても、示唆されていた。バーナビーに限らず、暴徒たちは理由があって破壊行為に加担したわけではなく、理由があるとすれば、ヒューの場合のように、社会に対して漠然とした不満を持っていたためだとディケンズは考えていた。[9] だから彼は、暴徒を「大部分は不当な刑法、不正な監獄規制と、最悪の警察によって生み出された、ロンドンの屑とも糟とも言うべき連中」（*BR* 407）と呼んで、彼らに不満を抱かせて破壊行為に駆り立てた為政者を糾弾し、それを裏づけるかのように、ロンドン市長が、暴動の最中に保護を求めてきたカトリックの酒問屋に対し、次のように言う場面を描いている。

> カトリック教徒とは哀れなものですな。どうしてプロテスタントになられなかったのですか。そうすればこんな動乱に巻き込まれることもなかったでしょうに。私には何がなされるべきかなど測りかねますな。暴動の背後にはお偉方がいましてね。おっと、これはいけない。公人だっていうのも厄介なものですな。（*BR* 508）

市長は、カトリック教徒が宗教的な信義を巡って迫害されているのではなく、「ロンドンの屑とも糟とも言うべき連中」の不満のはけ口になっていることをほのめかすと同時に、10自分を含む「お偉方」すなわち為政者が暴動の要因を作ったと言いかけている。「お偉方」の代表格が息子のヒューを暴徒の先頭に立たせた、暴動の黒幕の国会議員チェスターである。

「徒弟騎士団」のアジトの管理人、スタッグがラッジの使者となり、暴徒に加わるようバーナビーを誘導していることは示唆的である。スタッグは、「(金というものは) 君が暮らしているような寂しい場所ではなく、人ごみの中、騒がしくてがやがやしているところにあるんだ」(*BR* 383) と言ってバーナビーを促すわけだが、彼が管理する地階のアジトは、徒弟たちの親方に対する不当な悪意がくすぶる、破壊行為の温床であり、『バーナビー・ラッジ』における文化もしくは歴史の下層を象徴している。アジトは暴動の勃発によって上層の世界と入れ替わり、自他の枠組みをはずし常道を逸脱させることによって、バフチンのカーニヴァル的な世界を出現させる。そのような地階のアジトでラッジはスタッグと知り合い、彼を使者としてバーナビーのもとに送るのである。

父親に従順なヒューとバーナビーが暴動を起こした一方で、父親に反発したジョーとエドワードが暴動を鎮圧するのに一役買っている。換言すれば、父親たちによって作り出された遅延、停滞、不変に対する不満は、破壊行為を促すだけではなく、息子たちを躍進させ父親を凌駕する契機にもなり、時代を進展させる力になることをディケンズは描出しているのである。ジョーは自分を子供扱いする父親への不満から家出をして兵士になり、片腕を失うものの、アメリカ独立戦争で活躍する。エドワードは利己的な父親に吹聴された英国社会のあり方 (*BR* 135) に失望して家出し、西インド諸島で一財産を築く。[11] そして帰国した二人は暴動に遭遇し、暴動を鎮圧する側に回るのである。『バーナビー・ラッジ』における暴動に、バフチンのカーニヴァル的な要素が見られることは既述した。ジョーとエドワードは暴動の真っ只中で再登場するとき、祝祭としてのカーニヴァルにおいて民衆がするように仮装して正体を隠し、ニューゲート監獄正門ではヴァーデン（*BR* 531）を、地下のトンネル内では逃げ惑うヘアデイルとカトリックの酒問屋（*BR* 564）を救出する。そこで仮装を脱ぎ正体を現したジョーは、ヘアデイルに対し「時代は変わったのですよ」と言い、秩序がいまだ混沌とする中で、個人間の新しい関係が既に築かれつつあること、すなわち、時代が刷新されつつあることを宣言するのである（図④参照）。

ジョーが地下でこの宣言をしていることは注目に値する。バフチンのカーニヴァルにおいて、社会的また文化的な秩序が一時的に破棄されるに伴い、文化の上層は「格下げ」になり下位文化は上昇する。「《上》と《下》はこの際、絶対的な、厳密に地形学的（トポグラフィー）意味」を持っており、下とは大地であって「大地そのものは吸い込んでしまう原理（墓、胎内）であり、生み出し、再生させる原理（母の懐）」である。ゆえに「格下げ」は「埋葬し播種し同時に殺すこと」を意味するだけでなく、「より多くのもの、より良いものを生むため」（バフチン『ラブレー』25-26）に行われる。つまり、ジョーやヘアデイルは、「溶解されて新しく生まれるため」に「肉体的下層」（バフチン『ラブレー』51）、すなわち地下に投げ込まれたのである。

図④ To the Rescue (*BR* ch. 67)

第四節　暴動後の変化

暴動によってメイポール亭には世代交代という変化がもたらされる。ジョーは痴呆に陥った父ウィレットに代わって宿屋の主人になり、ドリーを妻に迎え子供をもうける。ただし、語り手が彼の子供たちを「小さなジョーやドリー」(*BR* 685) と呼びながら暗示しているように、ジョーにはウィレットと同様の専制的な父親となり、彼自身がそうだったように子供たちに不満を抱かせ、彼が経験したのと同様の家族の歴史を繰り返す可能性があることがほのめかされている。個人的なレベルながら、これはディケンズの循環的な歴史観の表れだと言えよう。

ヘアデイルはルーバン殺害事件を決着させ、エマとエドワードの結婚を認めた後、急激に老け込んでいる (*BR* 672-73)。その理由として、語り手は姪と別れる寂しさや孤独感を挙げているが、ヘアデイルが過去に囚われた二十八年間に経なかった時間的な変化を短時間で経験したためと解釈することも可能であろう。彼は暴動が起こした変化を生き延びた唯一の専制的な父親である。ウィレットが衝撃のあまり痴呆に陥ったのとは対照的に、ヘアデイルは廃墟となったウォレン屋敷を訪れて変化の跡を見極める (*BR* 675)。そして、彼は決闘を挑まれチェスターを殺害した罪を悔い改める懺悔の日々とは言え、外国の修道院で新たな生活を送ることになる (*BR* 680-82)。

「新しく生まれ変わる」ことができなかったウィレットは、宿屋の前に立てられていたメイポールが切断されたことによって象徴されるように、バフチンの「グロテスク・リアリズムの退化・崩壊の過程」を経たと考えられる。この過程で「豊穣の悪魔像(ダイモニオン)のファルロスは切り取られ、その腹はぺしゃんこ」(バフチン『ラブレー』51) にされ、生殖器官を失い、その結果、新しいものを生み出すことができなくなる。ウィレットは生命を育むという概念を理解することができなくなり、孫を見ても「何か恐るべき奇蹟がジョーの身の上に起こった」(*BR* 687) としか思えない。タパーティットも同様に、暴動で両脚を失うことによって比喩的に去勢される。そのため、彼は暴動後に妻を迎えるものの、亭主の権威を主張しようとすれば、妻から義足を取り上げられ、他人の嘲笑の的になる (*BR* 684)。去勢されたタパーティットは父権的な勢力を持ち得ないのである。

暴動という変化を生き延びたのか、それともそうでないのか、判断しがたいのがバーナビーである。彼は恩赦を受けるものの、一時的に身を寄せたヴァーデン宅で「生きた人間に囲まれた幽霊のような」(*BR* 662) 気持ちになっている。そして小説の結末で母親と共に農場で生活する様子が描かれている (*BR* 687) が、バーナビーは「新しく生まれ変わった」ように見えない。それについてグラヴィンは、ディケンズが社会改革者的な小説家としてバーナビーの恩赦を描くべきではなかったのに、感情的または道義的な必然性からバーナビーを死刑にすることができなかったためだと分析している (Glavin 101)。ディケンズは、暴動が勃発したことに関する為政者の責任を追及するのであれば、白痴に温情を施して恩赦にするという、為政者の肯定的な姿を描くべきではなかった。この場合、為政者がゴードン暴動の前後に、累積する社会問題に対する適切な処置を実際に怠っていたかどうかは、ディケンズにとって問題ではない。為政者が暴動後、実際には改革を行っていたとしても、一八三〇年代に同様の危機的状況が生じている以上、ディケンズの目から見れば、改革は行われていないも同然である。ピーター・ゲイは『荒涼館』に関する論考の中で、ディケンズが事実に反する記述をしたとしても、公の問題を取り上げて「自分自身の問題として捉え」なおし、社会批判を展開して「できるだけ多くの支持者を怒らせた」段階で、諷刺作家としての役割を十分に果たしていると述べている (Gay

61-64）。社会改革者的な姿勢を貫くのなら、ディケンズはバーナビーを絞首刑に処して読者を怒らせ、白痴を罰することによって暴動鎮圧を印象づけようとする権威を批判すべきだった。しかしながら、道義的にはバーナビーを恩赦にすべきだというディケンズ自身のディレンマが、変化を生き延びたはずなのに死んでいるようなバーナビーの姿や、恩赦を与えられた経緯の詳細が明かされないことに表れているのである。

第五節　まとめ

以上、変化と不変をキーワードに『バーナビー・ラッジ』について論じた。ディケンズの社会改革者的なものの見方と循環的な歴史観との関わりにも着目したが、そのような歴史観を持つ一方で、ディケンズが『バーナビー・ラッジ』の中で復古主義を執拗に批判し、歴史の進展という変化を妨げようとする者を否定的に描いている点を見逃すわけにはいかない。[12]

タパーティットが去勢という罰を受けるのは、復古主義的な傾向を持つためである。彼は「徒弟騎士団」の会合において、徒弟が思い通りに休暇を取れないという「堕落と圧制が加えられたのは、疑いもなく、時代の進歩的精神」によるという曲解を展開した。しかも彼はそれを根拠にして、徒弟が団結し「古きよきイングランドの慣習を復活させる変化以外の一切の変化に抵抗せねばならぬ」（*BR* 76）と主張している。ディケンズが「不幸なる元凶」（*BR* 614）と呼んで、ある程度の同情を表しながらも、破壊行為の責任があると見なしたゴードンも復古主義的であり、彼の理想はエリザベス一世の治世である。ゴードン自身ではなく秘書のガッシュフォードの言葉ながら、カトリック教徒の権利が拡大されつつある一七七〇年代後半は、彼にとって「処女王エリザベス陛下が墓の中で涙を流され、血を好む（ブラッディ）メアリが陰険な眉をひそめつつ我がもの顔にのし歩く」（*BR* 290）危機と形容されている。言うまでもなく、「血を好むメアリ」はエリザベス一世の異母姉で、プロテスタントに対する過酷な迫害で知られるメアリ一世のことである。

デニスはカトリック教徒の権利拡大を嘆くと同時に、些細な罪で人を絞首刑に処す一七八〇年前後の法律を称えて、暴動の前に次のように述べていた。

おいらたちの孫が爺さんの時代を振り返って、あれこれ変わっちまったもんだってことに気づいて、昔はよかったなあ、あれ以来、下り坂じゃねえか、て言う日がそのうちに来ますぜ。（*BR* 312）

十八世紀後半を生きるデニスから見た孫の代とは、ディケンズが『バーナビー・ラッジ』を執筆している一八三〇年代に他ならない。一七八〇年から一八三〇年代の間に時代が進化し、刑罰に関する法律が整備されれば、憂えるべき事態だとデニスは主張しているのである。しかしながら、デニスのような死刑執行吏が法の手先となって貧しい母親を絞首刑に処し、ヒューのような社会的弱者を生み出した過去を後世に懐古しなければならないとすれば、それこそが最も憂えるべき事態であろう。歴史が繰り返されて、同様の危機がもたらされることも憂えるべき事態だが、辛い現状を避けるために過去へさかのぼることを決して望むべきではない。要するに、ディケンズは歴史に循環性を見出しても、絶対に後退させるべきではないという確固とした考えを『バーナビー・ラッジ』の中で表現しているのである。

注

1　アクロイドは『ロンドン――その伝記』(*London: The Biography*, 2000) のゴードン暴動に関する箇所で、『バーナビー・ラッジ』から複数個所を引用し、そうする理由として、ディケンズがロンドンを熟知していることを挙げている (Ackroyd, *London* 484-86)。

2　『骨董屋』の該当箇所は本書第九章の注13で引用している。

3　ディケンズがこのような歴史観を持つようになった背景として、カーライルの『フランス革命』の影響があると推測される。ただし、ディケンズが、カーライルの影響で持つようになった歴史観を『バーナビー・ラッジ』で表出させていることを論証した批評家は、筆者の知る限りでいないようである。

4　絞首執行吏が十八世紀当時に被差別的な立場にあったことについて、また、『バーナビー・ラッジ』の登場人物のモデルとなった実在のデニスについては、ブリックリー (Bleackley xviii) 参照。ただし、ディケンズは実在のデニスと同じ人生を『バーナビー・ラッジ』のデニスにたどらせなかった。この点について詳しくは、本書第三章の注10参照。

5　"constitutional" という形容詞はデニスが自分の職業について用いる他に、語り手がジョン・ウィレットの気性を表現する際に使用している（*BR* 446, 687）。どちらの場合も、この形容詞は肯定的な意味合いを持たず、ディケンズの社会的権威への反発が込められている。タパーティットはテンプル・バーも“constitutional”（*BR* 77）と形容している。その理由については、小池滋訳『バーナビー・ラッジ』（愛蔵版世界文学全集十五、綜合社、一九七五年）五九六頁、注五七下を参照。

6　原英一によれば、タパーティットは、「勤勉な徒弟」ジョーとは対照的な「怠惰な徒弟」として批判的に描かれている（原 472-73）。

7　二〇〇三年のペンギン版『バーナビー・ラッジ』第五章の注3（722）によると、母親の精神状態が胎児に伝わると十九世紀の英国で信じられていた。ディケンズは、夫が犯した罪に対するメアリの動揺が胎内のバーナビーに伝わり、手首の血痕と知的障がいとして表面化したと設定している。

8　本書第三章第三節を参照。

9　アンガス・ウィルソンは最近の歴史家の見方として、カトリック教徒であるアイルランド移民を敵視したロンドンの失業者が暴動を引き起こしたと記している（Angus Wilson 152）。おそらくディケンズはそのような考えもまた持っていなかったのではないだろうか。

10　ディケンズはカトリック教徒を支援しているわけではない。この点については本書第二章第三節参照。なお、フィリップ・コリンズによれば、ディケンズには、ユダヤ人にしてもカトリック教徒にしても、迫害されて少数派になれば同情する傾向がある（Collins, *Education* 68）。

11　エドワードを失望させた父チェスターの言葉は、本書第二章第三節で引用している。

12　ディケンズの復古主義もしくは懐古主義批判と十九世紀における復古主義的もしくは懐古主義的傾向については本書第八章第一節および第二節で詳述する。

第二章　他者の歴史

第一節　他者と歴史

フーコーが『狂気の歴史』において、理性の歴史によって沈黙を強いられ、隠され、忘れ去られた狂人という社会的な他者に着目したように、[1] ディケンズも『バーナビー・ラッジ』において、偉人として語り伝えられる人物ではなく、狂人を含む様々な社会的他者に焦点を当てて歴史を描こうとした。ディケンズが歴史を描くという強い意思を持っていたことについては、本書第一章第一節で述べた。彼が他者との関わりを念頭に置いていたことについては、タイトルとして白痴のバーナビーの名前が採用されていることから明らかである。もっとも、ディケンズが当初考えていたタイトルは、『ロンドンの錠前師、ゲイブリエル・ヴァードン』だった。公明正大な錠前師ヴァードンは、小説タイトルが変更されるに伴いヴァーデンと改名されたものの、活躍の場を失ったわけではない。ヴァーデンはニューゲート監獄の錠前を破壊するのを拒むことによって、ディケンズの代わりに暴徒の行き過ぎた振る舞いを非難し（*BR* 529-30）、ヒューの死刑が確定すると、ヒューの実父で国会議員の貴族チェスターにそれを伝えに行き（*BR* 630-31）、父親としての息子に対する無責任さと、社会的権威としての弱者に対する無責任さの両方を糾弾している。要するに、ディケンズは、英国史において、ヴァーデンのようなプロテスタントの都市ブルジョアが社会の中心で果たした役割を否定していない。それでも彼は、社会の中心に位置していると見なされる人々がいかにして歴史を推進させたかではなく、他者がいかにして歴史に関与したかを『バーナビー・ラッジ』で描出しようとした。その意図を新たなタイトルに込めたのである。

ディケンズが社会的他者に着目した理由の一つは、彼が社会改革者的な視点を持っていたためであろう。彼は当初、ゴードン暴動がベツレヘム（ベドラム）精神病院から逃走した三人の知的障がい者によって引き起こされたという設定を考えていたが、社会改革者的な視点をより明確に示すためにそれを変更したと推察される。すなわち、ディケンズは、知的障がい者（バーナビー）に加え、役人とは言え被差別的な扱いを受けていた絞首執行吏（デニス）と、[2]ジプシーの血を引く馬丁（ヒュー）という立場の異なる社会的な他者を暴徒の先頭に立たせることによって、「不当な監獄規則と、最悪の警察」（*BR* 407）、すなわち悪政が暴動を引き起こしたことを明示しようとしたと考えられる。そうすることによって、ディケンズは、プロテスタントの都市ブルジョアだけではなく、社会的他者も歴史に関与しているという見方を提示しようとしたのである

ただし、『バーナビー・ラッジ』において印象的なのは、知的障がい者やジプシーのような社会の周辺に位置する人物だけではなく、社会の中心に位置するはずの人物もまた、他者としての側面を持つことが匂わされている点である。この点について分析する前に、ディケンズが歴史に循環性を見出していたのは、必ずしも社会改革者的な立場からだけではないことについて述べておきたい。[3]歴史

が循環しているという見方は、ディケンズが抱いていた過去そのものに対する興味と密接に関わっている。ディケンズは作品の中で、過去が悪魔か亡霊であるかのように現在に取り憑き影響を与える様子を頻繁に描いている。例えば、『リトル・ドリット』のアーサー・クレナムは子供時代に由来するトラウマを四十歳代になっても払拭できない人物であり、二十年ぶりに帰郷したロンドンで教会の鐘の音を聞いているうちに、時間をさかのぼって子供時代にもどったような思いに囚われ憂鬱になる（*LD* 68-69）。[4]『バーナビー・ラッジ』の登場人物たちに取り憑いているのは、ゴードン暴動勃発の二十八年前に起きたルーバン・ヘアデイル殺害事件である。殺害の経緯がはっきりしないルーバンは「生きてはいないし、死んでもいない」（*BR* 16）と形容されるが、この表現から、人物たちがヘアデイル殺害事件にとり憑かれていることがわかる。例えば、自分は死んだと見せかけて罪から逃れ続ける真犯人のラッジ、ルーバンと共に死んだと見なされている夫ラッジから金を無心されても助けを求めることができず、精神的な負担を強いられているメアリ、そして、兄ルーバンを殺した真犯人逮捕に執着するあまり、正常な時間的変化を遂げられずにいるジェフリー・ヘアデイルである（本書第一章第二節参照）。

ルーバン殺害事件のような個人的な事件が後の世に影響を及ぼす様子は、歴史小説において描かれるにしても大きな比重を占めないのが常であろう。ところが、『バーナビー・ラッジ』では重要である。なぜなら、ラッジの犯行動機が明示されないルーバン殺害事件と、社会的根拠がはっきりしないゴードン暴動（本書第一章第三節参照）は、不当な悪意から引き起こされたとしか説明のしようがない点で共通しており、ルーバン殺害事件によってゴードン暴動勃発が予示されていると考えられるからである。すなわち、小説前半でルーバン殺害事件に、後半でゴードン暴動に焦点を当てることによって、論理的に説明できない邪悪な事件は繰り返し起きるという示唆が、登場人物と読者の両方に与えられる。メアリ・ラッジとジェフリー・ヘアデイルは、そのような循環性を痛感する人物である。メアリは夫が殺人を犯したことへの動揺から息子のバーナビーを白痴として出産し（本書第一章注7を参照）、夫の脅迫から逃れるために事実上の逃亡生活を強いられる。しかも彼女は息子が暴徒に加わるのを妨げることができず、息子が死刑宣告されるという悲運に遭う。要するに、ルーバン殺害事件とゴードン暴動は、家庭崩壊という悲劇を、彼女に繰り返しもたらしている。一方のヘアデイルは、兄ルーバンを殺害されたために、その後の人生を真犯人探しに費やすばかりでなく、ゴードン暴動が勃発するとカトリック教徒であるという理由で危険にさらされる。これらの事件はどちらも彼の人生に破壊的な影響力を及ぼしているのである。

本章で着目したいのは、動乱の元凶として歴史に名を残すジョージ・ゴードンと、『バーナビー・ラッジ』における暴動の黒幕ジョン・チェスターという、社会の中心に位置するプロテスタントの貴族の社会的他者としての側面をディケンズが描出していることである。ゴードンについて、ディケンズはラッジとの奇妙な共通性を暗示することによって、彼の他者としての側面を浮き彫りにしている。ヘアデイルの学生時代からの宿敵で、国会議員でもあるチェスターは、第四代チェスターフィールド伯爵（Philip Dormer Stanhope, 4th Earl of Chesterfield, 1694-1773）の著書を愛読し、世知の権化として伯爵を手本にしているが（*BR* 192）、ディケンズは、その洗練された物腰の背後にあるグロテスクな側面を描き出すことによって、彼に他者としての一面があることを匂わせている。

ディケンズはなぜ社会の中心に位置するはずの人物の他者としての側面を描出しようとしたのだろうか。それは、歴史の真の中心人物が誰なのかについて読者に疑問を投げかけるためであり、歴史を進展させているように見える人物が、実際には歴史を循環もしくは後退させている可能性を示唆するためであろう。

第二節　ラッジとゴードンの共通性

ラッジとゴードンには、比喩的に蘇生するという共通点がある。表向きは殺害されたことになっているラッジは、暴動勃発の五年前にメイポール亭に現れて最初の蘇生を果たし、暴動が起きる一七八〇年の春に教会の庭に現れて再び蘇生している。二度目の蘇生をしたラッジを教会庶務係のデイジーが目撃し、それを幽霊話としてジョン・ウィレットに伝える。この話はヘアデイルにも伝わり、彼は、ラッジが生存していることと、ラッジが兄ルーバン殺しの真犯人であることの両方を確信するのである。一方のゴードンは、ラッジの二度目の蘇生と同時期に蘇生する。暴動を勃発させるためにロンドンに向かう途中、メイポール亭の寝室でまるで棺台に横たわるかのように眠るゴードン（*BR* 303）は、自分がヨーロッパ社会における伝統的な他者であるユダヤ人になった夢を見る（*BR* 306）。この夢は、彼が自分の行おうとしていることに無意識的な違和感を覚えていることを表している。『バーナビー・ラッジ』における善意あふれるプロテスタントの代表で、ゴードンの忠臣のジョン・グルービー（Walder 94）の言葉を借りれば、ゴードンは、秘書のガッシュフォードやチェスターによって「偽りの熱情にかられやすい」（*BR* 303）という欠点を利用されて暴動を勃発させつつあり、暴動の元凶という、本来の自分とは違う人間という意味での他者として蘇生しようとしているのである。ラッジの二度目の蘇生によって、ヘアデイルの犯人捜しが大詰めを迎えるように、ゴードンの蘇生によって、社会的な他者たちが不満を爆発させるべく破壊行為を開始する。各々の蘇生の共通性を描出することによって、ディケンズは、ラッジとゴードンの分身関係だけではなく、ルーバン殺害事件とゴードン暴動の関連性も示唆しているのである。

バーナビーと父親のラッジが酷似していることは本書第一章第三節で述べたが、バーナビーとゴードンもよく似ている。バーナビーと似ていることは、ラッジとゴードンの分身関係を裏づけるもう一つの証拠である。旧教徒解放令（一七七八年）に反対する陳情書を提出するために国会議事堂へ向かうゴードンは、自分に同行する群衆が「生まれてから今まで賛美歌も聖歌も一度だって聞いたことのない連中」で、「頭に浮かんだ卑猥な歌詞だろうと、ナンセンス・ソングだろうと何だって歌っていた」のにまったく気づかず、「信徒の敬虔な振る舞いにたいそう感動し、かつ喜んで」（*BR* 402）いるように、その場に居合わせたバーナビーも周囲の状況を理解していない。訳がわからずに暴徒に加わろうとするバーナビーを制しながら、メアリが「この子は頭が正常ではないのです」と言うと、ゴードンは自分の「頭が正常ではない」と言われたかのように、「真理を求め正しい大義を支える者が狂人だと見なされるとは！」（*BR* 400）と激怒し、バーナビーを自分の鏡像と見なしていることを匂わせる。そしてゴードンはバーナビーを母親から引き離し、自分の代わりに暴徒

図⑤ Barnaby is Enrolled (*BR* ch. 49)

の先頭に立たせるわけだが（図⑤参照）、本書第一章第三節で述べたように、ラッジもバーナビーが暴動に加わるよう誘導している。ラッジとゴードンは、バーナビーを母親から引き離して暴動に加わらせる点でも共通しているのである。

ディケンズは、ゴードンが、殺人者のラッジと分身関係にある他者として蘇生したために、プロテスタンティズムを理解することができなくなったと入念に設定している。その証拠に、ジョン・グルービーがカトリックの酒問屋にゴードンを告発しないよう懇願しながら、「あの方は善意の方で——まわりの人間に惑わされているのです——こんなことするつもりはなかったのです」（*BR* 549）とゴードンの代わりに釈明する様子を描いており、そうすることによってディケンズは、ゴードンや暴徒たちの言うプロテスタンティズムの偽善性を暴いていても、自分自身がプロテスタンティズムを否定しているわけではないことを明示している。蘇生後のゴードンがプロテスタンティズムを理解できないもう一つの例として、「徒弟騎士団」のタパーティットや絞首執行吏のデニスを、宗教的に熱心（アーネスト）だと見なしている（*BR* 301）ことが挙げられる。タパーティットとデニスが、旧教徒救済令は自分たちにとって望ましくない方向へ社会を進化させるという思い込みと根拠のない悪意から、カトリック教徒排斥を旗印にした運動に参加しているに過ぎないことは、本書第一章で検証した。その際、デニスが「法にかなった（constitutional）」という形容詞を都合よく用いていることに留意した（第一節）が、彼は自分の仕事を「プロテスタント的で、法にかなっていて、イングランド的な仕事」と呼んでおり、「プロテスタント的な」や「イングランド的な」も本来の意味を理解して使用しているわけではないことがわかる。メアリ・ジョーンズの処刑について語る次の引用では、「イングランド的な」を自分本位に使っている。

おいらが獲物にしたとき、メアリ・ジョーンズは十九の若い女だったなあ、胸にちっこい子供を抱いてタイバーンにやって来てさ。ラドゲイト・ヒルの店のカウンターで服を一着盗もうとして、でも一回カウンターに戻したときに店主に見つかってしょっ引かれたんだな。まったくの初犯で、ちょいと盗もうとしただけさ。その三週間前に亭主がしょっ引かれちまって、やっこさん、物乞いするしかなくなったんだな。二人の子供を抱えてさ。なんてことが、裁判でわかったのさ。はは！　ま、法律ってやつはそういうもんで、イングランド的なやり方だってわけだな。イングランド的な栄光ってわけだ、な、ガッシュフォードの旦那。（*BR* 311-12）[5]

蘇生後のゴードンや暴徒たちが依拠するプロテスタンティズムも、彼らが都合よく解釈したものに過ぎない。彼らは、自分たちに同調しない者なら、プロテスタントであっても不当に扱う。だからグルービーは解雇され、公明正大なヴァーデンは、ゴードン卿の秘書で扇動的なガッシュフォードによって「邪悪な男（マリグナント）」（*BR* 302）と呼ばれている。[6] 以上を考慮するなら、ディケンズが一八四一年の「序文」の中で挙げているゴードン暴動の教訓の一つ――「宗教動乱と誤って呼ばれるものが、信仰のない人々によって安易に起こされていること」（*BR* 3）――は、「宗教と誤って呼ばれるものが、信仰のない人々の悪意によって安易にでっちあげられていること」と言い換えることができよう。そう主張する方策の一つとして、ディケンズは、暴動を先導するゴードンを、不当な悪意から殺人事件を起こしたラッジの分身として描いているのである。

第三節　チェスターの他者性

暴動の黒幕ジョン・チェスターは、自分の手を汚すことなく、暴徒にウォレン屋敷を破壊させて宿敵ジェフリー・ヘアデイルへの敵対心を満足させた。そのような策士のチェスターは、暴動が終結して新しい秩序が築かれた後も、貴族の国会議員として巧みに世渡りを続けていくであろうと予想された。ところが、彼は小説の結末部で、廃墟と化したウォレン屋敷に現れると、拒むヘアデイルに決闘を挑み、結果的に刺殺されてしまう（図⑥参照）。そして彼は、自分のグロテスクな側面を暴露するのである。次の引用は、断末魔のチェスターの姿を描写したものである。

（ヘアデイルが相手の身体から剣を抜いたとき）彼と（チェスターの）目は、お互いに向けられたままだった。（ヘアデイルが）助け起こそうとすると、死にゆく男は弱々しく彼の手を退け、芝生に身体を沈めた。手をついて身体を起こし、一瞬だけ、侮蔑と憎しみを込めた眼差しで（ヘアデイルを）凝視した。ところが、そういった表情が自分の死後の容貌を歪めるであろうことを思い出したようで、彼は微笑もうとした。そして、自分の衣服に付着し

図⑥ Sir John Chester's End (*BR* ch. the last)

た血を隠そうとするかのように右手を微かに動かすと、そのまま倒れて死んでしまった。それこそが、ヘアデイルが前夜に見た怪物の姿だった。(*BR* 680)

引用最終行の「ヘアデイルが前夜に見た怪物」は前々からヘアデイルの夢に現れ、目を覚ませば消え去っていたのだが、決闘の前夜ばかりは、いつまで経っても彼の脳裏に居座っていた(*BR* 673)。それにしても、なぜチェスターは小説の結末で自分から決闘を挑み、ヘアデイルに敗れなければならないのだろうか。しかも、死に顔が歪むのを恐れて無理に笑顔を作ろうとするグロテスクな仕草によって、チェスターはなぜ、自分こそが夢の中でヘアデイルに取り憑いていた「怪物」であることを暴露しなければならないのだろうか。

断末魔のチェスターのグロテスクな仕草は、敬愛する世知の権化チェスターフィールド伯爵の役を演じ通そうとしていることを表している。ところが、演技したことが逆に、伯爵を手本にしたエレガントな言動の背後にある第二の自我を表出させ、自分が「怪物」であることをヘアデイルに暴露してしまう。この場合に限らず、『バーナビー・ラッジ』では、演技、すなわち「芝居がかった(シアトリカル)」行為や「曲芸(パフォーマンス)」をすることによって、演技者の邪悪な側面が暴き出される(Glavin 98)。例えば、タパーティットが「徒弟騎士団」の酒宴において親方への嫌悪感や社会の進歩的風潮の害悪について行う演説は、「芝居がかって」(*BR* 70)いるためにかえって、彼に正当性がなく、不当な悪意に駆られているに過ぎないことを浮き彫りにしている。また、カラスのグリップは「俺様は悪魔だ」(*BR* 389)と言いながらコルク抜きなどの「曲芸」を披露することによって、治安判事の注意を引き、バーナビーが暴動鎮圧後に死刑宣告を受ける一因を作っている(*BR* 391-93)。グリップが治安判事の前でなくても、「俺様は悪魔だ」と言うことによって自分の邪悪さを主張するように、チェスターも「チェスターフィールドを創れるのは、悪魔だけだからな！」（*BR* 192）と言って伯爵の世知に感嘆しながら、伯爵の役を演じる自分自身が悪魔的であることを匂わせている。

ここで思い出されるのは、ゴシック小説において、第二の自我が表出する契機が、悪魔への魂の譲渡として表現されること、そして、チェスターにゴシック的な悪漢としての側面が見出されることである。マシュー・ルイス（Matthew Gregory Lewis, 1775-1818）の『修道僧』（*The Monk*, 1796）などの〈迫害される処女〉をテーマとするゴシック小説において、悪漢が意識的もしくは無意識的に自分の娘や妹を性的に脅かすように、チェスターは息子の恋人エマを、ガッシュフォードを代役に立てて虐待しようとしている（*BR* 677）。カトリックの修道士がゴシック的な悪漢として描かれることがあっても、プロテスタントのチェスターにそのような側面を見出すのは奇異に感じられるかもしれない。しかしながら、デニスの場合と同様に、チェスターの言う「プロテスタント的」は本来のそれではない。例えば彼は、息子エドワードとエマとの結婚を邪魔するために自分が行っている卑劣な行為を「プロテスタント的」だと形容している（*BR* 227）。また、国会議事堂前で街燈を壊し巡査

図⑦ Mr Haredale Defies the Mob (*BR* ch. 45)

を襲う「プロテスタント的」な暴徒たちと一緒になって、通りがかりのヘアデイルを負傷させている（*BR* 363-64, 図⑦参照）。それがプロテスタントらしからぬ行為であることは、善意のプロテスタント、グルービーが意識を失い始めたヘアデイルに手を貸し、舟に乗せてその場から去る手助けをすることによって明示されている（*BR* 364-66）。

チェスターはフランス語を修得するためとは言え、イエズス会によって一五九三年に設立された実在の学院、聖オメール（the College of Saint-Omer）で教育を受けており、そこでヘアデイルやガッシュフォードと出会っている（*BR* 359）。この点から、チェスターはゴシック的な悪漢としての側面を持つだけではなく、イエズス会士の役割も担っていると解釈できる（Wilt 75）。イエズス会士は、エリザベス一世が一五七〇年に破門された後、英国人を再改宗させるために教皇ピウス五世によって送り込まれた。それ以降、カトリック教徒は英国社会における潜在的な反逆者と見なされるようになったのである。すなわち、カトリック教徒が英国における社会的他者と見なされる要因を作ったのは、イエズス会士だと言える。再改宗させることによってイングランドを宗教改革以前に後退させようとしたイエズス会士には復古主義的傾向が見出されるが、チェスターにもこの傾向がある。なぜなら、チェスターは、プロテスタントの貴族として英国の将来の担う立場にある息子のエドワードが、独立して社会の進歩に貢献するのを妨げようとしているからである。チェスターは息子に次のように言っている。

人は誰だって山師じゃないか。法廷も、教会も、宮廷も、軍隊も、どれも山師の集まりで、みんな金儲けのために他人を出し抜こうとしているじゃないか。株式取引所、宗教界、会計事務所、宮廷の謁見室、貴族院、山師でいっぱいだろう。山師だよ！ お前はまさしくそのうちの一人だよ。他の何にだってなりようがないじゃないか。なあ、ネッド。お前が、存在しうる最高の廷臣、法律家、立法者、高位聖職者、商売人だとしてもね。（*BR* 135）

チェスターは、金持ちの娘と結婚するよう息子を説得すると同時に、父親である自分に対する不信感と、英国社会に対する絶望感を息子に植え付けている。そうすることによってチェスターは、息子が将来有望な若者として、歴史を進展させるべく英国社会に改革を施すのを妨げようとしているのである。

ディケンズは歴史に循環性を見出しても、時代を後退させてはならないという信念を持っていた（本書第一章第五節参照）。だから、暴動を起こして社会に混乱をもたらしたチェスター、ゴードン、デニス、タパーティットを復古主義者として否定的に描いている。[7] ゴードンはヴィクトリア朝の復古主義者さながらにエリザベス一世の治世を理想とし、[8] カトリック教徒の権利が拡大しつつあった一七七〇年代を危機と見なしている。「徒弟騎士団」のタパーティットは、徒弟が思い通りに休暇を取れないという「圧制」が「時代の進歩的精神」によって加えられたと思い込んでいる。そのようなタパーティットとチェスターとの共謀関係は、カトリック教徒による陰謀であるかのように描かれている。なぜなら、ディケンズは、タパーティットからのメモを見たチェスターが、「どこで見つけたのかね、まるで火薬陰謀事件じゃないか」（*BR* 203）と召使いに言う場面を描き、チェスターとタパーティットの関係が、ジェイムズ一世と議員たちを殺害しようとした国会議事堂爆破未遂事件（一六〇五年）におけるガイ・フォークスを首班とするカトリック教徒のそれであるかのような印象を読者に与えているからである。ウィルトはこのような含みを念頭に置いて、タパーティットを、イエズス会以前のカトリックの宗教的、軍事的団体であるテンプル騎士団の一員にたとえている（Wilt 85）。

復古主義的なカトリック教徒が英国社会に与える悪影響は、グルービーによる「メアリ一世は生前よりも墓に入ってからの方がずっと多くの害毒を流しています」（*BR* 290-91）という言葉にも表れている。ただし、グルービーはゴードンやガッシュフォードとは異なり、メアリを英国におけるカトリック教徒の象徴と見なして攻撃しているわけではない。グルービーが憂えているのは、チェスターたちがメアリの意を汲むイエズス会士として、宗教改革以前へと時代を後退させようとしていること、そして、その一環として暴動を招いていることである。グルービーはカトリックの信仰を否定しているわけでもない。その証拠に、彼はゴードンに対する忠誠心を最後まで持ち続ける（*BR* 683）と同時に、ゴードンに解雇された後はカトリック教徒の酒問屋で奉公し、暴動の中で逃げ惑う酒問屋とヘアデイルを救出するのに一役買っている（*BR* 549）。

チェスターがその最期に臨んで暴露した怪物の姿は、ゴシック的な悪漢やイエズス会士としての側面だった。ただし、一七七八年に旧教徒救済令が公布されて以来、カトリック教徒がその権利を徐々に拡大し、一八二九年の旧教徒開放令により市民権を得ることを考慮すれば、ゴードン暴動が起きた一七八〇年において、イエズス会士としての彼の役割は無に帰しつつあった。それに加え、父親と英国社会の両方に失望したエドワードが家出したことにより、チェスターは、息子を金持ちの娘と結婚させて経済的な安定を得るという望みを絶たれていた。すなわち、チェスターは社会で生きていく手段と存在意義の両方を失いつつあったのである。彼の宿敵ヘアデイルも同様の状況にあった。彼は暴徒によってウォレン屋敷を破壊されただけではなく、兄殺しの真犯人ラッジを死刑へと追い込み、姪のエマを養育するという生きる目的を失っていた。以上より、チェスターとヘアデイルには、ゴードン暴動鎮圧後の英国に居場所がないという共通点がある。すなわち、彼らはイエズス会士と、イエズス会士によって窮地に追い込まれた同胞のカトリック教徒という表裏一体の分身関係にある。チェスターがヘアデイルに決闘を挑んだのは、イエズス会士としての最後の仕事だったのである。換言すれば、チェスターは、イエズス会士がカトリック教徒を、英国社会における潜在的な反逆者としての他者へと貶めたように、ヘアデイルを反逆者にしなければならなかった。だからチェスターは、自分自身が敗れることによってヘアデイルに殺人者の汚名を着せて懺悔の日々を無理強いし、そのことを決して忘れさせないために、自分の恐ろしい怪物の姿を彼の目に焼き付けようとしたのである。

本節で論じたように、ディケンズは、ゴードン暴動の事実上の黒幕として造形したチェスターや、暴徒の一角を占めるタパーティットに、復古主義的なカトリック教徒としての側面を付与した。この点は、ヘアデイルをはじめとしたカトリック教徒が迫害される様子を『バーナビー・ラッジ』で描いたからといって、ディケンズが必ずしもカトリックを擁護していない傍証の一つだと言えるだろう。同じことは『子供のためのイングランド史』についても言える。ディケンズは迫害されるカトリック教徒に同情的な態度を示す（*CHE* 396-97）と同時に、聖書の英訳者ジョン・ウィクリフを、カトリック教徒の野心と腐敗を暴いた宗教改革の先駆者として称え、「僧侶たちへの隷属から人々を解放した」（*CHE* 375）宗教改革を評価している。そのようにしてディケンズは、反カトリックとしての自分の立場を明示しているのである。ディケンズは、『バーナビー・ラッジ』出版の約五年後、一八四六年十月十一日付のフォースター宛ての書簡の中で、カトリシズムを「社会的な堕落の手段」

(*Letters* 2: 632) と呼び、スイス国内からカトリック教徒を追放する法案の成立を強行したジュネーヴ改革（一八四六年）を熱心に擁護している。ディケンズは、同年十月二十四日に俳優ウィリアム・マクリーディーに宛てた書簡 (*Letters* 2: 646) の中でも、同様の態度を示している。さらに、『イタリア紀行』(*Pictures from Italy*, 1846) において、ディケンズは異端審問に頻繁に言及し、僧侶たちが「怠惰、欺瞞、さらには知的麻痺」(*PI* 43) に陥り、ローマ法王が「もったいぶったやり方」(*PI* 120) で偶像崇拝を繰り広げているに過ぎないと痛烈に批判している。以上の点を考慮するなら、ディケンズは、カトリックと言えば「火あぶり刑や釜ゆで刑」(*BR* 312) を想起するデニスと、その偏見において大差はなかったと言えそうである。

第四節　誰が時代を進展させているのか

ディケンズがゴードン暴動を最初の歴史小説の題材に選んだ理由の一つとして、この事件を時代の転換点と見なし、その様子を描出することに興味を惹かれたことも挙げられるのではないだろうか。前節の最後に記したように、ディケンズはカトリック教徒に対して偏見を持っていた。それでも、プロテスタントが自分たちの優勢を主張するためにカトリック教徒と敵対することが、十八世紀の終わりにおいて既に時代錯誤的であり、無意味になりつつあったことを察していたから、ディケンズは、プロテスタンティズムを笠に着て暴動を起こしたゴードン、チェスター、ガッシュフォード、デニス、タパーティットを復古主義者として否定的に描いたのではないだろうか。その中でも、ゴードンやチェスターという本来ならプロテスタント社会の中心で時代を進展させて然るべき人物に、その他者としての側面を露呈させたのは、彼らの言うプロテスタンティズムが本来のそれとは違うことを示すだけではなく、彼らの時代錯誤的な側面を暴き出すためだったのではないだろうか。

英国人が宗教的な差異を基に優越感を抱いていた時代が十八世紀末に終わったという見方を、例えばカーティンが『帝国主義』（一九七一年）の「序文」の中で提示している。換言すればカーティンは、産業革命によってヨーロッパ諸国とアジア・アフリカ諸国の間の科学技術における格差が広がったのに伴い、ヨーロッパ人の優越意識のあり方もまた変化したと述べている。[9]

ヨーロッパ人は、工業生産量、農業生産高、鉄道や蒸気船での移動コストの低下を通して自分たちの優越性を測り、確認することができるようになった。それ以前の優越意識は、宗教における傲慢や、外国人に対するよくある嫌悪感と大差のない感情を基に形成されていたが、力と知識という証明可能な優越性によってヨーロッパ人は支えられるようになったのである。
(Curtin xiv-xv)

このような十八世紀末のヨーロッパにおける意識の変化を裏づけるかのように、ディケンズも祖国の物質的な発展を誇りに思い（本書第八章第一節参照）、領土の拡大こそがアングロ・サクソン族の他民族に対する優越の証拠だと見なしている（本書第七章第三節参照）。このような考えから、ディケンズは『バーナビー・ラッジ』の中で、成功の機会を求めて海外に進出する若者に、ゴードン暴動以後の新しい時代を象徴させた。要するに、ディケンズは、暴動以後の英国社会に居場所を持たないチェスターやヘアデイルに古い時代を象徴させる一方で、エドワードとその友人のジョーに新しい時代を象徴させている。英国社会に対する絶望感を父親によって植え付けられたエドワードは、一七六三年のパリ条約で英国が西インド諸島全土を獲得したのに呼応するかのように西インド諸島に渡り、プランテーション経営に着手する。メイポール亭の主ウィレットの息子ジョーは、自分を一人前の男として認めない父親に反発して家出すると兵士になり（本書第一章第三節参照）、英国兵としてアメリカ独立戦争に参戦する。要するに、エドワードとジョーは、英国が帝国主義的な支配力の増強によって覇権を握る新しい時代の先導者である。そのような自分の役割を明示するかのように、ジョーはゴードン暴動の最中に帰国すると、同時期に帰国していたエドワードと共に暴動鎮圧に尽力し、ヘアデイルに対して新時代の到来を宣言する。

> 時代は変わったのですよ、ヘアデイル様、名前に惑わされずに敵と味方を見極める時代が来たのです。こちらの紳士がいらっしゃらなければ、あなた様は既に亡くなっているか、よくても、重傷を負っている可能性が高いのですよ。（*BR* 564）

「こちらの紳士」は、ヘアデイルから見れば宿敵チェスターの息子エドワードを指している。ジョーは、エドワードを前にして狼狽するヘアデイルと、エマとの交際を妨げたヘアデイルを前にして憮然とするエドワードの間を取り持とうとしており、「名前に惑わされずに」と言うことを通して、チェスターという名前を持っていても、エドワードがヘアデイルにとってもはや敵ではないことを伝えようとしているのである。社会的なレベルで言えば、ディケンズはジョーの言葉に、英国社会におけるカトリックの役割や、多くの英国人の優越感のよりどころであったプロテスタンティズムのあり方が暴動鎮圧の過程で既に変化してしまったか、もしくは、変化しつつあることを含意させている。その後、エドワードとヘアデイルは和解し、新しい時代の到来を印象づけるかのように、プロテスタントのエドワードとカトリックのエマは結婚する。要するに、ディケンズは帝国主義的な文脈で活躍する二人の若者に、過去からの邪悪な影響を断ち切り、時代を進展させる役割を託しているのである。

換言すれば、ディケンズは、旧勢力を代表するチェスター、ヘアデイル、ウィレットと、新勢力を代表するエドワードおよびジョーが対立し、後者が勝利して歴史を進展させる様子を『バーナビー・ラッジ』に書き込んでいる。この点だけを考慮するなら、ディケンズは、後にホイッグ史観と呼ばれるようになる直線的な歴史観の持ち主だということになるだろう。なぜなら、ホイッグ史観の歴史家はその前身も含め、進歩を担う者とそれに抵抗する者の葛藤の過程を歴史と見なし、前者が勝利する様子を叙述するからである。しかも、ホイッグ史観の歴史家にとって、進歩を担うホイッグ・プロテスタントに抵抗するのがトーリー・カトリックであるように、ディケンズも『バーナビー・ラッジ』において、歴史を後退させようとする勢力にカトリック教徒としての側面を付与している。

ただし、ディケンズは、ヴァーデンのようなプロテスタントの都市ブルジョアの貢献を否定しているわけではないが、社会の中心に位置しているはずのプロテスタントの貴族であるチェスターやゴードンの他者としての側面を暴き、彼らが時代を後退させる可能性を示唆している。この点において、ディケンズはホイッグ史観の歴史家たちとは一線を画する。その背後には、ホイッグ史観の歴史家たちが十九世紀半ばに至る国家の歩みに絶対的な信頼を寄せたのとは異なり、ディケンズが社会改革者的な小説家として同時代の社会状況を憂え、悪しき過去が為政者の怠慢によって繰り返されようとしているのではないかという危機感を持っていたことがある。本書第一章で述べたように、過去が人物たちに憑依する様子を彼が『バーナビー・ラッジ』に書き込んだのも、同様の憂いと危機感からである。要するに、ディケンズは『バーナビー・ラッジ』において、歴史は進化して然るべきという考えを提示すると同時に、同時代に対する憂いと危機感ゆえの循環的な歴史観を表出させているのである。

注

1　フーコーは、十八世紀末に狂気が精神病として認定されたときに理性と狂気の対話が完全に途絶え、狂気の側の「不完全な言葉のすべてが忘却の淵にしずめられた」（Foucault x）と論じている。狂気の持ち主と見なされる人々が社会から隔離されることに、ディケンズも疑問を投げかけている。彼は、悪意に満ちた治安判事が「（バーナビーを）どうして閉じ込めておかないんだ。われわれは州立施設のためにたっぷり税金を払っているんだぞ」（*BR* 390）とメアリ・ラッジを叱責する場面を描き、この件について読者に再考を促している。

2　本書第一章注４参照。

3　ディケンズが社会改革者的な視点から歴史に循環性を見出していたことについては本書第一章を参照。

4　クレナムのトラウマについては、矢次「四十代になった精神的な孤児アーサー・クレナムの罪悪感」（184-85）参照。

5　メアリ・ジョーンズが実在の人物であることは、『バーナビー・ラッジ』の一八六八年の「序文」（巻末の引用・

参考文献一覧に挙げる一九八六年のペンギン版に収録）に記されている（41-42）。彼女は五ポンド半ほどの布を万引きし、執行猶予になる程度の罪だったが、法廷での態度が悪かったために、実在のデニスによって処刑された。この版に付けられたスペンスによる注によれば、彼女は一七七一年に処刑されたが、ディケンズは一七七七年だったと勘違いしている。

6 "malignant" は初期のプロテスタントがカトリック教徒を指して使った蔑称である。例えば、チャールズ一世を支持する王党派を指して、議会派が使用している。詳しくは、バウエンによる二〇〇三年のペンギン版の注7（730）参照。

7 ディケンズの復古主義的傾向に対する反発については、本書第八章第二節を参照。

8 ディケンズの友人ダグラス・ジェロルドはヴィクトリア朝におけるそのような傾向を揶揄して「エリザベスとヴィクトリア」（"Elizabeth and Victoria," 1843）を執筆している。その一部を本書第八章第二節で引用している。

9 デイヴィッドも、十八世紀末の英国を、カトリック教徒が社会的な他者だとは必ずしも言えなくなり、領土の拡大によって人種的な他者が英国社会に入り込んでくる時期と見なしている（Deidre David 88）。

第三章　歴史記述のフィクション性と狂人
――『ミドロージアンの心臓』との比較

第一節　はじめに

一九七〇年代から八〇年代にかけてポストモダンの歴史学者が歴史記述のフィクション性を提唱した。その中心人物であるヘイドン・ホワイトは、歴史として伝えられるものが現実の物語ではなく、「言語に依拠した実在であり、言語の秩序に属する」(White 37)と主張した。彼らによれば、歴史記述は資料解釈の産物であり、発見するものではなく言語を用いて創造するものである。この見解は歴史家のみならず文学者を巻き込んだ論争を招いたが、その渦中にあって、A・S・バイアットは、十九世紀の有識者が既に歴史記述は作り事(フィクティヴ)だと認識していたことをブラウニング論の中で主張した。ブラウニング(Robert Browning, 1812-89)は、フランスの歴史家エルネスト・ルナンが『キリストの生涯』(*Vie de Jésus*, 1863)において、ラザロの奇跡をベタニヤの家族によって創り上げられた宗教的な方便として叙述する際に、公平無私の視点からキリストの生涯を再構築していないと批判している。この点を挙げながらバイアットは、ブラウニングが歴史記述は作り事(フィクション)である可能性を十分に認識していたと論じているのである（Byatt, "Browning" 25-27）。実際にブラウニングは、「霊媒・スラッジ氏」（"Mr Sludge: The Medium," 1864）の中で、歴史記述の持つ恣意性を次のように表現している。[1]

めいめいが好きなように、法律、事実、物事の上っ面について述べ、
おのれが信じていることだけが正しいと考え、
おのれが違うと思うことには目をつぶり、記録することと言えば、
おのれの都合に合うことだけで、残りは無視する、
それが世界の歴史なのだ。

歴史記述は作者の恣意に左右されるという見方は、十九世紀の英国の精神風土の一端を成している。後述するように、ディケンズも小説中で同様の指摘をしている。ヴィクトリア朝以前にも、例えばオースティンが『ノーサンガー・アビー』（*Northanger Abbey*, 1818）の中で登場人物の口を借り、歴史を作り物（インヴェンション）と呼んでいる（123）。ディケンズに限らず十九世紀の多くの小説家に感銘を与え、歴史小説の量産を招いたスコットも、歴史記述は書き手の恣意によって創り上げられたフィクションだと認識していたと考えられる。ただし、ディケンズとスコットの歴史記述の恣意性に対する態度には違いがある。本章では、この違いについて検証することによって、彼ら各々の歴史に対する根本的な姿勢を解明する。その最後に、スコットを師と仰いだ歴史家マコーリーとディケンズ、各々の歴史意識を比較することを通して、この章のまとめとする。

第二節　小説家から見た歴史記述のフィクション性――スコットとディケンズの場合

ディケンズは、例えば『デイヴィッド・コパフィールド』の中で歴史記述の恣意性について主張している。タイトルと同名の主人公が幼い頃に、伯母ベッツィー・トロットウッドの同居人で狂人と設定されているディックと、第十七章で言葉を交わす場面である。

「歴史は嘘をつかないよね」とディック氏が期待を込めて言った。
「ええ、ディックさん、もちろん嘘なんかつきませんよ」と私はきっぱりと答えた。当時の私は幼く無邪気で、そう思い込んでいたのだ。（*CD* 307）

回想録（メモリアル）を執筆中のディックは、姉が夫の暴力に悩んでいた時期について記述しようとすると、清教徒革命で処刑されたチャールズ一世の首が目の前にちらついて先に進めなくなる。姉の家庭的な不幸と、よき家庭人だったのに無残な死を遂げたチャールズ一世とが、彼の頭の中で奇妙に結び付いているからである。[2]「歴史は嘘をつかないよね」という台詞は、一六四九年に処刑された国王が十八世紀の終わり頃に不幸だった姉と関わってくることについて、[3]ディックが戸惑って発したものである。それに対する「嘘なんかつきませんよ」すなわち「歴史記述に嘘なんてありませんよ」という子供のデイヴィッドの返答について、語り手である大人のデイヴィッドが発した「当時の私は幼く無邪気で、そう思い込んでいたのだ」というコメントが、歴史には「嘘」があるという作者の真意を読者に伝えている。この場合の「嘘」とは何を意味しているのだろうか。それは、一六四九年一月三十日にチャールズ一世が処刑されたという歴史上の事実だと一般に見なされている出来事が、歴史編纂者の恣意によって形成されたフィクションに過ぎないということであろう。チャールズ一世が首を打ち落とされたという出来事が日付と関連づけられ、英国史を形成する事実として一般に認識される過程において、スラッジの言葉を借りるなら、「記録することと言えば、おのれの都合に合うことだけで、残りは無視する」という恣意が多少なりとも働いているはずである。事実が歴史として認識される過程で編纂者の恣意が働いているのであれば、後世を生きる人間が自分自身の経験と歴史上の事実を関連づけることを狂気の沙汰と断定することはできないだろう。国家の歴史と個人の経験の本来はあったはずの関わりが、何者かの恣意によって排除された可能性がないと必ずしも言えないからである。換言すれば、ディケンズは狂人ディックの言動を通して、国家の歴史と個人の歴史を混同することを狂気の沙汰と見なすことに対する疑念を呈している。実際にディケンズは、『バーナビー・ラッジ』と『二都物語』の中で、国家の歴史と個人の歴史の関わりを描出している。『バーナビー・ラッジ』でディケンズは、小説前半を登場人物の個人的な不平不満を構築するのに費やし、後半で勃発するゴードン暴動という国家規模の事件が、歴史に名を残すことのない個人の事情と密接に関わっていることを示そうとしている（本書第一章参照）。

ディケンズは『デイヴィッド・コパフィールド』出版後の一八五一年から五三年にかけて、雑誌『ハウスホールド・ワーズ』誌に『子供のためのイングランド史』を連載したが、その十年近く前において既に子供のための歴史書執筆を構想していた。その証拠に、友人で文人のダグラス・ジェロルドに宛てた一八四三年五月三日付の書簡の中で、「息子（長男チャーリー）が高教会派（ハイ・チャーチ）の観念に取り憑かれないように」（*Letters* 3: 482）するために歴史書を執筆したいと述べている（書簡の該当箇所は本書第八章第二節で引用）。換言すれば、ディケンズは、オックスフォード運動という彼から見れば望ましくない潮流が、宗教改革以前の過去を美化する誤った歴史認識によってもたらされたと考え、自分の考える真実の歴史を息子に伝えるための歴史書執筆を宣言している。それでは、ディケンズの考える真実の歴史とは何だろうか。ディケンズは『子供のためのイングランド史』執筆にあたり、学校で広く用いられていたカイトリーの『イングランド史』を主要な参考書として用いているが、複数の歴史書を参照するなどして、そこに書き込まれている歴史が真実かどうかを検討し、その結果を『子供のためのイングランド史』に反映させたわけではない。ディケンズにとっての真実の歴史は、事実関係の正誤とは必ずしも関係しない。ディケンズが『子供のためのイングランド史』において、例えば、聖人として伝承童謡（ナースリー・ライム）に登場する聖ダンスタンを虚言癖のある利己的な人物として描く（*CHE* 152）など、通常はあまり考慮されない個人的な性質に着目し、[4] 一般的な解釈と必ずしも一致しない見解を提示している。要するに、常道とされている歴史記述のあり方に固執しないことによって導き出されるものが、ディケンズにとっての真実の歴史だと言える。歴史に対するこのような態度は、例えば、マコーリーの『ジェイムズ二世の戴冠以降のイングランド史』（以下、『イングランド史』と略記）と対照的である。マコーリーは、イングランドの立憲君主制が名誉革命以後、進歩の一途をたどったという、第一章の「序文」で示した見方に固執するあまり、その見方に合わない歴史の可能性をすべて排除していると考えられるからである。

　それにしても、なぜディケンズは歴史に対するこのような態度の正当性を、『デイヴィッド・コパフィールド』でディックという狂人の言動を通して示唆しようとしたのだろうか。それは、人々が正常だと思い込んでいるものの見方に、疑問を投げかけるためであろう。ディケンズは歴史に関する議論に限らず、常人の気づかない驚嘆すべき真実を狂人に提示させる場合が多い。例えば、『ピクウィック・クラブ』における挿話の一つ「狂人の手記（A Madman's Manuscript）」においてディケンズは、平穏な日常生活を送っているように見える人物に、自分が妻を殺害した狂人であることを告白させることによって、驚くべき事件が自分の身近なところで起きている可能性を読者に示唆している（*PP* ch. 11）。

スコットも歴史記述には記述者の恣意が作用しているという認識を持ち、歴史小説の中で国家の歴史と個人の歴史の関連性について吟味している。例えば、スコットはポーティアス暴動（一七三六年）を中軸とする歴史小説『ミドロージァンの心臓』（*The Heart of Midlothian*, 1818. 以下、『ミドロージァン』と略記）において、キャメロン派の農民の娘、ジーニー・ディーンズが、ロンドンの中央政府の象徴であるキャロライン王妃に、イングランドに対するスコットランドの道徳的優位性を主張するという虚構の物語（*Midlothian* 363-70）を導入した。[5] そうすることによってスコットは、政治的に併合されても、スコットランドが精神的に独立しており、しかもイングランドに優越していると主張したのである。ジーニーは、スコット自身が一八三〇年版『ミドロージァン』の「序文」で認めている（*Midlothian* 3-7）ように、徒歩でロンドンに出向き、嬰児殺害の罪により死刑宣告を受けた妹の特赦状を獲得した実在の人物、ヘレン・ウォーカー（Helen Walker, ?-1791）を基に造形された人物である。ウォーカーの行動力に感銘を受けたスコットは、彼女の名前と事実関係に多少の変更を加え、スコットランドの不屈の精神を象徴する人物として『ミドロージァン』に書き込んだのである。要するにスコットは、スコットランド人の立場からポーティアス暴動にまつわる歴史を再編纂すると同時に、架空の物語を導入することによって、イングランド人の恣意だけを反映した歴史記述に反発している。

スコットは『ミドロージァン』に、狂女のマッジ・ワイルドファイアという架空の人物を登場させることを通しても、一部の人間の恣意によって歴史が編纂されることへの反意を表現している。マッジは元盗賊の看守ラトクリフに水を向けられ、ポーティアス暴動の先導者ロバートソンの暴動当日の雄姿について恍惚として語るが、検事のシャーピトローからロバートソンの足取りに関する質問をされた途端に、彼らの恣意を察して口をつぐんでしまう（*Midlothian* 165-66）。要するにマッジは、情緒を刺激されて言葉巧みに語ることはあっても、検事とラトクリフが犯人逮捕の見地から、ロバートソンの過去を再構築することに反意を示すのである。

以上より、ディケンズとスコットは共通して、国家の歴史と個人の歴史の関連性を歴史小説の中で吟味し、特定の立場から恣意的な歴史が編纂されることに対して反発している。換言すれば、この二人の小説家は、歴史小説の中で独自の歴史観を表明している。しかも、彼らは共に、暴動を軸とする歴史小説に狂人――『バーナビー・ラッジ』の同名の主人公と『ミドロージァン』のマッジ――を登場させている。もっとも、バーナビーは、マッジや『デイヴィッド・コパフィールド』のディックとは異なり、作者の歴史に対する姿勢を代弁していない。バーナビーの代わりにそれを行うのは、バーナビーと常に行動を共にするカラスのグリップである。グリップは超自然的な能力を持つ「聖なる愚人」として入念に造形されている。次節以降で、ディケンズがどのような能力をグリップに付与しているか、そして、グリップを通して、歴史に対するどんな考えを表現しているかを検証する。それを踏まえて、グリップとマッジの言動を吟味し、スコットとディケンズ各々の歴史に対する姿勢についてさらに掘り下げたい。グリップが「聖なる愚人」であるのに対し、マッジは超自然的な能力はないが、如才がなく機知に富む「賢き愚人」である。

第三節　小説家の歴史に対する姿勢を体現する狂人たち

『ミドロージァン』のマッジが一面的な歴史記述に異議を唱えるのに対し、『バーナビー・ラッジ』のグリップは人間が歴史を語ることを妨げている。ディケンズがこのような大役をグリップに託した証拠として、彼が『バーナビー・ラッジ』完成直後にミセス・ホールに宛てた一八四一年十二月二日付の書簡がある。

> (グリップは) 堕落した状態の人間性を観察するのが大好きなのです。そうすることによってカラスの方が優秀だと確信したいのです。そういうときの彼は、メフィストフェレス的なユーモアにおいて冴えているのです。(*Letters* 2: 438)[6]

「俺様は悪魔だ」という口癖に象徴されるように、「メフィストフェレス的なユーモア」が特徴のグリップは、人間を凌駕する鋭敏な知覚の持ち主として最初から設定されている。だからグリップは、鍵屋のヴァーデンという、清教徒革命以降の英国史において中心的な役割を果たしてきたプロテスタントの都市ブルジョアに対してでさえ遠慮をしない。次の引用は、貴族の嫡男エドワードを襲った強盗と、バーナビーの母親メアリを脅かしている人物が同一であることを察してヴァーデンが発した言葉と、それに対するグリップの反応である。

「わしが恐れた通りだ。あの男が今夜ここにいたんだ」と、鍵屋は顔色を変えながら考えた。「何て恐ろしい話なんだ！（What dark history is this!）」

「おい！」と彼の耳元でしゃがれ声が叫んだ。「おい、おい、おい！　ワン、ワン、ワン、何言ってんだよ、おい！」（*BR* 60）

ヴァーデンは強盗事件という過去の話、すなわち歴史を語ろうとしているが、グリップは、強盗がラッジであることには気づいていないヴァーデンの無知を感知し、しゃがれ声で叫びながら、彼が安易に歴史を語るのを妨げている。「堕落した状態の人間性」に対して特に鋭い観察眼を持つグリップは、フィズによる挿絵（本書第一章第三節の図③参照）の中で、背後に隠れるラッジに鋭い視線を送っていることからわかるように、邪悪なラッジが何をしたかを理解しており、彼がメアリだけではなくバーナビーにも悪影響を及ぼしていることを知っているのである。

グリップは、ラッジの起こしたヘアデイル殺害事件が小説中に蔓延する不当な悪意の象徴であり、そのような悪意がゴードン暴動の要因であることも感知している（本書第二章第一節および第二節参照）。要するに、ラッジについて語ることが、暴動勃発に至る英国の歴史を語ることに他ならないことを、グリップは知っているのである。だから彼は悪の存在もしくは痕跡を感知するたびに、無暗に歴史を語らないよう、警笛を鳴らす。彼が「ポリー、やかんを火におかけ（Polly put the kettle on）」という伝承童謡（ナースリーライム）の一節を唱えるのは、そのようなときである。[7] 具体的には、ラッジが物陰から姿を現す場面（*BR* 152-53）、ヘアデイルが殺害されたウォレン屋敷を訪ねる場面（210）、ゴードンが暴動の最中にバーナビーを訪問する場面（472-73）、「典型的なジョン・ブル」と呼ばれる悪意に満ちた治安判事に遭遇する場面（389）において、グリップはこの一節を唱えている。グリップが治安判事の前でもこの一節を唱える理由は、英国を荒廃から救う資格があると仲間から見なされている治安判事こそが、英国を「堕落した状態」に貶めたと考えているからに他ならない。すなわち、ディケンズは、治安判事のような社会的権威が弱者にとって不満足な状況を作り出し、暴動へと駆り立てたと考えており、自分の代弁者のグリップにそれを暗示させているのである。ディケンズが悪政をゴードン暴動勃発の要因と見なしている証拠として、暴徒たちを「大部分は不当な刑法、不正な監獄規制と、最悪の警察によって生み出された、ロンドンの屑（くず）とも糟（かす）とも言うべき連中」（407）と呼んでいることが挙げられる。ディケンズはこのような社会改革者的な視点から、また、敬愛するカーライルが『フランス革命』（一八三七年）で示した歴史観に影響されて、[8]ゴードン暴動勃発前夜である一七七〇年代後半と、チャーティストが今にも暴動を起こしそうな一八三〇年代後半との間に共通する状況を見出した。そして、社会的権威の怠慢や悪政によって、望ましくない過去が繰り返し立ち現れるという循環的な歴史観を持つに至ったのである。

『ミドロージアン』のマッジも作者の歴史に対する姿勢——事実として伝わることとフィクションとを織り交ぜて自分の歴史意識を表現するという姿勢を体現している。そもそもマッジの狂気の症状が、事実とフィクションの混同として表れている。マッジはジーニーの妹エフィと同様に、ロバートソンによって誘惑され出産するが、自分の母親メグ・マードクソンによって子供を殺害され（*Midlothian* 300-01）、そのショックから発狂する。そしてマッジは、ロバートソンとエフィの間に生まれた子供を、自分の死んだ子供と取り違えるようになるのである。その一方で、マッジは歌謡という、フィクションから成ると一般に認識されている芸能を巧みに利用して、現実に存在する危機を他人に知らせることもある。例えば、マッジは次のように謡い、ロバートソンに追手の存在を暗に知らせている。

ああ、ぐっすり眠るジェイムズ様、
そろそろお目覚め、乗馬の時間、
弓矢を持ったお武家様、その数二十というところ、
あなたを探していらっしゃる。

この歌謡は、シャーピトローの共謀者であるにも関わらず、同情心を起こしたラトクリフが次のように歌ったのに対し、マッジが応えたものである。

ティンフォールドの森の中、捜索隊が迫ってる、
馬具がきらきら光ってる、
ティンフォールドの坂の上、一人の乙女が座ってる、
大きな声で歌ってる、捜索隊とあなたの間で（*Midlothian* 176）

このように「賢き愚人」としての機敏さを持つマッジだが、狂人に対する当時としてはごく当たり前だった処遇に甘んじている。マードクソンの処刑が決まり錯乱したマッジは、村人の嘲笑と暴力に遭うのである。マッジは、ちょうど通りかかったジーニーに助けを求めるものの、ジーニーにはなす術

がなく、彼女に同行していた、第四代アーガイル公爵家令の「人情家」アーチボルドは援助の手を差し伸べず、狂女に詰め寄られるのを恥ずかしく思うばかりである（392-93）。その直後に、マッジは哀れな最期を迎えている（396-97）。

狂人に対する残酷な仕打ちをありのまま小説に書き込んだスコットとは対照的に、ディケンズは、社会が狂人に講ずる措置を『バーナビー・ラッジ』の中で批判している。以下の引用は、治安判事がバーナビーを白痴だと知って、母親を叱責する言葉である。

> どうしてあんたは息子を閉じ込めておかないのかね。わしらは国の機関(インスティテューションズ)に十分な金を払っているよ。まったく。それなのに、あんたは、息子を連れまわして他人様の慈悲の心を刺激しようってんだな。ああ、もちろん、わしはあんたみたいな輩を知っているさ。（*BR* 390）

フーコーは、十八世紀末に狂気が精神病として認定されたときに理性と狂気の対話が完全に途絶え、狂気の側の「不完全な言葉のすべてが忘却の淵に沈められた」（Foucault x）と述べている。同様にディケンズも狂人への社会的権威の対応に異議を唱え、そのような権威が中心的な役割を担って構築してきた歴史を否定しているのである。狂人の処遇についても、ディケンズとスコットの違いが現れている。

第四節　歴史小説における事実とフィクションの配分

グリップが人間による歴史記述を妨げるのは、ディケンズが狂人の処遇だけではなく、過去の歴史そのものを肯定的に捉えていないためである。ディケンズが『バーナビー・ラッジ』の中で、歴史を培ってきたと一般に見なされている人物たちのほとんどを肯定的に描いていないのも、そのためだと考えられる。そのような人物の一人が、ジョン・ウィレットである。十六世紀にさかのぼるメイポール亭の歴史を守るウィレットは、宿屋の未来を担うべき息子のジョーを子供扱いして家出に追い込む、愚鈍で偏狭な人物である。ディケンズは、ウィレットが大切にしている宿屋の建物と歴史の両方を暴徒によって破壊させ（*BR* 450-54, 本書第一章の図①参照）、そうすることによって、宿屋の歴史との関連で紹介されるヘンリー八世以来のイングランドの歴史（5）もまた、守る価値はないと暗に主張している。[9] ディケンズは、「徒弟騎士団」のタパーティットや絞首執行吏のデニスも、価値のない過去を守ろうとする人物として否定的に描いている。タパーティットは「古きよきイングランドの習慣を復活させる以外のあらゆる変化に抵抗」（76）するために、一方のデニスはカトリック教徒の権利拡大によって絞首刑数の減少がもたらされると憂え（312）、そういった彼にとって望ましくない進歩を阻むために、暴動に加わっている。彼らは暴動鎮圧後、各々の所行に応じた罰が与えられることになる。[10]

このようなディケンズの姿勢は小説の構造にも表れている。ゴードン暴動が『バーナビー・ラッジ』の後半部に導入されているのは、その一例である。ディケンズは前半部で、ゴードン暴動に関する従来の認識を否定するために、歴史上の事実とされる出来事にほとんど言及せず、その時点までの歴史を担ってきたと見なされている権威に対し、弱者が不満を募らせる様子を描く。そうすることによって、ディケンズは暴動が勃発するに足る状況を構築しているのである。それに対して、スコットはポーティアス暴動を小説の冒頭部で描き、残りの部分をエフィによる嬰児殺害事件——暴動の背景の一つとして創造したフィクション——と暴動の後日談を叙述するのに費やしている。そうすることによって、スコットは、エジンバラ市民を殺害したポーティアスの死刑を中止させた中央政府に対し、スコットランド人が憤怒したという歴史上の事実として認識されている物語と、一介の農民に過ぎないジーニーがスコットランドの精神的優越を王妃に示す架空の物語を、『ミドロージァン』に両立させているのである。

ディケンズとスコットは暴徒の描き方においても対照的である。ディケンズは暴動をバフチン的なカーニヴァルとして描き、抑圧されてきた弱者が、狂乱しながら不満を噴出させる様子を表現した。その一方で、スコットは暴動の様子を写実的に再現し（Kroeber 132）、中央政府に対する暴徒の抑圧された怒りを描いた。換言すれば、ディケンズは想像力を働かせ、社会に対する不満がゴードン暴動を引き起こしたという彼の考える歴史上の真実を主張しているが、一方のスコットは事実として伝えられる歴史を受容するという姿勢を貫いている。[11] スコットのこのような姿勢は、ジーニーがスコットランドの優越を示すという偉業を達成する過程（*Midlothian* 369-70）によっても裏づけられている。そもそも、ジーニーがロンドンへ行く必要に迫られたのは、ロバートソンから脅迫されても虚偽の証言をすることを拒み、妹エフィから妊娠を打ち明けられていないという過去の出来事を、ありのまま告げたからに他ならない。また、ジーニーはロンドンへ行く途上で盗賊に誘拐されたとき、父親から歴史上の事実として聞いたキャメロン派の抵抗の物語を想起して恐怖心を鎮めている（290）。[12]

スコットは過去の事実を否定することへの反意も示している。その証拠に、小説結末部でエフィは不幸に見舞われる。すなわち、エフィは息子と再会しても親子の名乗りを上げられないばかりか、それと知らない息子によって夫を殺害されてしまう（500）。これは、エフィが父と姉に背いてロバートソンの子供を宿した罪や、姉の尽力により恩赦が与えられたにも関わらず、ロバートソンと出奔した罪によるものではない。エフィは農民の娘としての過去を葬り去り、外国で教育された貴族の子女として、偽りの半生を捏造した罰を受けているのである。

スコットは語り手である自分を『ミドロージアン』の中で「正確さを重んじる歴史家（ヒストリアン）」（87）と呼んでいるが、これはフィクションを織り交ぜても、事実は事実として受け容れる自分の姿勢を表明したものだと言えよう。それに対し、ディケンズは『バーナビー・ラッジ』の中で自分を「年代編纂者（クロニクラー）」（*BR* 80）と呼んでおり、「歴史家」と呼んでいない。クローバーやケイスの言葉を借りるなら、ディケンズはスコットの歴史観に反発するために（Kroeber 132-35, Case 129-30）、自分に対する呼称としてスコットが使用した「歴史家」を避けたということになるだろう。ディケンズが新進気鋭の作家として、先輩作家とは異なる歴史小説のあり方を模索していた可能性は否定できない。とは言え、ディケンズが『バーナビー・ラッジ』前半で次代を担う若者や社会的弱者の現状への不満を丹念に蓄積していることを考慮するなら、彼が反発しているのは、先輩作家の姿勢というよりも、望ましい現在をもたらしていない歴史に対してであろう。そんな歴史は学ぶ価値などはないのではないか、というディケンズの疑念を実証するかのように、『バーナビー・ラッジ』結末部で、獄中のゴードンは歴史を学んでいる（*BR* 683）。過ちを繰り返す傾向があるゴードンは暴動を先導した件については無罪判決を勝ち取るものの、フランス王妃に対する誹謗中傷の罪で裁判にかけられ、有罪判決を受け容れず逃亡したところを捕らえられて服役することになった（図⑧参照）。この期に及んで、ゴードンは歴史を学ぶという過ちを犯しているのである。ディケンズは歴史に対する否定的な見方を小説結末部でも提示している。

第五節　マコーリーとスコットおよびディケンズ

以上、『バーナビー・ラッジ』と『ミドロージァン』を吟味しながら、ディケンズとスコットの歴史に対する姿勢の違いについて分析した。最後に、彼らとマコーリーの関係を述べて、本章のまとめにしたい。後世の歴史認識のあり方に多大な影響を与えたマコーリーは『イングランド史』執筆にあたり、ジェームズ・マッキントッシュをはじめとした進歩史観の先達者はもちろん、トーリー党の歴史家デイヴィッド・ヒュームの業績からも多大な恩恵を受けたが、彼が歴史を記述する上で最も影響を受けたのはスコットだった。ディケンズとの関連で言えば、マコーリーの歴史観は、現状に対する不満とカーライルからの影響に立脚するディケンズの歴史観と対照的である。要するに、マコーリーを引き合いに出すことにより、スコットとディケンズの歴史に対する姿勢について重要な補足をすることができる。

マコーリーは一八二八年に執筆した論考「歴史（History）」の中で、よい歴史家は政治や紛争だけ

図⑧ Lord Gordon in the Tower (*BR* ch. 74)

に頓着するのではなく、「歴史ロマンス」の魅力である細かな事実を記述の中に取り入れるべきだと主張し、それをうまく行っているのがスコットだと述べている（36-37）。[13] スコットが『ミドロージァン』に織り込んでいる細かな事実の一つとして、スコットランドの伝統文化としての歌謡がある。スコットは歌謡を通してマッジに事実とフィクションを織り交ぜさせながら、そして、彼自身の郷土の文化への誇りを表現しながら、『ミドロージァン』を小説としてより魅力的なものにしたのである。マコーリーは『イングランド史』執筆にあたり、歴史上の事件の舞台となった場所を訪ね歩いているが、それは、スコットの歴史小説における、このような地誌的要素に影響されたためであろう。歴史家マコーリーの小説家スコットへの傾倒は、マコーリーの特徴であるだけではなく、ヴィクトリア朝において、歴史書と歴史小説がそれほど厳密に区別されていなかったことを示唆しているのかもしれない。それを裏づけるかのように、オスカー・ワイルドはカーライルの『フランス革命』を「十九世紀最高の小説」と呼んでいる（Bowen, "Historical Novel" 250）。

マコーリーはジェイムズ二世の戴冠から第一次選挙法改正法施行（一八三二年）に至る歴史を網羅する予定で、一八三九年に『イングランド史』の執筆を始めた。マコーリーが立憲君主制の到達点の一つと見なした一八三二年から、執筆を開始した一八三九年という時期は、ディケンズが『バーナビー・ラッジ』を構想そして執筆した時期と重なっている。各々のこの時期に対する見方の違いが、歴史記述における違いとして表出しているのである。前者は過去の着実な歩みが立憲君主制の到達点としての現在をもたらしていると考え、名誉革命以降、英国の歴史は進歩の一途をたどったと見なした。その一方で、後者は過去の悪政が蓄積されて弱者の不満を募らせ、ゴードン暴動と同様の暴動が今にも起きそうな累卵の危機をもたらしていると考え、悪しき歴史が循環することへの懸念をほのめかした。ディケンズはマコーリーの『イングランド史』執筆の意図を察知していなかったとしても、プロテスタントの歴史家が十七世紀以来抱いてきた歴史観に反発を感じていた。だから、ディケンズは、公式の歴史を語る資格を備えているはずのプロテスタントの都市ブルジョアで、おそらくホイッグ党支持者のヴァーデンが歴史を語るのを、カラスのグリップに妨げさせているのである。

注

1　バイアットは一九九一年のブッカー賞受賞作品『抱擁』（*Possession: A Romance*, 1990）のエピグラフとして「霊媒・スラッジ氏」を引用し、歴史記述のフィクション性に関する十九世紀および二十世紀における認識が小説のテーマの一つであることを示唆している。なお、心霊主義（Modern Spiritualism）は一八五二年にボストンの霊媒マライア・ヘイドンによって英国に紹介されて流行した。

2　チャールズ一世はヴィクトリア朝におけるよき家庭人の象徴で、幼い我が子と一緒に肖像画に描かれることが多かった（高橋 254）。

3　『デイヴィッド・コパフィールド』がディケンズの自伝的小説であることを考慮すれば、歴史記述についてディックと幼いデイヴィッドが会話しているのは一八二〇年頃と推測される。したがって、ディックの姉が夫の家庭内暴力に苛まれたのは、十八世紀の終わり頃だと考えられる。

4　例えば、ヒュームの『イングランド史』においても、歴史上の人物の性格を述べる項はあるが、全頁数に対するその割合は『子供のためのイングランド史』の場合よりもずっと低い。

5　『ミドロージアンの心臓』からの引用は、巻末の引用・参考文献一覧に挙げたオックスフォード版から。この版は一八三〇年に出版されたマグナム版を底本にしている。

6　ディケンズはこの書簡以外にも一八四一年に書いた書簡の中でしばしばグリップに言及している。例えば『バーナビー・ラッジ』の挿絵画家の一人キャタモール（George Cattermole, 1800-68）に宛てた一月二十八日の書簡（*Letters* 2: 197-98）や、その翌々日の書簡（*Letters* 2: 199）の中でグリップの挿絵についての自分自身の強いこだわりと執着を表現している。ただし、最終的にグリップの挿絵はすべてフィズ（Hablot K. Browne）が描いている。キャタモールはディケンズの要求の多さに辟易したのであろう。

7　アイオナとピーター・オーピー夫妻は『オックスフォード版童謡事典』（*Oxford Dictionary of Nursery Rhymes*, 1997）の中で、この歌謡が活字になった最も早い例として『バーナビー・ラッジ』を挙げている。四分の二拍子、十六小節と調子がよく唄いやすいこの伝承童謡は、ポリーがモリーに変更されることもあったが、十八世紀後半から広く親しまれていた（Opie 419-20）。

8　ディケンズがカーライルから受けたと考えられる影響については本書序章第四節第三項を参照。ギルモアは『フランス革命』でカーライルが示した循環的な歴史観を「黙示録的かつ循環的で、時間の亡霊が奏でる熱狂的な音楽に合わせて男女が踊っているような歴史観」（Gilmour 32）と表現している。

9　ウィレットを含む、『バーナビー・ラッジ』における抑圧的かつ復古主義的な父親たちについては、本書第一章第二節および第三節参照。このような父親に対する息子たちのエディプス・コンプレックス的な反応に着目した論考の一つが、スティーヴン・マーカスの『ディケンズ――ピクウィックからドンビーまで』に収録された「息子と父親」である。

10　ケイスはデニスをラトクリフのパロディーと見なし、ディケンズが事実として伝えられる歴史を否定している証拠であり、スコットの歴史観に異議を唱えている証拠でもあると論じている（Case 139-40）。すなわち、実在のデニスは暴動に加わっても死刑を免れたが、ディケンズは『バーナビー・ラッジ』のデニスを絞首刑に処すことによって、実在のデニスについて伝えられる史実を否定している。また、スコットが受刑中の盗賊だったラトクリフに、ジーニーに護符を渡してその命を守る役割を与えている一方で、ディケンズは、役人の端くれであるにも関わらず暴動に加担したデニスを罰することによって、犯罪者に対するスコットの処置を批判していると解釈することも可能であろう。実在のデニスの境遇については、ブリックリーを参照（Bleackley xviii）。

11　スモレットも『イングランド史』（*The History of England*, no date）の中で、ポーティアス暴動の暴徒たちはよく統率され、慎重だったと記述している（Smollett 252）。なお、スモレットはヒュームの後を受け、名誉革命以降の約百年間の歴史を叙述している。

12　ジーニーが虚偽の発言をしないのも、父デイヴィッドから聞いた話を想起して恐怖心を静めるのも、父から受け継いだ篤い信仰心の故だと設定されている。ただし、だからと言って、スコットがデイヴィッドの厳格すぎる宗教観を肯定しているわけではないだろう。スコットは、エフィが妊娠の事実を姉に打ち明け損ない、罪に問われる一因として、エフィに対するデイヴィッドの宗教的に偏狭な対応（*Midlothian* 100-01）を挙げている。デイヴィッドとジーニーが信心深さは共通していても、寛容さにおいて異なる様子を描出することによって、スコットは長老派の信仰には、デイヴィッドが宗教的使命感に燃えて奮闘した盟約者（カヴェナンター）の時代である十七世紀から、ジーニーが生きた十八世紀前半にかけて変容が見られるという考えを表している（Camont xix）。

13　該当箇所を本書第八章第一節で引用している。なお、この部分でマコーリーは「歴史ロマンス」という表現を用いているが、本書では序章第五節第二項で述べた理由により、スコットの小説もすべて「歴史小説」と呼んでいる。

第二部『二都物語』

第四章　日常化したカーニヴァル
――革命空間の集団および個人

第一節　歴史と人間心理

　ディケンズは歴史的変化が人間心理に与える影響に興味を持ち、『バーナビー・ラッジ』では、例えば、宿屋の主ジョン・ウィレットがゴードン暴動の暴徒に襲撃され、衝撃のあまり痴呆に陥る様子を描いている（本書第一章第二節参照）。歴史的変化が人物に心理的影響を与える様子は『二都物語』でも描かれているが、この小説で印象的なのは、ディケンズが、革命家たちの狂信的な現象――共和主義者が繰り広げる革命輪舞（カルマニョール）に象徴されるカーニヴァル――を書き込むことによって、ヨーロッパ史上、未曾有の変化に直面した人々が、集団として陥る心理状態を描出しようとしたことである。フランス革命は虐げられた民衆のエネルギーの噴出である点で、『バーナビー・ラッジ』におけるゴードン暴動と似ている。ところが、ゴードン暴動が一時的な秩序崩壊であり、発生から一週間後には秩序が回復するのに対し、国王の年代記としての歴史を停止させた革命家たちのカーニヴァルは、いつ果てるとも知れない。それればかりか、革命勃発が招いたカーニヴァルは「裏返しの生」もしくは「あべこべの世界」（バフチン『ドストエフスキイ論』181）であるはずなのに、国王に代わって恒久的に公式の歴史を展開させようとする。ディケンズは革命家たちが繰り広げるカーニヴァルの特異性を『二都物語』に書き込むことによって、彼らが集団として陥った心理を描出しようとしているのである。

ディケンズはこのような特異なカーニヴァル描くことを通して、彼から見たフランス革命の真実を描出しようとしたのであり、公平無私の立場からフランス革命を叙述したとは言えない。その証拠に、フランス革命に対する彼自身の意識的あるいは無意識的な是非の判断が、小説中に表出している。『二都物語』が描かれた一八五〇年代において革命はまだ生々しい記憶として残存していたので、それに冷静な判断を下すことは容易でなかった（Gorniak 26）。ディケンズは、革命家たちが革命輪舞を繰り広げながら回転砥石（グラインドストーン）を用いて「革命の敵」を虐殺する場面をはじめ（*TTC* 272-73）、彼らが繰り広げるカーニヴァルを恐怖感と抑圧感に満ちたものとして描くことにより、彼らと彼らのカーニヴァルの両方に対する嫌悪感と反発を明示している。そして、共和主義者が生んだ幾多の無辜の犠牲者の一人であるお針子に、革命が本来もたらすべきだった状況を次のように代弁させている。

> ここに来るときにずっと考えていたのは、そして、私が今でも考えているのは（中略）こういうことなんです。貧しい人たちは前みたいにひもじい思いをしなくていいだろうし、いろんな意味で苦しみが減るはずなのにってことなんです。（*TTC* 388）

要するに、ディケンズは民衆による武装蜂起によって恐怖政治以外の何ももたらされなかったという考えを、お針子の言葉を通して提示しているが、それはディケンズの認識不足だと多くの批評家が批判している。例えば、ボームガーテンによれば、ディケンズは、J・S・ミルやマルクスが着目した社会的な発展の過程としてのフランス革命の側面に、まったく注意を払っていない（Baumgarten 166）。[1] また、ディケンズは革命勃発の要因を、領主権（*seigniorage*）と封印状（*lettre de cachet*）の濫用、飢えや困窮の問題に限定している。これは、彼が革命を肯定的に捉えていなかったことに加え、カーライルの『フランス革命』を全面的に信頼し資料として利用したためであろう。[2]

しかしながら、フランス革命における因果関係を正確に叙述していないからといって、ディケンズが歴史的な真実を描いていないと断定することはできないだろう。彼は小説家であり、過去に起きた事件の原因と結果を、事実に基づいて合理的に解釈する歴史家ではないからである。それでは、歴史小説家は何を創造するのだろうか。アリンガムは次のように述べている。

> 完成した作品は、実際に起きた出来事の正確な記録という意味での歴史ではない。フィクションにおける過ぎたる時代は、我々読者が感情移入する登場人物たちの喜び、試練、苦難、成功を通して、感覚的かつ個人的な言葉で表現されるものである。（Allingham 11）

革命家たちの狂信的なカーニヴァルは、フランス革命という出来事を「感覚的かつ個人的」に表現するために、ディケンズが用いた道具立てである。ディケンズはそのようなカーニヴァルを描くことによって、革命勃発によって生じた、国王のいない未知の歴史空間の特異性を描出している。さらにディケンズは、革命家たちが集団になって作り出したカーニヴァルという現象が個人に及ぼす影響や、この現象に対して登場人物が示す反応を描きながら、フランス革命について彼の考える真実を表現している。前の段落で引用したお針子の言葉は、革命家たちのカーニヴァルに対する一人の犠牲者の反応として、作者ディケンズが「感覚的かつ個人的な言葉」で表現した、フランス革命期という「過ぎたる時代」のあり方なのである。

サンダーズは『二都物語』における集団が作り出す現象と、そのような現象や集団そのものに対する人物たちの個人的な反応に着目し、集団を制度（インスティテューション）と言い換え、「ディケンズ作品にはよくあることだが、個人が制度の不当な要求から離脱するのであって、制度が修正されるわけではない」(Sanders, "Introduction" xvii) と述べている。確かに、革命家たちが作り上げた制度は「修正」されず、マネットとその家族は最終的に、共和国政府の影響下から「離脱」して英国に渡る。ただし、『二都物語』においてディケンズは、すべての制度や集団を否定的に描いていない。集団に帰属していることが肯定的に描かれている場合もある。要するに、彼は集団に対する彼自身の両価感情もこの小説に書き込んでいるのである。以上の点を念頭に置きながら、ディケンズが『二都物語』に書き込んだ革命家たちやその他の集団のあり方、集団と個人の関わりについて解明したい。

第二節　第三部「嵐の跡」に描かれたカーニヴァルの特異性

まずは『二都物語』における代表的な集団である革命家たちが繰り広げるカーニヴァルの特徴について吟味しよう。そこには、カーニヴァルの典型的な事象が確かに見られる。例えば、男性は「レースや絹やリボンなど略奪してきた婦人用品を、まるで悪魔のように飾り立てて」(TTC 272) 女装し、見かけ上の性差を消滅させて、カーニヴァルの最も中心的な儀式である去勢――既存の秩序を破棄する行為の一つ――を表現している（バフチン『ラブレー』16）。ただし、第二部と第三部、各々で描かれるカーニヴァルにおける革命家たちの様子には大きな違いがある。第二部「黄金の糸」におけるバスチーユ監獄襲撃および財務長官フーロンの処刑、どちらの場面でも、『バーナビー・ラッジ』の暴動の場面と同様に、踊りに興ずる人々は祝祭の伝統を受け継ぎ、抑圧された生命力を狂気じみた行為の中で発散させ、すべての関係を破棄して現存する社会システムから解放されようとしている。ところが、第三部「嵐の跡」における革命輪舞では、典型的なカーニヴァルの様相が見られても、人々が打破すべき体制は既に崩壊しているのである。

アラン・フォールによれば、共和国政府は「革命の敵」が暦の上のカーニヴァルを自分たちの都合のよいように利用するのではないかと懸念し、カーニヴァルを封じ込めようとした（フォール 138）。この指摘は、王制崩壊後においても、カーニヴァルが体制を転覆させる可能性を保持していたことを物語っている。ただし、共和国政府が祝祭としてのカーニヴァルを封じ込める一方で、政府を構成する共和主義者による特異なカーニヴァルが日常化していたことに留意すべきである。バフチンが挙げる去勢の次に中心的なカーニヴァルの儀式――王の「おどけた戴冠とそれに続く略奪」（『ドストエフスキイ論』183）――は、フランス革命においてルイ十六世のたどった運命に合致する。なぜなら、最初は主宰として招聘されたルイ十六世だが、かつての国王としてのあらゆる権利を剥奪された後に処刑されることによって、この儀式の基礎にある「転換と交代」のパトスを体現しているからである。共和主義者はそのような王の処刑を見物しながらお祭り騒ぎをし、血の付着した王の衣服や頭髪を奪い合ったという。しかしながら、王の処刑を公式体系の一部とする共和国政府は、君主制の恒久的な転覆を目指して樹立され、旧王族や旧貴族の処刑を日常的に行ったために、このようなお祭り騒ぎは一時的なエネルギーの発散ではなく日常生活の一部になっていた。すなわち、生命力を発散させる祝祭行為と、それを封じ込める刑罰が奇妙な可逆性を帯びる革命空間のカーニヴァルにおいて、その次に到来するはずの「転換と交代」は予感されないのである。

ディケンズが第三部で描いているのは、このように日常化した特異なカーニヴァルである。そこには、バフチンの指摘するカーニヴァルの事象が随所に見られるものの、開放感ではなく、旧制度時代と同様の閉塞感と抑圧感が漂っている。そのような感覚を形成する代表的な人物が、「復讐（ヴェンジェンス）」と呼ばれる非情な女である。「復讐」は共和国政府から見れば協力的なよき市民であり、「革命の敵」について密告するなど体制維持に大いに貢献している。彼女と通じるジャック三号は陪審員である。革命輪舞に興ずる市民には共和国の権威と公式性があり、「復讐」はジャック三号と共謀しながら、そこから逸脱するものを排除し、ギロチンにかける。さらに、革命空間では、旧制度時代の封印状を彷彿させる「いつでも無辜の善人を悪人の手に引渡すことができるようにした容疑者法」が制定され、牢獄は「罪を犯した覚えはないのに、審理一つ受けずにぶちこまれた囚人」（*TTC* 283）で溢れ返っている。要するに、旧制度時代のバスチーユ監獄と類似した状態にあり、「復讐」とジャック三号は法の手先として、この状況作りに貢献しているのである。

そのような状況の中で、旧貴族チャールズ・ダーネイの妻でマネットの娘のルーシーが個人的な感情を抑圧した生活を余儀なくされ、革命輪舞に恐怖を感じてもそれを表面に出さず、よき「女市民」として共和主義者たちと和合した生活態度を心がける（298）。ディケンズはその様子を描くことによって、革命政権下における特異なカーニヴァルに対する彼自身の嫌悪感や恐怖心をほのめかしている。その一方でディケンズはそのようなカーニヴァルに耽溺する人々に対し、一定の理解を示しているようにも見える。なぜなら、革命輪舞ではなく、死刑を目前にした旧貴族が抱きがちなある感覚について述べる箇所においてではあるが、ディケンズは、誰もが「集団心理に感染」（292）する傾向を持っていると主張しているからである。

よく知られていることだが、熱情と陶酔という種は微妙な違いはあってもどちらも、断頭台を不必要に飾り立てさせるよう人々を誘導し、そして、種に感染した人々の命を奪うのだ。種は単独で存在しているのではなく、強い動揺を経験した人々に対し、強い感染力を持っている。感染の季節になると、かなりの人々がその病に対し、人知れない魅力を感じるようになる。種に感染して死にたいという一時的だが恐ろしい気分に襲われるのだ。そして、この奇妙な傾向はすべての人々の心の奥底に隠れて存在しており、呼び起こされる状況が訪れるのを待っているのだ。（*TTC* 292）

引用中の「強い動揺を経験した人々」はフランス革命という変化を経験した人々を、「感染の季節」はそういった変化の後に生じた革命空間を指していると解釈すれば、「熱情や陶酔という種」に感染したいという願望もしくは傾向が「すべての人々の心の奥底」に存在していると述べることを通して、ディケンズは旧貴族が死を欲望するのも、共和主義者が革命輪舞に熱狂するのも止む得ないと考えているように見える。

しかもディケンズは『二都物語』第一部第三章において、「自分だけの秘密」（15）を隠し持ったまま、大都市という集団の中で生活する個人に驚嘆の意を表していた。

考えてみて驚くべきは、あらゆる人間は、他人に対して深淵なる神秘であり、謎からできているということである。夜、大都市に入り込むときに厳粛な思いを抱かされるのは、あの真っ暗な中にひしめき合っている一つ一つの家々には各々の秘密があり、その家々の中の一つ一つの部屋には各々の秘密があり、そこに住まう何十万という人々の胸の中で鼓動する一つ一つの心には、それが何を浮かべているかについて、最も近くにいる人の心にも測りかねる秘密があるのだ！（*TTC* 14-15）

ボールドリッジは『二都物語』における以上の箇所を根拠に、ディケンズが十九世紀的な個人主義に反発し、共和主義者や彼らの「友愛」の叫びに共感していると論じている。さらに、ボールドリッジは、テルソン銀行という集団に対する行員ジャーヴィス・ロリーの忠誠心と、革命における共同体の精神に共通性を見出すと同時に、シドニー・カートンの自己犠牲的な死を、革命に対する反発心ではなく、革命精神容認と関連づけている。その証拠としてボールドリッジが着目するのは、ダーネイの死刑が確定する裁判の前夜、パリの街を彷徨していたカートンが、セーヌ川に浮かぶ渦の海まで運ばれる様子を想像して漏らした「俺のようだ」（327）という呟きである（Baldridge 637, 640-41, 647, 649）。海はヴィクトリア時代に、革命家を含む暴徒を表す際に使用された比喩である。したがって、海に流れ着く自分を想像することと、革命集団と一体化しつつあるような思いに囚われることは同一なのだと解釈することは可能であろう。「革命の敵」であることに甘んじて死を選ぶことが、革命の精神を受け容れた結果と見なすことも可能であろう。しかしながら、だからと言ってカートンは革命家集団に同調して、もしくは、革命空間における集団心理に感染して死を選んだと断言できるだろうか。

第三節　カートンによる集団性の否定

カートンが愛する女性のために死を選んだことを考慮すれば、そこに見られるのは、集団心理の感染というよりも、個人的な陶酔であろう。カートンは独房内で、自分と瓜二つのダーネイと入れ替わり、ダーネイに遺書を口述筆記させるが、ダーネイになり替わって「私」と言いながら、実際には自分自身からルーシーへの伝言を口述している。女性への愛を、それとわからないように彼女の夫に対して告げることは自己陶酔的である。ダーネイが筆記した文章を以下に引用しよう。

もしあなたが（中略）ずいぶん前に私たちの間で交わされた言葉を思い出してくださるのなら、あなたはこの文章を読んで簡単に理解してくださるでしょう。あなたがあのときの言葉を思い出してくださるであろうと、私は確信しています。あなたはお忘れになる方ではありません。（中略）ありがたいことに、あのときの言葉が真実であることを証明できる日が来ました。私がそうするからと言って、悔やんだり悲しんだりなさる必要はありません。（中略）今それをしなければ、（中略）そのような機会は今後決して来ないでしょう。今それをしなければ、（中略）私はずっと大きな責任を負うことになるでしょう。（TTC 365-66）

カートンが言う「私たちの間で交わされた言葉」とは、かつてロンドンのマネット邸で彼女に愛をほのめかした言葉に他ならない。それが以下の引用である。

あなたのためなら、そして、あなたが愛する人のためなら、私は何だってするでしょう。（中略）心穏やかなときに、私の言葉を思い出してください。この言葉に関して私は誠実であり、嘘や偽りはありません。あなたとの新たな絆が結ばれる日がきっと、そして近いうちに来るでしょう（中略）。ああ、マネットさん、幸福な父親と瓜二つの小さな顔があなたを見上げたら、あなたの足元であなたそっくりの美しい子供が飛び跳ねる様子が目に入ったら、あなたの愛する人を命がけで救った男がいたことを思い出してください。（TTC 159）

カートンは、右に引用したどちらの告白をしたときも、自分の情熱がルーシーに伝わり、その記憶に残ることを知っている。奇しくもカートンは、ロンドンでルーシーに愛をほのめかしたとき、「父親と瓜二つの小さな顔があなたを見上げたら」あなたのために命を犠牲にした男を思い出して欲しいと頼んでいるが、彼は、ルーシーが後に男の子を出産し、自分の名前を授けるだろうと予言している（390）。カートンとルーシーの夫ダーネイは瓜二つである。したがって、ルーシーの息子とカートンも瓜二つである可能性が高い。ルーシーはカートンのことを忘れようがないのである。

ディケンズはカートンに死を選ばせることによって、恐怖政治における革命の精神に異議を唱えていると解釈することも可能である。この場合の死は、共和主義者が問う「友愛」か死かという二者択一における死を指している。「友愛」は革命の標語「自由、平等、友愛」におけるそれであるが、マルセル・ダヴィッドによれば、「友愛」が含意するものは、一七八九年以降の十年間に急激に変化した。革命初期において、「友愛」はすべてフランス人の団結を呼びかける表現だった（Marcel David 57）。『二都物語』で言えば、バスチーユ監獄襲撃後のサン・タントワーヌで、祝祭としてのカーニヴァルを繰り広げる人々を描写するのに用いられる形容詞形「友愛の（fraternal）」（230）は、この意味での「友愛」だと解釈できる。フランスにおける被圧制者の代表、サン・タントワーヌの住人たちが、「平民など、空腹なら草を食べればいい」と言った元陸海軍総監フーロンへの怒りという旗印の下に、結集している（231）からである。ところが、恐怖政治期になると、「友愛」は、兄弟か敵かを見極める狭い意味で用いられるようになった。ダヴィッドは一七九三年のある集会における「人民にとって中立の存在はありえない。兄弟か敵かが存在するだけである」という宣言を引用し、「友愛」か死かという表現が兄弟か敵かを峻別しようとする、当時の感情を捉えていると指摘している（Marcel David 145）。ディケンズは「友愛」の定義を小説中で検証していないが、この言葉を、カーニヴァルが日常化した恐怖政治期のパリを描写する部分において、しかも、後に「さもなくば死」を付け加え、「友愛」か死かという二者択一を迫る句の中でのみ用いている。そうすることによってディケンズは、恐怖政治の思考形態が「敵」を死滅させるために存在したことに加え、「友愛」の定義が革命空間で歪曲されていることを示唆している。以上の点を考慮すれば、カートンが死を選ぶのは、革命空間における「友愛」を否定した結果であり、革命の精神に異議を唱えるためである。

「自由」の意味が革命空間で歪められていることは、『二都物語』の中で明示されている。牢番は「自由のためだから」と自分に言い聞かせながら現状に対する不満を抑えているが、彼がそうするのは、兄弟か敵か――「友愛」か死か――を見極める眼差しに自分も絶えず曝されており、投獄されて断頭台に送られる可能性があることを知っているからに他ならない。語り手に「自由という言葉が、この場所で聞くと妙にそぐわないものに響いた」（TTC 265）とコメントさせることを通して、ディケンズは革命によって牢番が自由を獲得したのではなく、奪われたことを皮肉っている。

カートンが共和主義者の言う「友愛」を否定するために死を選んだ証拠として、「革命の敵」と見なされた無辜の民衆の一人であるお針子と、彼が比喩的に結婚することも挙げられる。ラ・フォルス牢獄でダーネイと一緒だったお針子は、カートンをダーネイだと勘違いし、死刑囚護送馬車（タンブレル）の中で手を握らせて欲しいと頼む。彼女は即座に、彼がダーネイではないことに気づくが、ダーネイの身代わりとして死のうとしているカートンの勇気を称え、彼に感銘の涙を流させる（368-69）。すなわち、カートンにとってお針子は、死に赴く自分に深い愛情を抱いてくれるはずのルーシーの身代わりであり、断頭台という祭壇の上で自分と比喩的に結婚する花嫁である。しかもお針子は、本章第一節で述べた通り、革命が本来もたらすべきだった状況を指摘する（388）無意識的なアイロニーの提示者でもある。そのような人物と比喩的に結ばれることによって、カートンは、共和主義者たちの使用する「友愛」という言葉の偽善性を暴くだけではなく、歪められた革命の精神を正す役割を託されていると解釈できるのである。

　カートンがこの結婚を通してカーニヴァルにおける男性王として戴冠されたと見なすことも可能であろう。祝祭としてのカーニヴァルは通常、男性王の戴冠、すなわち去勢された男性原理の復権によって終結し、四旬節を経て復活祭へと続く。実際にカートンは自分が死という大斎節を経て、ルーシーの息子として復活すると信じている。これは、自分と同じ名前の幼児が彼女に抱かれている様子を彼が思い浮かべているのに加え、断頭台に上りながら「主のたまいけるは、我は復生なり」（John 11: 25）というキリストの復活に関する聖書の一節を想起していること（TTC 389）に表れている。以上を考慮するなら、お針子との結婚を伴う、無辜の犠牲者としてのカートンの処刑は、革命というカーニヴァルの大団円としてふさわしいものになるはずだった。それにも関わらず、この結末がメロドラマ的すぎるという批判を受ける要因の一つは、[3] 第三部で展開されるカーニヴァルが祝祭ではなく日常化しているためであろう。日常化したカーニヴァルの終わりは見えない。革命の行方も見えない。この状況は『二都物語』結末部の一七九三年においてだけでなく、ディケンズが『二都物語』を執筆した一八五〇年代後半においても続いていた。人々の心理に対する恐怖政治の影響力の強さと継続性は、例えば、革命の象徴と称えられるヴィクトル・ユゴー（Victor-Marie Hugo, 1802-85）でさえ、少なくとも一八四九年まで「ほかの多くの誠実な人々同様、九十三年に対する恐怖を常に心に抱きつづけてきた」（稲垣 112）と告白していることに表れている。[4] したがって、カートンが死を選択しても、革命という日常化したカーニヴァルの終結を表象することはできない。読者には、彼の死の感傷的な印象が残るだけである。

第四節　時代の行方とディケンズの集団に対する両価感情

バフチンによれば、祝祭としてのカーニヴァルはその最中にあっても、終結後に萌芽すべき種を孕み、新時代到来が示唆される（『ラブレー』25-26）。その傍証であるかのように、『バーナビー・ラッジ』のジョーは、ゴードン暴動の渦中において早くも「時代は変わった」（*BR* 564）という新時代到来の宣言をしている。彼はアメリカ独立戦争に従軍して負傷した後に帰国し、西インド諸島のプランテーション経営で一旗揚げた友人のエドワードと共に暴動鎮圧に貢献する。換言すれば、この二人の若者は、来るべき十九世紀における帝国主義国家としての英国のあり方を予感させる文脈で活躍し、暴動を鎮圧させることによって十八世紀以前の古い価値観の終結を示唆する。要するに彼らは、次世代に萌芽すべき種を象徴しているのである（本書第二章第三節参照）。

一方の『二都物語』において、カーニヴァルは一時的な秩序の崩壊ではなく日常化しているために、カートンが男性原理の復権を示唆しても、カーニヴァルの終わりを表象することにならない。その結果、新時代到来は現実のものとして予感されないのである。ルーシーが次世代を担うべき息子を胎内で育んでいるが、彼女は家族と共に英国へ渡ってしまうため、彼女の息子は革命後のフランスという未来を象徴できない。本来ならば、彼女の夫で時代を察知する知性を持つダーネイが故国フランスの新時代を先導するはずだった。その証拠に、ダーネイはジョージ・ワシントンの方がジョージ三世よりも後世に名を残すという知見を示していた（*TTC* 75）。さらに彼は、実家に対する嫌悪感もあって旧制度の弊害を見て取り、封建領主としての将来に見切りを付けて渡英した。二つ目の証拠から、彼と『バーナビー・ラッジ』のエドワード・チェスターとの類似性は明らかである。エドワードは、自分を金持ちの娘と結婚させて経済的な安定を獲得しようと画策する父親によって、英国社会に対する絶望感を植え付けられ（*BR* 135）、貴族の身分を捨てて故国を離れたからである。[5] ところが、エドワードが暴動鎮圧に一役買うのとは対照的に、ダーネイは故国の秩序回復に貢献できない。しかも、彼は、獄中の貴族が彼の目に亡霊として映った（*TTC* 265）のと同様に、自分も旧制度の形骸に過ぎないことを、自ら証明している。なぜなら、ダーネイは一七九三年の二回目の裁判において、マネットの手記が朗読されるやいなや、旧貴族としての自分自身の責任を認めてしまい、それ以降は独房内でカートンと言葉を交わす場面（364-66）を最後に生気を失い、完全に沈黙してしまうからである。[6]

旧制度によって不当に投獄されたマネットも新時代の先導役になることができない。彼は、恐怖政治の下、娘ルーシーの家庭を守るためにバスチーユの囚人だったという立場を利用して奔走する。

そうすることによって、彼は神経衰弱に陥っていたときには逆転していたルーシーとの父娘関係を本来の関係に戻した。すなわち、男性が去勢されて女性が実権を握るカーニヴァル空間において、例外的にマネットは父権を回復したのである。一見すれば、マネットは来るべき新時代に復権すべき男性原理のあり方を、カーニヴァルの最中に示唆していることになる。しかしながら、その状態は継続しない。マネットは、自分がかつて書いた手記が朗読され、手記の中で義理の息子ダーネイに死刑宣告していたことが判明すると、囚人時代へ精神的に後退してしまい、正気を取り戻す姿は小説中で描かれていない。要するにマネットは、自分がカーニヴァルで一時的に戴冠される無為の王に過ぎなかったことを、自ら暴露している。[7] しかも、彼の王位が略奪されても、男性原理は復権せず、カーニヴァルの混乱は続くのである。

カーニヴァルが日常化したパリで男性原理を最後まで守り続けている者がいるとすれば、それはロリーであろう。彼が忠誠を誓う銀行のテルソン（Tellson）という名は、それに仕える者が男性原理による支配を守り、次世代を担う息子（son）にその精神すなわち歴史を伝える（tell）役割を担うことを暗示している。[8] カートンが「友愛」か死かの二者択一における死を選び、共和主義者の偽善的な「友愛」を否定するのも、ロリーのマネット家への献身や、顧客の利益を守るために老身を顧みずパリへ渡る行動力に感化されたためだった。それを考慮するなら、ロリーがその志を伝えた息子はカートンだと言えるのではないだろうか。カートンによる死の選択が、革命という日常化したカーニヴァルの終結を表象していないとは言え、ロリーは次代に萌芽すべき種を育んだのである。そして、帰国後のロリーがマネット親子のための尽力を続けながら（*TTC* 389-90）、今度はカートンの名を持つ幼児に対し、場所がフランスでなくても、新時代における萌芽すべき種を託すのだと言っても、決して牽強附会にはならないだろう。

テルソンの行員はチーズと同様に「テルソン独特の風味と青かび」(57) が出るまで客の前に出られないとディケンズは述べているが、集団としてのテルソン銀行を没個性的だと非難しているわけではない。既述したように、彼はテルソンが伝える男性原理——集団に対する忠誠心——に本来の友愛の精神を見出している。それでは、ディケンズが集団を完全に肯定しているかと言えば、そうではない。彼は革命輪舞に興ずる共和主義者が集団として作り出す恐怖を認識し、同志を結束させる「友愛」か死かの精神に反発している。だからカートンは、テルソン銀行が集団として伝える男性原理に感化される一方で、革命集団の「友愛」を否定して個人的な死を選ぶのである。要するに、ディケンズはカートンの中に、集団に対する肯定的な気持ちと否定的な気持ちの両方を書き込んでいる。それと同時に、カートンが死ぬ以外に集団を否定する術を持たない点に、ディケンズ自身の革命に対する恐怖心を読み取ることも可能であろう。銃の暴発によってマダム・ドファルジュが死亡した (382-83) 後も滞りなくカートンの処刑が行われた——カーニヴァルは依然として日常化していた——ように、個人の死と革命の弱体化とは無関係である。カートンが処刑された一七九三年以降も、「友愛」か死かの叫びは消滅しておらず、ディケンズが『二都物語』を執筆している一八五〇年代後半においても、その余波は続いている。この点を考慮するなら、ディケンズは「集団心理の感染」力に対して個人が無力であることを、普遍的な事大主義として『二都物語』の中に書き込んでもいることになる。これは、ディケンズ自身がフランス革命の衝撃という「集団心理の感染」を受けていたためであろう。

注

1　その他の例として、スペンスもディケンズがフランス革命から知的かつ政治的な要素を取り去り、恐怖感を描くことだけに終始していると批判している（Spence, "Dickens as a Historical Novelist" 24）。

2　『二都物語』執筆に際して用いた資料として、ディケンズは一八六〇年六月五日付のブルワー＝リットン宛ての書簡で『パリの情景』（*Tableau de Paris*, 1802）やルソーの著作も挙げている（*Letters* 9: 259）が、『二都物語』初版の「序文」で言及しているのは『フランス革命』のみであり、「カーライル氏の傑作に書き込まれている哲学に何か付け加えをしようなどと望むべくもないが、あの恐ろしい時代についての一般的そして独創的理解に対し、何らかの補足ができればというのが、私の希望の一つである」（Appendix II, *TTC* 397-98）と記している。ディケンズは一八五九年十月三十日付のカーライル宛ての書簡の中で「序文」のこの部分を引用し、謝辞を述べている（*Letters* 9: 145）。

3　例えば、エドガー・ジョンソンは「小説が最終的に到達する熱烈なメロドラマは革命の社会に対する厳罰を残酷かつ獰猛な獣性に変換してしまう」（Johnson 982）と述べており、この結末に批判的である。

4　稲垣によれば、ユゴーは一八四九年まで自分を共和主義者と見なすことができず、自分は自由主義者で社会主義者、同時に民族主義者でもあると考えていた。彼が自分を共和主義者と見なすようになるきっかけは、一八四八年に勃発した六月事件もしくは六月蜂起である。この点について詳しくは本書第六章第五節参照。

5　ディルノットは、ダーネイとサン・テヴレモンド侯爵の関係、そして、エドワードとその父の関係は、同等のものとして描かれていると指摘している（Dilnot 20）。ディケンズ自身がブルワー＝リットン宛ての書簡の中で、侯爵とダーネイについて「貴族が古く残酷な考えと結託し、過ぎ行く時代を象徴する一方で、その甥が来るべき時代を象徴する」(*Letters* 9: 259, 5 June 1860)と述べている。しかしながら、本章で述べているように、ダーネイは新しい時代を象徴することができない。

6 マネットの手記が読まれた際、ダーネイが父親と叔父によって犯されたはずの罪を自分自身の罪として受け容れてしまうまでの伏線については、本書第五章第二節参照。

7 マネットがカーニヴァルにおける無為の王として、その権利を剥奪される過程については、本書第五章第三節参照。

8 ディケンズは、エッセイ「スレッドニードル街の老婦人」("The Old Lady in Threadneedle Street," 1850)において、銀行の精神物質両面における豊かさを愛に満ちた家庭の比喩で表現している。「老婦人」はイングランド銀行に付けられたニックネームである。マクスウェルが二〇〇三年のペンギン版『二都物語』に付けた注によれば、テルソン銀行のモデルはチャイルド商会(Child & Co.)だが(*TTC* 452, ch. 2, n. 7)、「スレッドニードル通りの老婦人」と『二都物語』におけるテルソン銀行に関する記述から、家庭と銀行の役割に共通性を見出すディケンズの傾向を読み取ることができる。換言すれば、ディケンズは、家庭と同様に銀行を、知識と愛情を次世代へ伝えるものの象徴として描いている。

第五章　歴史編纂――過去の暴露と現在の再構築

第一節　歴史小説における過去と現在

ポストモダンの歴史家ミシェル・ド・セルトーによれば、歴史編纂は過去と現在が断絶されていることを前提に行われる（セルトー 97-98）。その傍証であるかのように、スコットは歴史小説という文学ジャンルを切り開くきっかけとなった『ウェイヴァリー』に「約六十年前の物語」という副題を付け、六十年間が過去と現在とを隔てるのに十分な時間であるという見解を示した（本書序章第二節参照）。後続の小説家たちはスコットに敬意を払い、執筆時までに約六十年以上が経過した過去の出来事を歴史小説の題材としたのである（Hook 9-10）。スコットの歴史観に必ずしも賛同していないディケンズでさえ（本書第三章参照）、『バーナビー・ラッジ』ではゴードン暴動、そして『二都物語』ではフランス革命勃発とそれに続く恐怖時代という執筆年代から約六十年前の事件を扱っている。

一方で、例えばウンベルト・エーコが「歴史小説とは、過去の物語を述べながら、同時に現在の問題について何事かを述べるものだ」（河島 2）と指摘する通り、歴史小説家は過去を語りながら、執筆時の状況を作品に反映させずにはいられない。ディケンズは『バーナビー・ラッジ』において、社会改革を彼の目から見れば怠っている為政者が、ゴードン暴動さながらの危機的状況を一八三〇年代後半から四〇年代にかけて再来させようとしているのではないかという懸念を表している（本書第一章参照）。『二都物語』では、フランス革命と同規模の混乱が十九世紀半ばの英国でも発生するのではないかという懸念を、革命政権をはじめとした集団に対する両価感情（アンビヴァレンス）として表出させている（本書第四章参照）。スコットも、『ウェイヴァリー』で一七四五年のジャコバイトの反乱を描きながら、その主人公をイングランドの名門貴族ウェイヴァリー家のエドワードとすることによって、一八一四年現在、独立国ではなく英国の辺境に甘んじているスコットランドの置かれた状況を表現している。以上のように、歴史小説に、過去の問題のみならず現在の問題も書き込まれているのであれば、そこで直接的に述べられる過去と、過去の記述に反映されている現在は連続していると言えなくはない。しかしながら、そのような連続性を見出すことができるとしても、歴史を編纂する場合、過去から現在までの時間空間は客観性によって意図的に区切られていると考えるべきである。

　ディケンズは『二都物語』に、過去と現在の断絶を利用して歴史編纂を行う人物を書き込むと同時に、過去にさかのぼって現在を再構築する精神分析の要素も取り入れている。抑圧された人間心理の描出に強い関心を持っているディケンズは、例えば『デイヴィッド・コパフィールド』のユライア・ヒープに一連の悪行の釈明をさせる際、幼少時代という過去にさかのぼって話を始めさせ、大人になってからの言動と生育環境の関わりを自己分析させている。同様の自己分析をする人物として、『リトル・ドリット』のミセス・クレナムや「ジョージ・シルヴァマンの釈明」（"George Silverman's Explanation," 1868）の一人称の語り手もいる。『二都物語』では、マダム・ドファルジュがそうである。彼女は次のように述べている。

> 私は海辺で漁師に囲まれて育ったんだ。あの二人のサン・テヴレモンド兄弟に痛めつけられたのは、私の家族だよ。バスチーユ手記に書かれている通りさ。ねえ、あんた、死ぬまでぶちのめされて地面に転がっていた若者の姉っていうのは、私の姉なんだよ。その旦那っていうのは私の姉の旦那で、お腹の中の子供は二人の子供で、若者は私の兄で、その父親っていうのは私の父親で、死んじまったのは私の死んじまった家族なんだ。そんな仕打ちを許しちゃおかないのが私の運命なのさ！（*TTC* 354）[1]

サン・テヴレモンド兄弟は旧制度（アンシャン・レジーム）時代の貴族である。マダム・ドファルジュは、旧制度時代という過去に立ち返り、被圧政者の家族の一員として惨事を目の当たりにした当時の視点から、革命家としての現在を再構築している。バスチーユ手記の詳細については後述する。

以上のように現在と過去との関連性を吟味し、過去の**中で**現在のあり方を認知する精神分析と、現在を過去から切り離し、その**傍らに**置く――過去と現在との間の時間的な断絶を前提として行われる――歴史編纂とは本来、相容れない（セルトー 97-98）。それにも関わらず、ディケンズは『二都物語』の中に精神分析と歴史編纂とを共存させている。すなわち、『二都物語』の共和主義者は、王制が敷かれていた過去が、革命勃発によって共和制の現在から切り離され、その間に時間的な亀裂が生じたことを利用して共和国成立を正当化する歴史を編纂しようとする。それと同時に彼らは、マダム・ドファルジュに見られるように、革命家もしくは共和主義者としての現在と旧制度時代を関連づけるだけではなく、旧貴族を旧制度時代に立ち返らせ、その時期の視点から、現在行うべきことを決めさせるという精神分析的な行為も行うのである。

第二節　歴史的な背景と人物の心理状態——マネットとダーネイの場合

マダム・ドファルジュの兄と姉を辱め、死に至らしめた一件に否応なく関わらせられ、バスチーユ監獄に不当に投獄された医師のアレクサンドル・マネットが、サン・テヴレモンド侯爵とその弟を侯爵家の末裔に至るまで糾弾するために作成した手記、それがバスチーユ手記である。マネットのかつての使用人エルネスト・ドファルジュが、一七八九年のバスチーユ監獄襲撃の際にそれを発見し、密かに持ち帰って妻と共に読んだ。その直後にマダム・ドファルジュが、前節で引用したように、手記に記された一七六七年の視点から、革命家としての現在を再構築したのである。ドファルジュは一七九三年の二回目の裁判で手記を朗読し、それまでにマネットの娘ルーシーの夫になっていたサン・テヴレモンド侯爵家嫡男チャールズ・ダーネイと、マネットの各々に対し、一七六七年の時点から現在を再構築するよう強要する。その結果、ダーネイは実父と叔父の犯した罪の責任を取って死刑宣告を受け容れ、マネットは二十五年以上前の行為とは言え、義理の息子に死刑宣告をしてしまった罪の意識から廃人同然の状態に陥ってしまう。

ハムレットが、父である先王の亡霊からその死の真相を告げられ、自分や周囲の人々の享受する現在のあり方に疑問を持ち始めるように、現在の再構築を促す過去の発覚には、死者の蘇りという比喩がよく用いられる。『二都物語』第一部のタイトル「蘇った（Recalled to Life）」は、小説における、そのような精神分析的側面を含意している。[2] 一七九三年の二度目の裁判について言えば、手記が朗読された瞬間に、一七六七年における憤怒に満ちたマネットが比喩的に蘇り、一七九三年のマネットとダーネイに現在の再構築を迫ったと解釈できる。ただし、彼らにとってこれは予想外の出来事ではなく、無意識的に予感し恐れていたように見える。換言すれば、ディケンズは、それに至る二人の精神状態を、歴史的な背景と関連させながら、小説の伏線として入念に構築している。この点を念頭に置きながら、一七九三年の裁判に至る二人の精神の軌跡を以下で吟味する。

小説冒頭のマネットは、記憶喪失を伴う神経衰弱から廃人同然の状況に陥っている。彼がそのような状態に追い込まれた理由は、サン・テヴレモンド侯爵とその弟の傍若無人な行為に対し、尋常ではない怒りを抱き続けたために他ならない。暴行事件が領主権（*seigniorage*）、マネットの投獄が封印状（*lettre de cachet*）という旧制度時代における貴族の特権の悪用によって引き起こされたことを考慮すれば、マネットは旧制度時代の悪政の犠牲になって神経障害に陥っている。彼の神経障害は妻に酷似した娘ルーシーの献身によって治まるものの、サン・テヴレモンド侯爵家の嫡男であるという素性をダーネイから明かされた日の夜に再発し、九日間に渡って彼を苛んでいる（*TTC* 202-05）。この九日間が彼にとってどのような時間であったかは、回復した彼が友人で銀行家のジャーヴィス・ロリーの誘導に従い、ロリーの友人を診断するという名目で自分自身の症状について下した次の診断によって示されている。

私が思うに、その病のそもそもの原因となった連想や記憶が異常なほどに強く蘇ったのだ。ひどく痛ましい思いが強烈に結びついて明確な形で頭に浮かんだのだと思うよ。おそらく、彼は心の奥底でそうなること、つまり、連想が蘇ることを長い間恐れていたのだろう。そう、何らかの状況の下で、または、ある特別なきっかけによって蘇ることをね。彼はそれに備えようと虚しい努力をしていたのではないかな。もしかしたら、それに備えようと努力したためにかえ

ってそれに耐えられなくなったのかもしれない。（*TTC* 209）

マネットが蘇りを恐れていた「連想や記憶」は、廃人同然だった頃の心身の衰弱というよりも、サン・テヴレモンド侯爵家に対して抱いていた憤怒を指している。すなわち、マネットは再度、神経衰弱に陥ってしまうことよりも、ダーネイと侯爵家とのつながりが明示されることによって、自分が侯爵家に対して抱いていた怒りをダーネイに向け、彼とルーシーとの結婚を妨げてしまうことを恐れていた。だから、オールド・ベイリーの廊下で初めて会ったとき以来、ダーネイの顔にサン・テヴレモンド侯爵の面影を無意識的に見出していたマネット（85）は、結婚式が終わるまでダーネイが素性を明かすことを許さなかった。結婚式後にそれを知らされたマネットは、バスチーユ監獄の囚人時代に苦悩を紛らわす唯一の行為だった靴作りを再開させながら、今にも蘇りそうな侯爵家への怒りと、ダーネイを息子として温かく迎えたいという願望の間で葛藤する。そして彼は、怒りを静めることに成功するのである。

ダーネイの素性を知らされた後の九日間は、マネットにとって、息子になったダーネイを比喩的に「子殺し（infanticide）」したいという願望を抑えるために必要な期間だったと解釈することができる。それに呼応するかのように、ダーネイの言動の随所には「子殺し」されることへの無意識的な恐怖心を見出すことができる。この恐怖心を彼が植え付けられたのは、幼い彼が母親と共に、投獄中のマネットを見舞ったときだった。当時の様子を、マネットが手記に書き留めている。

「この子のためなのです」と（ダーネイの母親は幼いダーネイを指差しながら）涙に暮れて言

った。「僅かでも償いができるのなら、私は何でもいたしましょう。そうでなければ、この子が父の遺産を受け継いで幸せになるなんてことはありますまい。この件に関して心からの償いがなされない限り、いつの日かこの子がその酬いを受けるという気がしてならないのです。私が自分のものだと呼べるものなど、僅かな宝石くらいしかありませんが、私は母親としての憐憫の情と哀悼の意を込めて、この宝石をそのお気の毒なご家族にお渡しし、この子が人生をかけて払うべき最初の代償といたしましょう。その妹さんが見つかればの話ですけど」

ご婦人が少年に口づけして抱きしめながら、「あなたのためなのよ、わかってくれるわね、チャールズ」と言うと、少年は勇敢に「はい」と応えた。（*TTC* 343）

ダーネイは、目の前にいる囚人や見知らぬ家族に対し父が犯した罪を母によって背負わされ、罪悪感に苦しむことになる。だから彼は、サン・テヴレモンド家を、父の犯した罪に自分を縛り付ける「恐ろしい組織」（129）と呼ぶようになり、そのような呪縛から逃れるべく家名を捨てて英国に移住する。ところが、彼は英国でスパイの嫌疑をかけられ、実父と「切り離しては考えられない」（129）叔父でその時点でのサン・テヴレモンド侯爵、すなわち実父の分身によって、あらぬ噂を流されて死刑になりかける（126）。彼は「子殺し」されかけるのである。以上の経験から、ダーネイは、自分が必死に逃れようとしている父の犯した罪から、「子殺し」のモチーフで表現される心理的影響を受けるようになっている。

ハターが論じているように、社会の変革期を描く『二都物語』の基調には、父の息子に対する抑圧と、それに対する息子の反発という世代間の心理的葛藤がある（Hutter 448）。ダーネイと義父マネットの関係についても例外ではない。後者が前者を息子として受け容れるまでに経験した葛藤については既述した。実父の犯した罪を背負わされた前者は、後者によって「子殺し」されるのを回避しようとするかのような言動を無意識にしている。例えば彼は、ルーシーに求婚するに際してマネットの許しを請うとき、次の引用のように用心深い態度を取っている。

私はただあなたの人生の一部を共有させていただきたいと望んでいるだけなのです。あなたの人生と家庭を共有させていただきたいのです。そうさせていただけるのであれば、死ぬまであなたに忠実であることを誓います。あなたの娘であり伴侶であり味方としてのルーシーの特権を脅かそうなどとは思っておりません。そのような彼女の特権的な立場を守り、できることなら、彼女をもっとあなたに近づけたいと思っているのです。(*TTC* 139)

ダーネイはルーシーに求婚する許可を得ようとしているというよりも、マネットの従順な息子になると誓っている。そうすることによって、彼はマネットから「子殺し」されないよう牽制しているのである。

このときのダーネイは、フロイトが『トーテムとタブー』(*Totem and Taboo*, 1913) の中で定義した抑圧された青年像も思わせる。なぜなら、彼は「死ぬまであなたに忠実でありたい」(*TTC* 139) と述べることによって、家父長としての義父マネットの権威を自分が侵さないこと、換言すれば、父親代わりのトーテム動物を殺すというタブーを侵さないことを宣誓しているからである。彼がこのような誓いを立てずにはいられない理由は、彼には父の分身を比喩的に殺した経験があるからだろう。

すなわち、実父の分身である叔父、現サン・テヴレモンド侯爵を、侯爵殺害の真犯人を代理に立てて深層心理の領域で殺害し、復讐を果たした経験が彼にはあると解釈できる。この場合の真犯人とダーネイの関係は、『大いなる遺産』（*Great Expectations*, 1860-61）における鍛冶場の職人オーリックとピップの関係に相当する。なぜなら、オーリックによれば、ピップはオーリックを代理に立て、姉ミセス・ジョーに復讐しているからである。実際に手を下したオーリックは、ミセス・ジョーからピップが「可愛がられて、俺は虐められて殴られた」（*GE* 437）とピップに訴えながら、実際には「虐められ殴られた」ピップの姉に対する憎悪を代弁している。モイナハンが分析するように、オーリックはピップの行動パターンをたどるかのように行動しており、彼にはピップの分身としての側面があることが匂わされている（Moynahan 64-67）。同様に、サン・テヴレモンド侯爵殺害当日の真犯人とダーネイの行動パターンも酷似している。真犯人が我が子を轢き殺した侯爵への怒りを「死んだ」（*TTC* 114）という一言に込めた直後に、ダーネイは叔父を訪問し、自分をオールド・ベイリーの被告席に立たせ、「子殺し」しようとした叔父を糾弾している（126）。その後、真犯人はダーネイが通ったのとほぼ同じ道筋をたどってサン・テヴレモンド邸に到着し（120）、侯爵を殺害する。殺害後の真犯人の足取りが明らかにされていないのと同じように、叔父を叱責した後のダーネイの足取りもまた明らかにされていない。

　ダーネイは、マネットに対する宣誓の言葉に、実父と同じ罪を自分も犯してしまうのではないかという不安感も表出させている。すなわち、ダーネイは、『トーテムとタブー』における第二のタブー――「父の死により解放された女性たちを自分たち兄弟のものにする」タブー――を侵さないことを誓うかのように、マネットの「娘であり伴侶であり味方」（139）としてのルーシーの特権を尊重すると誓約している。ここで想起すべきは、ディケンズの当初の構想において、ダーネイの実父がマダム・ドファルジュの姉を強姦したのではなく、結婚の意思があると偽って誘惑した（Sanders, *Companion* 156-57）こと、偽りの求婚をした侯爵への復讐を、マダム・ドファルジュが姉の代わりに侯爵の末裔に対して果たそうとしていること、『二都物語』の扉絵においてマダム・ドファルジュの編む糸とルーシーの紡ぐ糸が作者名の少し下で一本に繋がっている（図⑨参照）ことの三点である。二点目からマダム・ドファルジュとその姉の分身関係、三点目からマダム・ドファルジュとルーシーの分身関係が明らかであり、したがって、マダム・ドファルジュの姉とルーシーも分身関係にあることがわかる。マネットが初対面のダーネイにサン・テヴレモンド侯爵の面影を無意識的に見出していたように、ダーネイと侯爵も分身関係にある。要するに、ダーネイは、自分が実父と同様に、ルーシーに偽りの求婚を行い、彼女を不当に自分のものにしようとしているのではないかと深層心理の領域で危惧し、『トーテムとタブー』における第二のタブーを侵さないとマネットに誓ったと解釈できるのである。

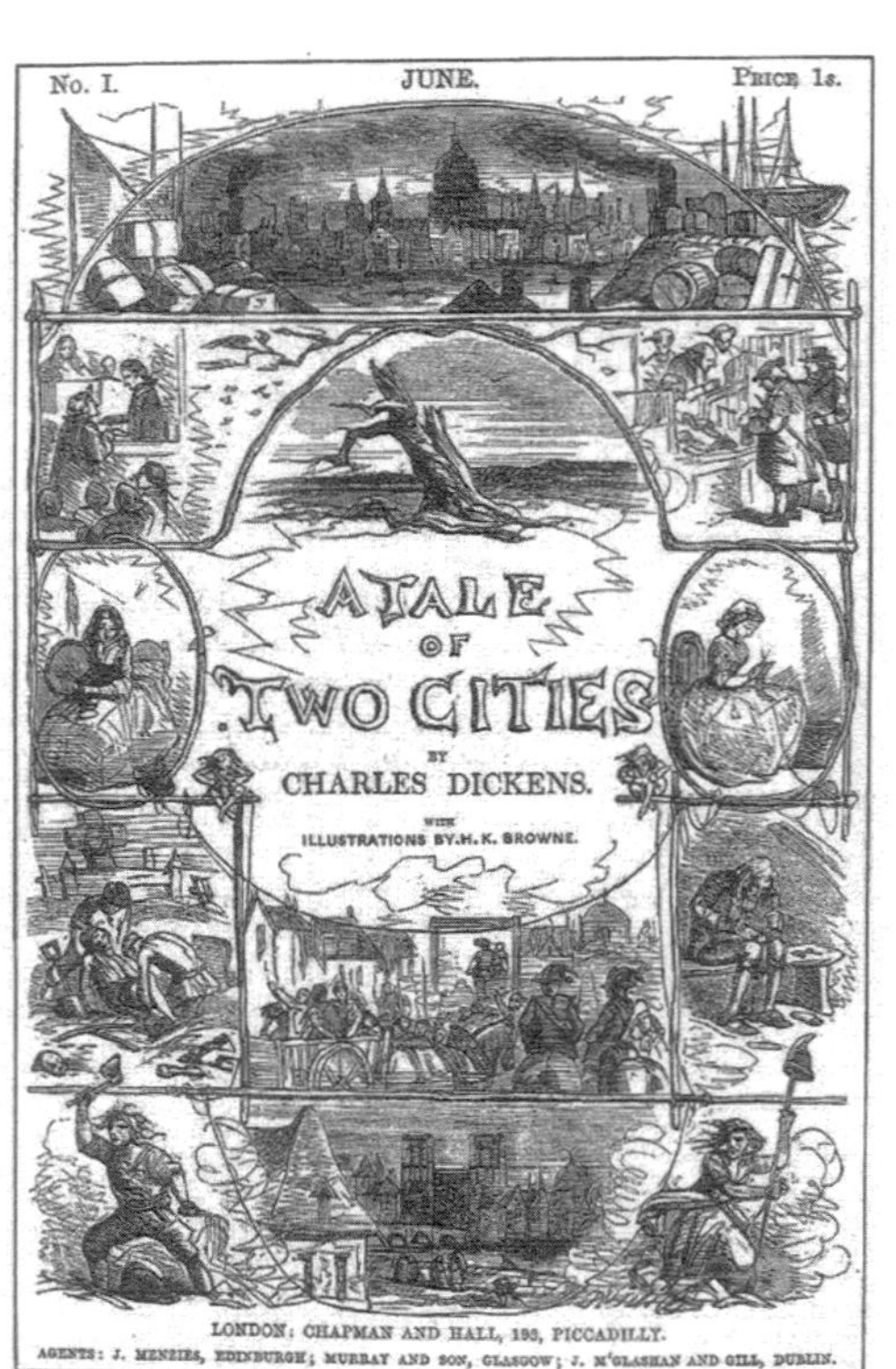

図⑨ Front Wrapper for Monthly Number, June 1959 Instalment

ダーネイは以上の葛藤と家族イメージを通して、フロイトが「家族ロマンス」という用語を使って定義した自立期の少年のように、社会秩序における自分の立ち位置を模索している。[3] なぜなら、ダーネイはマネットの従順で忠実な息子になることによって、母から背負わされた罪の意識からだけではなく、サン・テヴレモンド家という家名が含意する世襲制の封建領主という社会的地位からも、解放されることを切望しているからである。ところが、彼はそこから逃れ、自分の思うように社会で活躍することができない。ダーネイは、実父と実父が体現する貴族という社会的地位を嫌悪する点で、『バーナビー・ラッジ』のエドワード・チェスターと共通している（本書第四章第四節参照）。しかしながら、エドワードが西インド諸島で一旗揚げて帰国し、ゴードン暴動鎮圧に貢献するのとは異なり、ダーネイは新時代における故国のあり方を予感させる文脈で活躍できない。彼は「ジョージ三世よりもジョージ・ワシントンの方が後世に名を残す」（*TTC* 75）と発言し、アメリカの独立を支持することによって、「人権宣言」（一七八九年）起草に関与した政治家で軍人のラファイエット侯爵と共通することも匂わせていた。しかしながら、ラファイエット侯爵がジャコバン派に忌まれて亡命しても、後に帰国して七月革命（一八三〇年）で国民軍司令官としての大役を果たしたのとは対照的に、ダーネイは、シドニー・カートンの自己犠牲的な死によって処刑を免れるものの、生気を取り戻す様子が描かれていない。すなわち、ディケンズは、啓蒙主義的な青年貴族ダーネイが、新時代を切り開く適性があるにも関わらず活躍できない物語を書き込むことによって、革命後の秩序回復の遅延という彼から見た歴史上の事実を描出しているのではないだろうか。そう解釈すれば、ディケンズが歴史的な事項を叙述していても、それは個人が巻き込まれた背景を提供しているだけであって、変革期の状況分析に頓着しているわけではないというサンダーズの指摘（Sanders, *Historical Novel* 72）は必ずしも適当だとは言えないだろう。

第三節　歴史編纂

バスチーユ手記は、既述した通り、マネットの元使用人のドファルジュ（TTC 330）が一七八九年の監獄襲撃の際に発見し（225-28）、密かに持ち帰っていた（354）。ドファルジュ夫妻はその手記を一七九三年の二度目の裁判まで隠し持っていたが、夫妻がそうした理由は何だろうか。夫妻にとって、この手記は、マダム・ドファルジュの姉と兄を無残な死に至らしめた暴行事件の目撃証拠であり、ダーネイを死刑に追い込み、サン・テヴレモンド侯爵家に対する怨恨を晴らす重要な手段である。しかしながら、夫妻が手記に見出した価値がこの点のみであれば、夫妻は一七九三年の一回目の裁判で手記を公開し、その場でダーネイに死刑判決を下すことができたはずである。ところが夫妻はそうせずに、同年の二回目の裁判まで手記を温存したのである。

結論を先に言えば、ドファルジュ夫妻は、旧制度時代における圧政者の横暴と被圧政者の苦難の縮図であるマネットの手記を、共和主義者の歩みを正当化し、共和国成立の必然性を証明する歴史の資料として使用する必要があった。ダーネイが死刑判決を受けた裁判の前々年の一七九一年に王制が廃止され、フランス第一共和政の樹立が宣言された。一七九三年一月にルイ十六世が処刑され、同年五月に恐怖政治が始まった。このように、王制だった過去と共和制の現在との間に時間的な断絶が次々に穿たれたことによって、共和国が樹立するまでの軌跡は語られるべき歴史となり、支配者の横暴を示す証拠の一つに過ぎなかったマネットの手記は、共和国誕生の歴史を編纂するための資料になったのである。

一七九三年の一回目の裁判以前において、手記は既にそのような価値を備えていたと言えるが、同年の二回目の裁判まで温存することで、その価値は高まっていた。なぜなら、第一回裁判でマネットがダーネイのために証言し、無罪判決を勝ち取っていた（*TTC* 295-96）からこそ、ドファルジュ夫妻は手記を利用してダーネイに対する無罪判決を翻らせるだけではなく、マネットの証言に涙を流していた傍聴人に衝撃を与えることができるようになったからである。換言すれば、夫妻は、革命というカーニヴァルの王として、第一回裁判で戴冠されていたマネット（294）が実際には無為の王に過ぎないことを暴き、[4] 旧貴族の無罪を勝ち取るために証言するなど、「バスチーユのかつての囚人」としてあるまじき行為であることを証明することができるようになった。しかも、夫妻は、彼らの期待を裏切ったマネットを精神分裂症における無為（aboulia）の状態に貶め罰することによって、旧貴族を断罪する共和主義者の歴史にこそ正当性があることを明示することができるようになったのである。そうすることによって夫妻は、復讐を目論む被支配者、もしくは、そのための資料収集者から、共和国樹立の必然性を人々に印象づける歴史編纂者に変貌したのである。サン・テヴレモンド家への怨恨を晴らすことが夫妻の最終目的でないことは、マダム・ドファルジュが、敵に着せる経帷子に相当する編み物に、サン・テヴレモンド侯爵やその末裔だけではなく、ブルボン王制密偵時代のジョン・バーサッド（別名サイモン・プロス）など、すべての「革命の敵」（184）の名前を刻んでいたことによって匂わされていた。

ディケンズはドファルジュ夫妻による歴史の編纂方法を決して肯定していない。なぜなら、彼らやその同胞である共和主義者が「友愛」の定義を著しく狭め、「友愛」か死かという二項対立の中でのみ、その意義を認めた（Marcel David 145）のと同様に、[5] その歴史編纂方法には、彼らの都合に合わせた偏狭さと恣意が見出せるからである。例えば、サン・テヴレモンド侯爵とその末裔を一七六七年に手記の中で告発したマネットが、一七八五年に侯爵家の嫡男ダーネイを娘婿として迎えたこと、すなわち、旧制度時代の圧政者と被圧政者との間に、歩み寄りの歴史があることを彼らは無視している。彼らはまた、恐怖政治における共和主義者の横暴は無視し、旧制度における王侯貴族の専制だけを歴史に留めようとしている。さらに、マダム・ドファルジュが革命勃発から数年を経て共和国が成立しても、編み物の手を止めていないことに表れているように、サン・テヴレモンド家をはじめとした旧貴族に対する共和主義者の怨恨は、王制と共和制の間に時間的な亀裂が生じた後も続いている。すなわち、彼らの心の中で旧制度時代は続いている。それにも関わらず、『二都物語』における共和主義者は、自分たちを正当化する歴史を編纂するときには、過去は現在から断絶されたと都合よく解釈しているのである。

共和主義者の都合のよさと恣意性は、彼らがダーネイとマネットに過去から現在を断絶させることを許さなかったことにも表れている。彼らは、旧制度の悪影響を被っている点で同胞のマネットと、旧制度の悪弊から必死に逃れようとしている啓蒙的なダーネイに、過去の視点に立って現在を再構築することを強要し、精神的な打撃を与えた。この二人の中でも、フランスの未来のために活躍できたはずのダーネイの生気を奪うことにより、結果的に彼らはフランスの秩序回復を遅らせている。以上の点を考慮するなら、『二都物語』執筆中の一八五〇年代においてもなお革命の余波を感じ、恐怖政治に嫌悪感を覚えていたディケンズ（Gorniak 26）は、歴史編纂と精神分析という本来なら相容れないはずの二つの要素を小説中に共存させることによって、共和主義者の都合のよさと恣意性をあぶり出し、彼らを強く批判していると解釈することも可能であろう。

以上のように恣意的な歴史編纂方法をフランスの共和主義者だけが採用すると、ディケンズが『二都物語』の中で示唆しているわけではないだろう。ディケンズは、一般的に人が、フーコーの言う「人間主義（*humanisme*）」的な歴史——自分の生きてきた道程を正当化するために現在を最高到達点として描かれた歴史——を編纂しがちであり、その際、恣意性に陥る可能性があると考えたのではないだろうか。しかもディケンズは、特に為政者にこのような傾向があると見なして、読者の警戒心を鼓舞していると解釈できよう。というのは、ディケンズが『二都物語』を執筆していたとき、同時代の歴史家で、政治家でもあるマコーリーが『ジェイムズ二世の戴冠以後のイングランド史』の最初の五巻（一八四八年）を既に発行しており、その中でマコーリーは、ディケンズの視点から見れば、ホイッグ党の一員として自己正当化の歴史を構築していたからである。マコーリーはその第一章において、イングランドの立憲君主制が、名誉革命以来、より高い次元を目指して着実に推移し、ヴィクトリア時代に頂点に達していると見なす直線的な歴史観を提示した。そうするときにマコーリーは、「進化（プログレス）」という特定の見方を採用したために、それに反する歴史の可能性をすべて排除したと考えられるのである。「進歩」や同時代についてのマコーリーの見方については、本書第八章第一節で吟味する。その一方で、一八三〇年代の社会の状況に憂いと危機感を持ったディケンズが、『バーナビー・ラッジ』において、直線的な歴史観と真っ向から対立する循環的な歴史観を示していたことは本書第一章、第二章で述べた通りである。[6]

注

1　本書で依拠するペンギン版『二都物語』は一八五九年四月三十日から十一月二十六日にかけて三十一回にわたって『オール・ザ・イヤー・ラウンド』誌に掲載されたテクストを基にしているが、その後に出版された改訂版を基に部分的に修正された箇所もある。この点について詳しくは、二〇〇三年のペンギン版に付けられたマックスウェルの注（xlviii-lii）を参照。

2　「蘇生」は『二都物語』の重要なイメージとして、従来から様々な議論を呼んでいる。例えば、植木研介は『チャールズ・ディケンズ研究――ジャーナリストとして、小説家として』第四章の「掘り起こされた過去と人間の絆」において、死者復活のイメージが繰り返し喚起されていることを認め（植木 235）、その蘇生のテーマを作品に封じ込める際に使用したイメジャリやメタファーに着目した論を展開している。

3　本書で用いる「家族ロマンス」はフロイトの原義を踏襲しているが、リン・ハントはその原義から離れ、革命家たちが「政治的な世界を描き直し、家父長的な権威から引き離された政治形態を心に描くための創造的な努力」（Hunt xiv）をする様子をたどる際に、「家族ロマンス」という用語を使っている。

4　ディケンズがフランス革命を特異なカーニヴァルとして描いていることについては、本書第四章を参照。

5　一七八九年の革命勃発以後の十年間において、革命のスローガン「自由、平等、友愛」における「友愛」の定義は著しく変化した。特に恐怖政治の時代において「友愛」の意味は著しく狭められた。この点について、詳しくは本書第四章第三節を参照。

6　サンダーズは、ディケンズが「人間は死と再生を繰り返す可能性がある」と考えたこと、すなわち、ディケンズが歴史に循環する可能性を見出したと指摘している（Sanders, *Historical Novel* 72）。

第六章　フランス革命期を描く小説の歴史性
——『ラ・ヴァンデ』、『ふくろう党』、『九十三年』との比較

第一節　はじめに

フランス革命は人々の歴史意識を呼び覚まし（Lukács 23）、フランス内外の思想に影響しただけではなく、十九世紀に隆盛を極めた歴史小説に恰好の題材を提供した。その証拠に、英仏の主要作家が第一共和制崩壊（一八〇四年）までのフランス革命期を題材に描いた小説として、『二都物語』（一八五九年）の他に、バルザックの『ふくろう党』（*Les Chouans ou la Bretagne en 1799*, 1837）、トロロプの『ラ・ヴァンデ』（*La Vendée: An Historical Romance*, 1850）、ユゴーの『九十三年』（*Quatrevingt-treize*, 1874）などを挙げることができる。革命期の人々が「友愛」か死かという二者択一を共和主義者によって強要されたように、[1] これらの小説の主要人物は共通して、ヨーロッパ史における未曾有の混乱の中で、生死を賭けた二者択一を迫られている。なお、上に挙げた英文学の二作は仏文学の二作よりも歴史小説としての評価が従来から低い。とりわけ『ラ・ヴァンデ』はトロロプの「最低の作品」（Hall 112）と見なされ、ルカーチの『歴史小説論』、アンドリュー・サンダーズの

『ヴィクトリア朝の歴史小説』、ハリー・ショーの『歴史フィクションの形態——スコットとその後継者たち』といった歴史小説論で言及さえされていない。その主な理由は、『ラ・ヴァンデ』において、主要人物の選択と革命期を象徴する思想との関わりが希薄だからであろう。二十世紀末にヒストリオグラフィック・メタフィクションが一潮流を創るなど、歴史上の出来事を扱う小説が多様化した現在の視点から見ても、『ラ・ヴァンデ』は、王党派の反乱が起きた十八世紀末という過去に読者を誘うだけの歴史性が乏しいようである。

だからといって『ラ・ヴァンデ』は取り上げる価値がないと断定することはできないだろう。一つには、齋藤九一が述べているように、『ラ・ヴァンデ』を引き合いに出すことによって、ディケンズが英国人作家としてフランス革命のどのような側面に着目して『二都物語』を書いたかを浮き彫りにすることができる（齋藤 20）。二点目として、スコットに刺激されて多くの小説家が歴史小説を書いた文学史的背景の中で、フランス革命とその余波が、本国フランスと英国の各々で、いかに物語られたかを比較するための題材にすることができるからである。本章では、『ラ・ヴァンデ』が批評の対象にほとんどなっていない理由を検証した上で、『二都物語』と合わせて吟味し、十九世紀の英国でフランス革命がいかに語られたかについて分析したい。その際、トロロプとディケンズの各々が創造したアンチ・ヒーローのエイドルフ・ドゥノーとシドニー・カートンに着目する。なぜなら、彼らは革命期を背景に生死を賭けた選択を迫られると同時に、各々の小説が描かれた十九世紀半ば以降の英国の精神的動向を暗示していると考えられるからである。

第二節　『ラ・ヴァンデ』における王党派の視点

『ラ・ヴァンデ』において、十八世紀末のフランスにおける動乱という過去の出来事に向けて読者の意識を喚起する歴史性が乏しく、したがって歴史小説としての評価が低い要因は、視点が王党派に固定化されていることにある。すなわち、ジャコバン派指導者のロベスピエールの様子を描く第二十三章および第二十四章と、主に一八一五年のパリの様子を描く最終章を除いて、ヴァンデの王党派が革命勃発前の秩序を踏襲する姿を描くのにトロロプが終始したために、フランス革命によって歴史的な変化が生じたという印象が薄いのである。ディケンズが歴史上の人物にほとんど言及していなくても、『二都物語』に日常化した特異なカーニヴァルを書き込むことによって、フランス革命が勃発して歴史上未曾有の混乱が引き起こされたことを表現したのとは異なり（本書第四章参照）、『ラ・ヴァンデ』には、王制が廃止され、キリスト教が否定されたことによって生じたはずの意識の変化がほとんど描かれていない。例えば、『ラ・ヴァンデ』における民衆は共和政府の徴兵制度に反発し、反乱を勃発させるが（*Vendée* 20-24）、軍制の中で自分たちが貴族に従うのは当然のことだと考えている。[2] 架空の人物で御者のジャック・カトリノーは、シャルル・ド・レスキュールをヴァンデ軍将軍に推す際、その理由の一つとして、軍人としての訓練を受けている貴族にこそ、将軍としての資格があることを挙げている（159）。また、本格的な戦いを前に、ジェローム神父が共和国政府に対する戦いは神の思し召しと説いている（47）ように、キリスト教はヴァンデ軍の精神的な支柱としての役割を果たし続けている。革命政権がキリスト教を否定したことに対する王党派の反発は描かれていないのである。以上のような点から、『ラ・ヴァンデ』の読者は、革命勃発以前もしくは絶対王政樹立以前の諸侯の覇権争いを垣間見ているような印象を受けるのである。トロロプがヴァンデの王党派を描くのに終始した背景として、彼がヴァンデ軍統率者の夫人による『ラロシュジョクラン侯爵回顧録』(*The Memoirs of the Marquise de La Rochejaquelein*, 1815. 以下、『回顧録』と略記)に強い感銘を受けていたこと、[3] また、フライシュマンが述べているように、フランス革命を嫌悪するヴィクトリア朝中期の読者を意識し過ぎた(Fleishman 177)ために、革命勃発の必然性やその意義について言及するのを避けたことがあると考えられる。

主要人物の視点に同調するのがトロロプの特徴というマレンの指摘(Mullen 218)通り、作者の代弁者である三人称の語り手の視点は、王党派の視点と一致している。その一例として、共和制発足という歴史の転換について語り手が述べたコメントを挙げよう。

> フランスにおける愛国心がぐらつき始めた。そして、そのときからパリは高潔で志高き者に相応しい住みかではなくなった。パリの住人が国王を失い、フランス第一共和制が成立したことに対してどのような思いを抱いたのか、それを様々な角度から映し出して我々に見せるためであっても、歴史は着実に歩を進める足を止めることができない。(*Vendée 7*)

引用の「パリは高潔で志高き者に相応しい住みかではなくなった」という箇所に呼応するかのように、カトリノーの死後、ヴァンデ軍将軍となるラロシュジョクランは「もはやパリは我々が住むべき場所ではない」(16)と言い放ち、同志と共にヴァンデ地方の領地へ戻っていく。王党派に肩入れしている証拠に、語り手は、例えばヴァンデ軍が実際には行った虐殺行為について言及していない。[4] ヴァンデの女性たちも王党派の兵士たちの視点を共有している。ラロシュジョクランの妹アガサは、思慕の情を寄せるカトリノーの死を、王権奪回という大義名分を成す戦いにおける高貴な死と見なし、その死を悔いていないと彼の母親に対して断言する（376）。要するに、『ラ・ヴァンデ』では、革命勃発後も旧制度の秩序と倫理観が生き続け、王党派以外の視点がほとんど提示されていない。語り手も王党派の視点を共有しながら物語を進めているため、登場人物が従来の価値基準に従おうとしていると同時に、未曽有の歴史的変化に直面し、価値観の転換を迫られているという印象が薄いのである。

ホールによれば、『ラ・ヴァンデ』執筆時、まだ駆け出しの小説家だったトロロプが、歴史小説の題材としてヴァンデの反乱に着眼したのは、『回顧録』に感銘を受けたためというよりも、その英訳者のスコットが英語版の「序文」に記したコメント――「ヴァンデ軍が起こした内戦は、フランス革命における最も興味深い出来事の一つである」――が印象に残ったためである（Hall 112）。仮にそうだとして、ヴァンデの反乱をこのように評したスコットの本心を、トロロプは理解していないように見える。スコットは、彼自身が『ウェイヴァリー』や『ミドロージァンの心臓』などの作品に表出させているのと同様の、国内における被植民者の視点を『回顧録』に見出し、その点を「興味深い」と述べたと考えられる。[5] トロロプがそれを理解したのであれば、ヴァンデの人々のフランス国王に対する忠誠心や、キリスト教を基にする道徳観よりも、フランス西部というケルト的な土地柄や、彼らの中央政府に対する反発心を描き出すことに重点を置いたはずである。ところが、例えば、『ラ・ヴァンデ』に登場する農民は英国の自作農（ヨーマン）のようであり（McCormack xi）、トロロプは、歴史小説の題材に関してスコットから表面的な示唆を受けたに過ぎないと考えざるを得ない。同じくヴァンデの反乱を題材にしているユゴーの『九十三年』と比較すれば、ヴァンデ軍の本拠地であるブルターニュの人々の特徴や土地柄を描くことについてのトロロプの意識の低さがより明らかになる。ユゴーは『九十三年』第一編などで、農民がゲリラ戦を展開するブルターニュ特有の自然環境を巧みに描写している。さらにユゴーは、ヴァンデ軍を率いるラントナックをブルターニュ公、すなわちブルターニュというフランス国内における異郷の王と位置づけ、中央政府に対する地方の反発の根強さを丹念に構築している。

第三節　ドゥノーの葛藤

以上で述べたように、『ラ・ヴァンデ』のほとんどの人物たちは、絶対王政期の倫理観を持ち続けている。その中で、アンチ・ヒーローのドゥノーだけが王に対する忠誠心ではなく、個人的な感情にしたがって行動した結果、君主主義と共和主義という、一七九〇年代の初めに分立した二つの主義の間を行き来している。君主主義と共和主義に限らず、二つの価値観の間で揺らぎを経験する人物像は、本章冒頭で挙げたフランス革命期を描くその他の小説にも見られる特徴である。王制やキリスト教が提示していた倫理基準が革命によって破壊された結果、人々は革命前には不要だった倫理的判断を自分自身で行わなければならなくなったためである。ピーター・ブルックスは、このような決断をする人物を劇化する際に「表象の過剰と、人物たちの意識に影響する強力な道徳的主張」という要素が表出すると述べている。ブルックスはこれを「メロドラマ的モード」と呼び（Brooks xiii）、フランス革命期にこのモードが誕生したと見なしている。要するに、ドゥノーは革命期のフランスで対峙した二つの主義の間を行き来しながら、「メロドラマ的モード」を体現する人物なのである。

ただし、ドゥノーは自分の求愛を拒絶したアガサへの個人的な感情から、二つの立場の間を結果的に行き来したのであり、君主主義と共和主義、その各々が含意する原理や思想に影響を受けたとは言えない。この点は、ユゴーの『九十三年』やバルザックの『ふくろう党』において、人物たちの葛藤と、彼らの生きる時代の特徴的な主義主張とが密接に関係しているのと対照的である。『九十三年』における元僧侶で厳格な共和主義者のシムールダンと、共和国軍の指揮官で元貴族のゴーヴァンはどちらも、共和主義者として果たすべき役割と、人道的な見地（もしくは個人的な愛情）から取るべき行動とが矛盾しているために葛藤を強いられる（*Quatrevingt-treize* 391-412）。[6] そして、ゴーヴァンが葛藤した結果、共和主義者としてではなく、人道的な見地から下す倫理的選択こそ、フランスが未来に向けて下すべき決断だとユゴーは考えている。ヴァンデの反乱の約六年後の反革命末期を描く『ふくろう党』では、共和政府の密偵マリー・ド・ヴェルヌイユとふくろう党の首領モントーランが、互いに愛し合う一方で、政治的な立場が異なるために、自分が何をなすべきかについて葛藤を強いられる（*Chouans* 364-68）。[7] バルザックは、両者が破滅的な死を最終的に迎える様子を描き、そうすることを通して、第一共和制と反革命運動両方の行き詰まりを描出している。要するに、ユゴーとバルザックは、革命期に優勢だった主義主張を象徴する人物たちが葛藤する姿を描き、その葛藤を革命の進展もしくは行き詰まりと密接に関連づけているのである。

一九二〇年代になると、小説家のヒュー・ウォルポールが『ラ・ヴァンデ』再評価の動きを見せるようになる。ウォルポールはドゥノーが二つの価値観の間を行き来することに着眼し、そうする理由として、ドゥノーの臆病な気質が巧みに描出されていることに加え、ドゥノーと彼を巡る人物たちがヴァンデ軍と共和国軍とのせめぎ合いの中で陥った心理状態に、普遍性が見られることを挙げている（Walpole 40-41）。以上の点を検証するためにウォルポールは、ドゥノーが実在の共和政府司令官サンテール（Antoine-Joseph Santerre, 1752-1809）と共にラロシュジョクラン家の居城を襲撃し、拘束したアガサと対面する場面（*Vendée* 258-59）に注目する。この場面でドゥノーは、アガサと目を合わすことさえできないが、それにも関わらず、「俺の剣は祈りの言葉よりも強力だ」（258）と言いながら自分の力を誇示しようとする。この言葉には、キリスト教を否定した共和主義者という、その時点での彼の社会的立場が反映されており、彼が、自分の愛情を拒絶した女性を目前にして怯んでいる自分と、共和国軍の一員として革命の敵を殺害しようとしている自分との間で、心理的な揺らぎを経験していることがわかる。そのようなドゥノーの複雑な心境を目の当たりにするサンテールは、自分がまさに遂行しようとしている任務、すなわち、ラロシュジョクラン家の城を破壊し、その家族を殺害するという任務が、パリの群衆を扇動して殺戮行為へと駆り立てたり、国王の処刑に立ちあったりすることよりも困難だと感じている（259-60）。要するに、人は個人的な感情と社会的立場の間での揺らぎを、時代や場所に関係なく経験するものだが、『ラ・ヴァンデ』では、反革命戦争という歴史的背景があるために、ドゥノーのアガサに対する思慕と憎悪が混在した感情、共和国軍の一員としての自意識、彼を巡る人物たちの心理が劇的に描かれているのである。

ドゥノーがアガサに復讐するために、共和国軍の一員となり、ラロシュジョクラン家の居城を襲撃しなければならない背景に、身分制度や家族制度に対するドゥノーの複雑な思いもある。ドゥノーは孤児であり（11）、ラロシュジョクラン家で育てられた。アガサと結婚すれば、貴族の正式な一員になれるはずだったのに、彼はそれを叶えることができなかったのである。ドゥノーがかつて持っていた欲望は、大いなる遺産の見込みを得てジェントルマンになり、エステラと結婚することを夢見たピップの場合と似ている。しかも、ピップが労働者階級の一員としての過去から逃れ、ジェントルマンであることに固執したように、ドゥノーも貴族階級への帰属意識が強い。例えば彼は、自分の将来の妻になると信じていたアガサが弾薬を扱い、貴婦人らしい白い手が汚れることへの嫌悪感（52）や、御者のカトリノーが将軍に選出されることへの抵抗感をあからさまに表現している（169）。ドゥノーのこのような心理は、共和制が樹立し身分制度が崩壊した革命期のフランスというよりも、階級が流動性を増した十九世紀半ばの英国の社会状況を反映しており、革命期のフランスに対する作者の無知を明示する否定的な要素だと言える。実際にトロロプは、ヴァンデ地方に関する自分の無知を、『自伝』（*An Autobiography*, 1883）の中で率直に認めている（Hall 112, McCormack viii）。それでも、孤児のドゥノーを、貴族の嫡男で王党派のラロシュジョクランのアンチテーゼとして描くことによって、トロロプは作品に心理的な深みを与え、ホールによる「一方的な聖人伝」（Hall 112）という『ラ・ヴァンデ』に対する酷評を退けていると考えることも可能であろう。清廉潔白で人を疑わないラロシュジョクランは、カトリノー亡き後のヴァンデ軍将軍として後世に名を残す実在の人物である。公明正大な彼は、御者だが武勇の誉れ高いカトリノーを将軍として認めるのにやぶさかではない。そのようなラロシュジョクランに対し、ドゥノーはその名前（Denot）が否定性もしくは陰性を連想させるように、アンチ・ヒーローの役を担っているのである。

第四節　カートンの選択

『ラ・ヴァンデ』のドゥノーに相当する『二都物語』のアンチ・ヒーローは、シドニー・カートンである。カートンはルーシー・マネットの夫となるチャールズ・ダーネイに姿かたちが似ているが、自分がダーネイの対極にあると考え、自分自身とダーネイの両方に対して複雑な思いを抱いている。彼がその気持ちを露呈させるのは、ダーネイがスパイの嫌疑をかけられた一七八〇年の裁判の後で、自分の姿を鏡に映しながら、以下のように述べる場面である。

おまえに似ているからって、どうして奴を好きにならなければならないんだよ。人を好きになるなんて気持ちはお前にはないじゃないか。わかっているはずじゃないか。ああ、おまえなんか糞くらえだ。人が変わったって言うのか。奴に肩入れする理由はあるかもしれないな。奴は堕落する前のおまえみたいだからな、それに堕落しなければ、おまえは奴みたいなだったかもしれないさ！　奴と入れ替われば、あの人の青い瞳が奴を見ていたみたいに、おまえを見てくれるって言うのか、うろたえたあの人が奴を憐れんでいたように、おまえを憐れんでくれるって言うのか。おい！　はっきり言えよ。おまえはあの男を憎んでるって。（TTC 89）

カートンの言う「あの人」は、彼の思慕の対象であるルーシー・マネットを明らかに指しているが、引用最後の「おまえ」が憎んでいる「あの男」は、理想像から転落してしまった自分自身を指しているのか、それとも、そうなるはずだった自分を具現しているダーネイを指しているのか、どちらの解釈も可能である。いずれにしても、この引用には、カートンの自嘲的な自己認識が表出している。

カートンは弁護士仲間のストライヴァーと対照的な人物であり、十八世紀末のフランスというよりも十九世紀末を予感させるメランコリーの傾向を持つ人物として造形されている。つまり、ストライヴァーは「努力する人（striver）」という名前に加え、「誰の中にも誰の話にも割り込んでいく」（83）貪欲さが暗示するように、ヴィクトリア朝的な自助（セルフ・ヘルプ）の精神を戯画的に体現する人物である。一方のカートンは、そのようなストライヴァーと自分自身を比較し、自分など「存在しないも同然」（94）だと自嘲的に捉えている。この点でカートンに先行するのは、『リトル・ドリット』のアーサー・クレナムである。彼はペットすなわちミニー・ミーグルスへの思慕の情を抑えるために、「幸福感にも傷心にも無感覚であること」（*LD* 244）を望んでいる。クレナムとカートンが示す自我不在による無気力（アパシー）は、彼らに後続する『互いの友』（*Our Mutual Friend*, 1864-45）のレイバーンに至って、十九世紀末の特徴である倦怠感（アンニュイ）へと推移する。[8] スマイルズが『自助論』（*Self-Help*, 1859）を出版して好評を博したのと同年に出版された『二都物語』の中で、ディケンズは世紀末の倦怠感を予見しているのである。[9] もっとも、『二都物語』がフランス革命期を描く歴史小説であることを考慮すれば、ディケンズがカートンを通して十九世紀的な精神の動向を予見することは卓見ではなく、歴史小説家としての逸脱であろう。また、カートンが十九世紀的な人物であることは、サンダーズの指摘する『二都物語』の評価が低い理由――ディケンズにとって歴史は現在ほど差し迫った問題ではなかった（Sanders, *Historical Novel* 95）こと――の傍証の一つだと捉えることもできよう。

ただし、ディケンズは、カートンがダーネイの死刑判決前夜にパリの街を彷徨する場面で、彼が無気力という彼の個人的傾向だけではなく、革命空間で人々が陥りがちな心理的傾向を打破する様子を描いている。カートンは、ダーネイを失神させるための薬を入手する（*TTC* 324）など、ダーネイと入れ替わる準備を整えた後に、「イエスのたまいけるは、われは復生なり」（John 11:25）という聖書の一節を繰り返し想起しながら彷徨し（*TTC* 325, 326）、その最後に、セーヌ河に浮かぶ渦が海の方へ流されていくのを見て「俺のようだ」と呟く(327)。この呟きについてボールドリッジは、海が革命や暴徒を指してヴィクトリア時代に使用された比喩であることを根拠に、カートンが、死して救済者になろうとしている自分の道程と、「友愛」か死かのスローガンの下で「この世のユートピア」を目指す革命のたどる道を重ね合わせていると分析している(Baldridge 648-49)。しかしながら、本書第四章第三節で述べたように、カートンは革命家の言う偽善的な「友愛」を否定して死を選んだのであり、渦に喩えた自分は、積極的な選択をしようとしているその段階の自分ではなく、無気力に流されるままに生きてきた過去の自分を指していると解釈すべきである。要するに、カートンは「イエスのたまいけるは、われは復生なり」と唱えながら、死に対する最後の迷いを払拭すると同時に無気力な過去の自分と決別し、断頭台の上で、革命本来の目的に対するアイロニーの提示者であり、ルーシーの身代わりでもあるお針子と結ばれる。そのようなダーネイの姿を描くことを通して、ディケンズは恐怖政治に対する反発を表明しているのである。

第五節　歴史上の出来事からの距離

ディケンズがカートンの言動を通して恐怖政治に対する自分自身の感情を表現した一方で、トロロプは革命期のフランスを象徴する主義主張に対する自分自身の反応を、ドゥノーの言動を通して表明したとは必ずしも言えないだろう。それでもトロロプは、王党派の視点から書いた『ラ・ヴァンデ』において、ドゥノーの最終的な決断を、取るべき倫理的な決断として描いている。すなわち、共和国軍に与していたドゥノーだが、大将としてヴァンデ軍に回帰し、彼が指揮官に選出されるのを阻止しようとしていたレスキュール（*Vendée* 167）さえ感嘆する活躍をした（412）後に戦死する（425）。作者から見て取るべき倫理的な決断をし、結果的に命を落とす点において、『ふくろう党』のヴェルヌイユとモントーラン、そして『九十三年』のゴーヴァンとシムールダンも同様である。『ふくろう党』の二人は共和主義者とふくろう党首領という立場の違いを超越し、愛し合うことを決断した結果として、死に至っている（*Chouans* 374）。『九十三年』のゴーヴァンは、囚われた子供を救出したラントナックを、人道的見地から処刑できずに逃がした（*Quatrevingt-treize* 412）ために処刑されている。シムールダンは、教え子ゴーヴァンに死刑判決を下した我が身を責めるかのように、ゴーヴァンの死刑が執行されるやいなやピストル自殺している（438）。以上の人物たちは、フランス革命勃発によって従来の秩序が崩壊し、倫理的基準が破壊された革命期において、この時代特有の倫理的決断を迫られ、結果的に死亡する点で共通しているのである。

ただし、革命の余波を感じていたとしても隣国の小説家であるディケンズおよびトロロプと、本国フランスの小説家であるバルザックおよびユゴーの間には、革命のその後の展開との距離の取り方において、当然のことながら大きな差異がある。ディケンズは、カートンがルーシーの息子として再生し、新たな歴史を創造するであろうことを予示する（*TTC* 390）以上のことをせず、しかも、彼が再生する場所をパリではなくロンドンと設定することによって、革命のその後の展開と自分との間に距離を置いている。トロロプは『ラ・ヴァンデ』最終章に、ドゥノーがヴァンデ軍に再合流する際の同行者で、後にふくろう党員として反革命運動を繰り広げたオーガスト・プルームという人物を登場させ（*Vendée* 438）、ヴァンデ軍敗北後の反革命の歴史をたどっている。ただし、トロロプは小説の最終段落において、フランス第二共和制発足の年であり、『ラ・ヴァンデ』の執筆時期でもある一八四八年の視点から、ヴァンデの反乱を総括し、ヴァンデ軍の敗北から一定の時間が既に流れたことを示唆すると同時に、反乱と彼自身との間に物理的、時間的な距離があることを表現している。

それに対し、仏文学の二人は、革命勃発から執筆現在に至る時間の流れにおける自分自身の立ち位置を確認しながら、作品を書いている。バルザックは小説の最後に、かつてのふくろう党員の一八二七年における姿を書き込んでいるが、レイによれば、バルザックは一八二八年に執筆を開始し（Rey 5）、その翌年に『最後のふくろう党』（*Le Dernier Chouan*）という表題で出版する予定だった。すなわち、バルザックは、ふくろう党の残党が存命し、彼らがゲリラ戦を繰り広げた時代を過ぎ去った過去として、必ずしも片づけられない段階で『ふくろう党』を執筆した。しかも、『ふくろう党』が『人間喜劇』（*Comédie Humaine*）の一部として出版された一八三七年以降も、ふくろう党を支流の一つとする王党派と、革命派もしくは共和主義者の闘争は続いていた。要するにバルザックは、スコットの影響を受けた多くの小説家が六十年以上前の出来事を歴史だと見なしていた十九世紀において、現在に限りなく近い過去も歴史とする見方を提示した。第一共和制崩壊後もナポレオン帝政から王政復古、七月革命へと政治体制が目まぐるしく入れ替わる歴史の只中にいたバルザックは、現在もまた歴史的変化の過程だと考えていたのである。[10]

ユゴーはバルザックとは異なり、執筆現在に限りなく近い過去を題材に選んで『九十三年』を書いているわけではない。それでも、ユゴーは同時代におけるフランス史の流れと、作家としての自分の関わりを意識しながら作品を書いている。恐怖政治への嫌悪感から王党派を自認していたユゴーは、自由主義者そして社会主義者としての時期を経て、六月事件もしくは六月蜂起（一八四八年）をきっかけに思想的転身を図って共和主義を支持するようになり、以後はその立場を変更していない

(Mehlman 45-46, 稲垣 112)。一八七四年に出版された『九十三年』においてユゴーは、自分自身が葛藤の結果として共和主義者になった経験を基に、よき共和主義者はどうあるべきかという問いに対する自分なりの回答を提示している。そうすることによってユゴーは、ルカーチが述べているように、政治的、思想的立場と人道的、倫理的な立場の間で葛藤する共和主義者の姿を、歴史上初めて描いた(Lukács 256)。すなわちユゴーは、人道的な共和主義者のゴーヴァンが、共和主義よりも人道的であることを優先したために処刑されるにも関わらず、「共和主義万歳」(*Quatrevingt-treize* 438) と叫ぶ姿を小説結末部に書き込み、その姿に祖国フランスの未来を託したのである。

フランス革命に対して恐怖心を抱き、隣国の問題として一定の距離を置いたディケンズやトロロプとは異なり、バルザックとユゴーは、祖国の問題であり、自分自身と直接的に関わっているという意識から革命について検証しながら、『ふくろう党』や『九十三年』を書いた。そういったフランス革命に対する作者の距離の取り方の違いが、各々の作品に表出しているのである。

注

1　フランス革命のスローガン「自由、平等、友愛」における「友愛」の定義が革命の進行に伴い狭められたことについては本書第四章第三節を参照。

2 『ラ・ヴァンデ』からの引用は、巻末の引用・参考文献一覧に挙げたオックスフォード版から。

3 『回顧録』の作者ラロシュジョクラン夫人は、『ラ・ヴァンデ』にはレスキュール夫人として登場する。彼女は『ラ・ヴァンデ』には描かれていないが、アンリ・ラロシュジョクラン（Henri de La Rochejaquelein, 1772-94）の弟（Louis de La Rochejaquelein, ?-1815）と一八〇一年に再婚したために、ラロシュジョクラン夫人と呼ばれるようになった。なお、ラジョシュジョクランの綴りは“La Rochejaquelein”だが、トロロプは“Larochejaquelin”と綴っている。

4 ヴァンデ軍は、例えば、マカクル（Machecoul）で一七九三年に五百人以上の市民を虐殺している。この件は、反革命軍の残虐さを示す証拠として共和主義者によって語り継がれた（Schama 692-93）。

5 スコットは英国国内における被植民者としての意識を持ち、スコットランド人としての立場から歴史を再構築した。その証拠として、例えば、『ミドロージァンの心臓』におけるポーティアス暴動の暴徒の描き方や、ヒロインのジーニーがキャロライン王妃に対し、イングランドに対するスコットランドの道徳的優越を示唆する場面を挙げることができる。この点について、詳しくは本書第三章を参照。

6 『九十三年』の頁数は、巻末の引用・参考文献一覧に挙げたフラマリオン版から。

7 『ふくろう党』の頁数は、巻末の引用・参考文献一覧に挙げたポケット版から。

8 松村は「ディケンズと世紀末――イースト・エンドと関連して」において、レイバーンから『エドウィン・ドルードの謎』（*The Mystery of Edwin Drood*, 1870）のジョン・ジャスパーに至り、世紀末的なムードが一段と高まっていると指摘している（松村「世紀末」125-26）。

9 エイサ・ブリッグズは、『自助論』に加え『種の起源』（*On the Origin of Species*）や『自由論』（*On Liberty*）、『オマール・ハイヤムのルバイヤート』（*Rubáiyát of Omar Khayyám*）が出版された一八五九年を、ヴィクトリア朝の精神的な転換点と見なし、心理学者で医師のエリス（Havelock Ellis, 1859-1939）の言葉を引用して、「（一八五九年よりも）人間精神が奮起を促され、多種多様の独創的業績を生み出した年は他になかった」と述べている（Briggs 306-07）。

10　ルカーチによれば、バルザックが、歴史の形成過程としての現在を叙述するようになったのは、彼がスコットの小説には描かれていない歴史的変化の要因に気づいたためである。すなわち、スコットは階級闘争を歴史的変化の要因と見なして小説を描いたが、バルザックはフランス革命の勃発以降、歴史的変化が、平等であることに起因するようになったことを敏感に感じ取り、それを書き留めることが自分に課せられた使命だと考えた。だからと言って、バルザックはスコットに反発したわけではない。バルザックは自分の小説の「序文」の一つに「過去に関する最良の小説は、ウォルター・スコットによって極められた」と記し、スコットを敬愛した。彼が新たな歴史小説のあり方を作品を通して示唆したのも、歴史的変化の必然性を描くことをスコットから学んだ結果だと言える。ルカーチは、バルザックが「スコットの後継者に相応しい」と見なす理由として、狂信的なブルターニュの民衆と信念を持った英雄的な旧貴族との間の闘争を、スコットによって示された精神にしたがって構想していること、そして、ブルターニュ人を描写する手法がスコットの氏族（clan）の描き方を彷彿させることを挙げている。もっとも、ルカーチによれば、反革命運動が絶望的であることを描出する場面――両陣営を社会的、人間的に対立させる場面――のリアリスティックな描写において、バルザックはスコットを凌駕している（Lukács 82-83）。

第三部　『子供のためのイングランド史』

第七章　十九世紀における歴史の手引書探求という文脈の中で

第一節　十九世紀の英国における歴史教育

ディケンズが『子供のためのイングランド史』を『ハウスホールド・ワーズ』誌に掲載した一八五一年から一八五三年は、英国における歴史書出版の黄金時代の初期にあたる。この時期に、マコーリーの『ジェイムズ二世の戴冠以降のイングランド史』、フルード（James Anthony Froude, 1818-94）の『ウルジーの失脚からスペイン無敵艦隊撃退に至るイングランド史』（*The History of England from the Fall of Wolsey to the Defeat of the Spanish Armada*, 1856-70）、フリーマン（Edward Augustus Freeman, 1823-92）の『ノルマン征服の歴史』（*The History of the Norman Conquest*, 1867-79）という三作の大著が出版された（Burrow 1）。これらに質量共に匹敵するのは、少なくとも十九世紀半ばの英国において、その約一世紀前に書かれたヒュームの『イングランド史』（*The History of England*, 1754-61）だった。ディケンズの『子供のためのイングランド史』を、以上に挙げた大著と同等に扱うことはできない。それでも、バローが述べているように、「特定の精神が特定の時代における知的な分野にいかに反応し、その分野をいかに再構築していったか」(Burrow 5)は吟味する価値があり、ディケンズが歴史書を執筆したこともまた注目に値する。ディケンズがタイトルに「子供のための」と冠し、歴史教育に対する関心を匂わせていることを鑑みながら、[1] ディケンズが前掲書を通して、歴史の時代にどのような反応をしようとしたのかについて、本章で分析する。その前段階として本節では、当時の英国における歴史の手引書を巡る状況を吟味したい。

セアラ・トリマー(Sarah Trimmer, 1741-1810)が一七九二年頃に、補助的な歴史教材『イングランド史図版集』(*A Set of Prints of English History*)を作成しているが、[2] 子供向けの平易な歴史の手引書は十九世紀初めの英国には存在していなかった。オースティンやギャスケルは子供時代、必ずしも子供向けに著されたわけではないゴールドスミス(Oliver Goldsmith, 1728-74)の『イングランド史』(*The History of England : From the Earliest Times to the Death of George II*, 1771)を読んで歴史を学んでいる(Uglow 28)。[3] マーカム(Elizabeth Penrose Markham, 1780-1837)は、通称『ミセス・マーカムのイングランド史』(一八二三年)の巻頭言で、子供に与えるべき歴史の手引書として、子供には詳細かつ難解すぎるヒュームの『イングランド史』以外、手元になかったことについて、次のように述べている。

(長男のリチャードは)十歳の頃、自分の国の歴史について強い好奇心を持つようになり、ヒュームの『イングランド史』を読ませてほしいと一生懸命頼んだものでした。息子は父親から許可されて、読み始めましたが、自分には理解できない言葉や事柄が多すぎて落胆してしまいました。そして、『イングランド史』を書棚に戻すと、目に涙を貯めて、もっと大きくなるま

> で読むのは諦めた方がいいと思うと言ったのでした。（Markham ix）

それが執筆動機となり、マーカムは子供向けの平易な歴史の手引書『ミセス・マーカムのイングランド史』を執筆し、広く人気を博したのである（Hudson viii）。

当時の英国でよく読まれたもう一つの歴史の手引書が、コールコット（Lady Maria Callcott, 1786-1842）の『アーサー君のイングランド史』（一八三五年）である。それを裏づけるかのように、アン・サッカレー・リッチー（Anne Thackeray Ritchie, 1837-1919）の長編小説『懐かしのケンジントン』（*Old Kensington*, 1872-73）において、中産階級のヒロインは『アーサー君のイングランド史』を読んで歴史を学んだと設定されている（13）。『アーサー君のイングランド史』は、子供向けの歴史の手引きとして「真摯かつ平易」であり、「適切なスタイルが用いられている」と『イグザミナー』誌において評価されている。[4] 実際、コールコットの文章は簡潔で、歴史上の出来事に対するコメントは率直で奇をてらっていない。例えば、彼女は、人頭税導入がきっかけになって勃発した一八三一年の農民一揆と、それを先導したと言われるワット・タイラーについて、次のようにコメントしている。

> 私がこの件についてお話ししてきたのは、残酷さと不正によって禍がもたらされたことを示すためです。不作のときに、しかも、悪い目的から税を取りたてるのは不公平です。タイラーの娘に対する収税吏の行為は残忍です。不正で残忍だったから、収税吏は死ぬことになったのです。ワット・タイラーは大胆かつ勇敢な人物で、正しくあることを望んだのです。（Callcott 103）

ディケンズも『子供のためのイングランド史』において為政者の不正を非難し、タイラーの正義感に賛辞を贈っている（*CHE* 298）が、コールコットの方が率直で、読者に受け容れられやすそうである。『アーサー君のイングランド史』は、一八四二年にコールコットが死亡した後、匿名の著者によって複数回に渡って書き足されており、例えば、一八七二年にジョン・マリー社から出版された版には、語られてきた歴史を締めくくる最後のエピソードとして、後のエドワード七世が王太子時代に熱病を患った一件が加えられ、病床の王太子に王族が示した家庭愛と、そのような王族に国民が示した忠誠心が称えられている（Callcott 271-72）。著者は歴史を書き継ぐだけではなく、国民が王族を見本にして品性（リスペクタビリティー）を高めることの重要性を主張しており、歴史を教授することを通して、読者である子供に道徳教育もまた施そうとしていることがわかる。

　コールコットは子供を持たず、「アーサー君」は架空の読者だが、巻頭言「母親たちへ」において、我が子を教育するつもりで『アーサー君のイングランド史』を執筆したと述べている（Callcott vii）。子供向けの歴史の手引書が存在しなかった当時、中産階級の母親たちは家庭教育の一環として、歴史教育に腐心したのであろう。そのような状況を受けて、マーカムとコールコットは、母親の視点から歴史書を執筆したと考えられる。その際、歴史を教えることだけではなく、子供の道徳心の教化も考慮したのは、マーカムも同様だった。彼女は自分の執筆姿勢について巻頭言で次のように述べている。

> 私は残酷で欺瞞に満ちた場面をほとんど描きませんでした。子供たちの精神に有害だからです。それに加えて、私は人物たちの行動の良し悪しについて意見を述べるということをほとんどしていません。情緒的に健全な子供であれば、特に指摘されていなくても、何が間違っていて何

が正しいか、おのずから理解すると考えられるからです。それでも、幼い読者の宗教心と本当の意味での道徳心が教化されることが、私の心からの願いだと容易に理解していただけるものと確信しております。（Markham v）

さらにマーカムは、自分と子供たちが、各章で述べられた出来事や人物の行いについて会話する様子を章末に記し、歴史上の人物の否定的な側面についてやむを得ず言及した場合は、その会話の中に、そういった側面についての彼女自身の判断を示し、読者を道徳的に教え諭そうとしている。例として、リチャード二世の治世を扱う章の会話の一部を引用する。

リチャード：投獄されて殺された人について書かれたものを読んでも楽しくないね。でも、リチャード二世はそうされて当然だと思う。自業自得だと思うよ。
ジョージ：そうだよね。可哀そうな人たちに自由を与えたのに、後でなかったことにしているけど、それを手始めに、リチャード二世は悪いことをしているよね。
ミセス・マーカム：ジョージ、リチャード二世の思いやりのない行動に、あなたがショックを受けるのも当然ね。そこで覚えておいて欲しいのは、王様でも家来でも誰でも、最後まで守るっていう固い決意がないのであれば、どんな約束もしてはいけないってことよ。（Markham 144-45）

マーカムは会話の中で、リチャード二世の失政を分析しているわけではない。彼女は、リチャード二世が議会とワット・タイラーに率いられた労働者の各々に対して一旦行った約束を反故にしたことに、道徳性の欠落を見出して批判し、約束を守ることの重要さを子供たちに教えようとしている。『イグザミナー』誌が『アーサー君のイングランド史』について評価した「真摯かつ平易」で「適切なスタイル」に加え、このような道徳性が、マーカムやコールコットの手引書が当時好まれた理由だと言えよう。

第二節　『子供のためのイングランド史』の特徴

『子供のためのイングランド史』におけるディケンズの姿勢は、マーカムやコールコットと対照的である。ディケンズは、例えばリチャード二世に関する箇所において、約束を反故にした国王が、労働者たちをどのような方法で処刑したか（*CHE* 297-98）、また、議会の支配的な立場にあった叔父のグロスター公爵をいかにして誘拐し獄死に追い込んだか（299-300）など、マーカムが語るのを避けた殺人に伴う残酷さや欺瞞を詳しく叙述している。他にもディケンズは、「僧侶たちへの隷属から人々を解放した」（375）宗教改革を評価する一方で、その端緒を開いたヘンリー八世を「最も嫌悪すべき悪漢の一人」（369）と呼び、アン・ブーリンをはじめとした妻たちへの身勝手で残忍な振る舞いを事細かに描写している。

ディケンズが歴史の手引書を作成し、そのような記述をする意思を最初に表明したと考えられるものとして、アンジェラ・バーデット＝クーツ（Angela Burdett-Coutts, 1814-1906）宛の一八四三年八月七日付の書簡がある。

子供のためのイングランド史を息子のために書くつもりです。息子が戦争や殺人について寛容な心を持つように、間違った英雄を好まないように、栄光の剣の華々しい面だけを見て、錆びついた面については何も知らないというようなことがないようにしたいです。私が書き終えたら、雨の日の退屈しのぎにでも、あなたが読んでくだされればと思っています。(*Letters* 3: 539)

これが、マーカムやコールコットによるリスペクタブルな歴史の手引書に対する反発を表しているという証拠はない。また、『子供のためのイングランド史』が『ハウスホールド・ワーズ』誌に連載されたのは一八五一年から五三年にかけてであり、その約十年前の書簡におけるディケンズの意思が、『子供のためのイングランド史』に実際に反映されていると断言することはできない。[6] それでも、ディケンズは『子供のためのイングランド史』において、例えば、かつてのカンタベリー大司教、聖ダンスタンを、私利私欲のためにエドウィ王とエルギーヴァ王妃に悲劇をもたらした「悪漢」として糾弾し(*CHE* 153)、栄光の「錆びついた面」を描出するなど、『子供のためのイングランド史』には、右に引用した書簡にディケンズが記した特徴を見出すことができる。

クーツ宛の書簡における「雨の日の退屈しのぎにでも、あなたが読んでくだされればと思っています」という箇所から、ディケンズが少なくとも一八四三年の段階において、子供だけではなく、大人が余暇時間に気楽に読める歴史物語の執筆を考えていたと推測できる。彼が労働者の教育に関心を持っていたことを考慮するなら、十分な教育を受けていない大人でも読める歴史物語を念頭に置いていた可能性がある。ディケンズが労働者の教育に関心を持っていた証拠として、労働者階級の文筆家ジョン・オウヴァース(John Overs, 1808-44)の指導者的な役割を果たしていたことが挙げられる。ディケンズは、一八四四年に出版されたオウヴァースの小冊子「ある労働者の夕べ（Evenings of a Working Man）」の「序文」の中で、知識を得ることが日々の生活をいかに豊かにするかを読者に説いている（*Collected Papers* 1: 31）。

ディケンズが『子供のためのイングランド史』を『ハウスホールド・ワーズ』誌に連載しているとき、日付にほとんど言及しなかったのは、その時点においても、気軽な読み物としての歴史書を作りたいという思いを抱いていたためであろう。もっとも、連載中の一八五三年、日付がないのは歴史書としての欠陥だという苦言をステイプルズという人物から受け、ディケンズは一月五日付の書簡の中で以下の通り釈明している。

> あなた様の良識あるお手紙の返答として弁明させていただきたいのですが、私は『子供のためのイングランド史』から意図的に日付に排除しました（と言いましても、あなた様が考えていらっしゃるよりも多く、私は日付を言及しております）。そうした理由は、ロマンチックで魅力的な雰囲気を高めるためです。上手に真実を提示して読者を惹きつけ、若い読者がいつの出来事なのだろうかと関心を持ち、真実をさらに追及するよう導きたいと、私は考えているのです。
>
> そういった執筆開始時からの意図を損なうことなく、この小さな歴史書にこれ以上の数字を付加することはできなかった次第です。重要な事件の時期を書き添える、何かいい考えが連載終了までに浮かべば、検討いたします。（*Letters* 7: 1-2）

『子供のためのイングランド史』を、一八五二年から五四年にかけてブラッドベリー・アンド・エヴァンズ社から三巻本として出版するとき、ディケンズは、歴史書には日付が必要という考えを受け容れ、国王の統治年一覧と各章が扱う年代の一覧を付け加えた。[7] なお、ディケンズが種本にしたのは、カイトリー（Thomas Keightley, 1789-1872）の『イングランド史』（*History of England*, 1837-39）だったと考えられるが、[8] これは当時の学校教育で広く用いられていた歴史の手引書であり、日付が分かりやすく配置されている。ただし、事実関係についての詳細な注を含め、全体として五百頁以上の分量があり、気軽に手に取ることのできる読みものだとは言いがたいだろう。なお、本書第九章第一節で述べるように、ディケンズは「ロマンス」という語に独自の意味を付与しているが、ステイプルズへの釈明で用いている「ロマンチック」はそれに基づくものではなく、「夢と冒険に満ちた事柄」（『広辞苑』②）という意味の「ロマンス」の形容詞だと考えられよう。

頁数をカイトリーの半分以下に抑え、平易で簡潔な表現を用い、日付を書き加えず、栄光の「錆びついた面」を描出するなどしても、ディケンズは『子供のためのイングランド史』を「ロマンチックで魅力的」（*Letters* 7: 1-2）な読み物にすることができなかったようである。エイヴリーによれば、一八八八年に実施された「児童文学の現状」についての調査の中で、七百九十人の少年が好きな作家としてディケンズを挙げているが、彼らの好きなディケンズ作品は、『クリスマス・キャロル』、『オリヴァー・トゥイスト』、『デイヴィッド・コパフィールド』であり、『子供のためのイングランド史』は彼らの印象に残っていないようである（Avery xix）。「ロマンチックで魅力的」な読み物としての歴史が描かれたのは、ヴィクトリア朝後半に流行した少年向けの冒険小説においてだった。その代表的な作家、ジョージ・アルフレッド・ヘンティ（George Alfred Henty, 1832-1902）は「同世代のすべての学校の先生よりも、少年たちにずっと色あせない歴史を教えた」とフェンによって評価されている（Fenn 320）。タウンゼントによれば、冒険小説の起源は『ロビンソン・クルーソー』（*Robinson Crusoe*, 1719）とスコットの歴史小説であり（Townsend 59）、クリミア戦争などの従軍記者としての経験を持つヘンティは、英国の対外戦争や、英国人が外国で遭遇した歴史上の事件を基に冒険小説を書いたのである。

第三節　歴史教育とナショナリズムの構築

富山多佳夫の言葉を借りるなら、ヴィクトリア朝の冒険小説の典型的なパターンは「主人公の少年が難破や、見知らぬ土地での蛮族、猛獣との戦いを体験して、みずからの勇気と正義心を証明し、それによって大英帝国のすばらしさを体現する人物となる過程を描くこと」（富山「宗教」39）である。すなわち、主人公が経験する冒険の過程と大英帝国の歩みが重ね合わされた冒険小説は、十九世紀後半に本格的な帝国主義時代を迎える英国のナショナリズムの構築に大きく寄与した。もっとも、本章冒頭で挙げた『ジェイムズ二世の戴冠以降のイングランド史』をはじめとした三作の歴史学の大著も、同様の要素を持っていたと考えられる。なぜなら、マコーリー、フルード、フリーマンの三人の歴史家は、意識的であれ無意識的であれ、英国が歴史的危機に直面した時代と難局の打開や、その後の発展の様子を描き、英国国民の気運を大いに高めたと推測できるからである。子供にとってよりよい歴史教育のあり方が模索された背景には、現在に至る国の歩みを肯定し、愛国心を育むという当時の社会的傾向もまた大きく影響していたはずである。それを裏づけるかのように、コールコットは『アーサー君のイングランド史』の巻頭言で、特に男児に対する歴史教育の重要性を主張し、それに伴う愛国心の養成は「宗教的な責務」(Callcott viii) だと述べている。

ヘンティもコールコットが言うような「責務」を負い、英国人の立場から歴史上の事件を再構築し、次代に伝えようとした。その証拠にヘンティは、例えば『古き旗に忠実なれ――アメリカ独立戦争の物語』(*True to the Old Flag: A Tale of the American War of Independence*, 1885) の巻頭言「親愛なる少年たちへ」において、アメリカ独立戦争の経緯が主にアメリカ人の視点から叙述され、そこで示された解釈を英国人が受け容れてきたことを憂えると同時に、自分が英国人の立場からアメリカ独立戦争を再構築し、「独立戦争に関わる事実と詳細な説明のすべてを正確に」描出したと断言している。ヘンティは『クライヴと共にインドで――ある帝国の起源』(*With Clive in India: Or, The Beginning of an Empire*, 1884) では、主人公のチャーリー・マリアットがインド人からの貢物によって私腹を肥やしていく様子を当然のことであるかのように描き、帝国主義国家としての英国の発展を肯定するよう、読者を誘っている (Henty 152, 182-83)。

ディケンズは歴史を叙述することを通して、ヘンティのような帝国主義者ぶりを発揮し、ナショナリズムの構築に寄与しているだろうか。例えば『二都物語』第二部における裁判の場面でディケンズは、一八世紀末の英国人がアメリカ合衆国独立に対していかに神経質になっていたかを嘲笑的に描いている。この裁判は、アメリカ合衆国の独立が承認されたパリ条約(一七八三年)の三年前に設定され、チャールズ・ダーネイが「ジョージ・ワシントンの方がジョージ三世よりも遥かに大きな名前を歴史に残すだろう」という「あの恐るべきジョージ・ワシントンについての一大異端」を述べたとき、判事は顔を上げ「じろっと恐い顔でにらんだ」(*TTC* 75) と描写されている。ディケンズは、この件について、『子供のためのイングランド史』には、植民地アメリカに対し不当に課税するというジョージ三世の失策により独立戦争が勃発したと記し、[9]「英国は、オリヴァー・クロムウェルの時代以後、（植民地政策に関して）どうやら信用を失ったようだ」（*CHE* 531）とコメントしている。ただし、だからと言って、ディケンズが英国の海外進出もしくは侵略に否定的だと考えるべきではないだろう。彼がアメリカ独立の原因を英国側の失政に帰しているのは、植民地主義に対してではなく、彼からみれば不満足な国内の状況を作り出した歴代の英国王に対し、批判的な目を向けているためだと考えるべきである（本書第二章、第九章参照）。

実際、ディケンズは『子供のためのイングランド史』においても、その他の作品においても、英国の海外進出に対して好意的であり、英国人の他民族に対する優越性を主張している。『デイヴィッド・コパフィールド』に登場する債務者牢獄囚人で、英国国内では実際的な生活の手腕を持たないミコーバーでさえ、オーストラリアに移住した後は、治安判事として成功を収めている（*DC* 945-46）。ただし、ミコーバーの件は、ディケンズの帝国主義的楽天主義を示す例として、チェスタトンによって批判されている（Chesterton, *Dickens* 135）。ディケンズは『子供のためのイングランド史』では、その冒頭で、世界地図の上ではごく卑小な塊に過ぎず、広大な海の中で孤立していた英国が、現在は「世界のあらゆる地域へ向かう、そして、世界のあらゆる地域からやって来た偉大な船と勇敢な水夫」（*CHE* 129）で賑わっていると述べ、そうすることを通して、その対外政策を強く肯定し、豊かな冒険心や開拓精神を英国らしさの一つと見なしている。このような彼の狂信的愛国主義（ショーヴィニズム）が最高潮に達するのは、アルフレッド大王の治世について総括する箇所においてである。

イングランド人のサクソン的性質の中でも最善の部分は、アルフレッド大王の言動に最初に現れ、大王の御代に最初に発展した。地上の国々の中で、最も偉大な性質である。サクソン族の子孫はどこに行こうとも（中略）、辛抱強く、粘り強く、決して覇気を失うことなく、やり遂げると誓った冒険から目を背けることをしない。ヨーロッパ、アジア、アフリカ、アメリカ、世界中で、砂漠でも、森の中でも、海上でも、燃える太陽がじりじりと照り付け、溶けない氷に行く手を阻まれても、サクソン族の血は不変なのだ。サクソン族はどこに行こうとも、（中略）法と産業を必ず確立させ、命と財産の安全を確保する。神の偉大な恩恵を受けた結果である。（*CHE* 148-49）

『子供のためのイングランド史』が『ハウスホールド・ワーズ』誌に連載される直前の一八四九年に、アルフレッド大王生誕千年祭が行われ、祝祭気分に包まれたであろう読者の感情に配慮した可能性があるが、ディケンズは為政者を否定的に描く中で、例外的にアルフレッド大王に対しては、賛美の声を惜しんでいない。[10] もっともディケンズは上の引用において、文武両道の誉れ高いアルフレッド大王を賛美することを通して、彼が率いるサクソン族、ひいてはイングランド人の民族性と冒険心を称揚し、十九世紀半ばにおける英国の海外進出を強く肯定している。アルフレッド大王の時代、攻防と言えば、デーン人をはじめとした近隣のヨーロッパ民族に対するものに限定されていたが、それを「アジア、アフリカ、アメリカ、世界中」へと着実に範囲を拡大させた、英国の海外進出の軌跡を、ディケンズは短い文章の中でたどっているからである。

ディケンズが『子供のためのイングランド史』の中で好意的な態度を示している、もう一人の為政者がオリヴァー・クロムウェルである。彼は悪名高いドローイダの虐殺――クロムウェル率いる英国軍が一六四九年にアイルランド東部の港町ドローイダで行ったカトリック教徒の大殺戮――についても記している（481）が、その功績として特に賞賛しているのは、クロムウェルが英国の威信を海外に大いに響かせた点である。具体的には、クロムウェルが、宗教や領土などの問題を巡って因縁浅からぬスペインに対し、「イングランドの船舶はどこでも好きなところに行くことができるし、イングランドの商人はスペイン人僧侶の慰みのために投獄されるなどということがあってはならない」（489）と宣言した点、そして、クロムウェルの命令によってイングランド軍がスペインに対する攻撃を開始し、ジャマイカを占領して最終的な勝利を獲得した点である。

ディケンズと同様の狂信的愛国主義的な態度は、マコーリーの『ジェイムズ二世の戴冠以降のイングランド史』にも見られる。次の引用は、マコーリーが本編を叙述し始めるのに先立ち、一六六〇年の王政復古までのイングランドの歴史を概観した箇所の一部である。

私がお話ししようとしているのは、新たな植民地政策が、国内外の敵との攻防戦をいかにうまく制したか、植民地政策の下で、法の権威や財産の保全が、その地にかつては存在しなかった言論の自由や個人の行動の自由と共に、いかにして築かれたか、（中略）我が国がいかにして（中略）かつての政治家たちから見れば途方もないと言えるくらい、驚異的かつ豊かな公的信用を着実に確立させたか、途方もない通商の力によって、現在、過去を問わず、その他の海軍力が無意味なものに見えるほど大きな海軍力をいかにして誕生させたか（中略）、アメリカ大陸における英国領が、コルテスやピサロが神聖ローマ皇帝カール五世に献上した領地よりも、遥かに強大で富裕な土地へといかにして成長したか、アジアにおける英国の冒険家たちが、アレキサンダー大王の帝国に決して引けを取らず、しかも、継続性のある帝国をいかにして築いたかということである。(Macaulay, *History* 51)[11]

ディケンズが冒険心をサクソン民族最大の美徳と見なしたように、マコーリーは彼から見れば未開の土地に文明を築くことを、イングランド人の最たる能力の一つだと主張している。このようなディケンズとマコーリーの記述は、直接的に関連し合っていなくても、強力な海洋国家としての英国像を構築するのに寄与し、十九世紀後半に本格的な帝国主義時代を迎える英国の気運を高めるのに大いに貢献したと考えられる。

ただし、サクソン民族の美徳と英国の対外政策を肯定するという共通点があっても、ディケンズとマコーリーの歴史観は異なっている。マコーリーが名誉革命からヴィクトリア朝中期に至る約百六十年間を、「物理的、道徳的そして知的な改善の歴史」(Macaulay, *History* 52) として肯定している一方で、ディケンズはその約百六十年間を、労働者が貧苦に喘ぐ悲惨な現在をもたらした過程として否定的に捉えている。その証拠に、例えばディケンズは、ゴードン暴動に見られる「歴史の教訓」(*BR* 3) を理解しない為政者が改革を怠り、同様の危機的状況を一八三〇年後半に再来させつつあるという循環的な歴史観を『バーナビー・ラッジ』で示している (本書第一章を参照)。ディケンズはまた、『子供のためのイングランド史』の約三年前に最初の五巻を刊行し終えていたマコーリーの『イングランド史』について、「社会問題が蔓延しているにも関わらず、進歩に関するホイッグ的な楽天主義を満足げに展開するなど茶番だ」(Johnson 2: 855) と嫌悪感を露にしている。ただし、ディケンズは、例えば『ボズのスケッチ集』(*The Sketches by Boz*, 1836) に収録されている「川 (The River)」に、最新鋭の蒸気船の機動力に感嘆しながら、余暇を楽しむ労働者の姿を書き込み、産業革命後の「進歩」を強く肯定している。要するにディケンズは、英国の歩みについて両面価値的な態度を示している。この点については、次章で吟味する。

注

1 ディケンズと歴史教育については、コリンズが『ディケンズと教育』(一九六三年) で数頁を割いている以外、ほとんど論じられていない。

2 手の平に載るほどの小本で二巻から成る。第一巻が歴史関連の図版集で、第二巻が図版の解説集である。全体としてイングランドの歴代国王に肩入れしたものとなっており、例えば、エリザベス一世とメアリ・スチュアートに関する箇所 (Trimmer 2: 24-32) では、信心深く賢明なエリザベスと個人的な感情に流されやすいメアリという視点から、図版の解説がなされている。

3 ゴールドスミスの『イングランド史』はヒュームに比べれば分量が少ないが、それでも四巻本であり、子供にとってとっつきやすい手引書ではなかっただろう。要約版でも約四九〇頁ある。なお、ギャスケルは短編小説「私のフランス語の先生」("My French Master," 1853) の冒頭部で、ゴールドスミスの『イングランド史』に加え、ロラン（Charles Rollin, 1661-1741）の『古代史』（*Histoire Ancienne*, 1730-38）にも言及している（205）。

4　『イグザミナー』誌に掲載された『アーサー君のイングランド史』評は、ハドソンが引用したものである（Hudson viii）。

5　筆者が確認した限りで、巻頭言「母親たちへ」は一八七二年に出版された版に掲載されているが、二十世紀の版には掲載されていない。

6　ハドソンによれば、ディケンズが『ハウスホールド・ワーズ』誌に『子供のためのイングランド史』を掲載した直接的な理由は、出版元のブラッドベリー・アンド・エヴァンズ社がディケンズの筆によるイングランド史を掲載したいという意向を持っていたためである（Hudson viii）。

7　このような年代掲載のやり方は、例えばグッドリッチ（Samuel Griswold Goodrich, alias Peter Parley, 1793-1860）が『絵入りイングランド史』（*A Pictorial History of England*, 1845）で用いた方法と似ている。

8　子供のためのイングランド史』の種本として、コリンズは『ディケンズと教育』の中で、カイトリーに加えて、チャールズ・ナイト（Charles Knight, 1791-1873）の『絵入りイングランド史』（*The Pictorial History of England*, 1837-40）を挙げている（Collins, *Education* 60）。ディケンズが『絵入りイングランド史』を所有していたからである。チャールズ・ナイトは出版者で、『絵入りイングランド史』はクレイク（George L. Craik, 生没年不明）とマクファーレン（Charles MacFarlane, 生没年不明）他による共著である。エイヴリーはカイトリーの『イングランド史』と『絵入りイングランド史』に加え、ヒュームの『イングランド史』を種本として挙げている（Avery xxiii）。エイヴリーはその根拠として、ヒュームが筆を置いた名誉革命達成の時点でディケンズが『子供のためのイングランド史』を締めくくっていることを挙げている。ただし、ディケンズとヒュームの民衆に対する態度は異なっている。例えば、ディケンズがワット・タイラーを好意的に描いている一方で、ヒュームはタイラーがジャック・ストローと共に悪虐無道な行為を繰り広げたと記し、このような暴動を押さえつけるために厳罰を導入すべきだと主張している（Hume 238）。ディケンズのワット・タイラーに対する見方については、本書第九章第二節参照。

9　ペイン（Thomas Paine, 1737-1809）も、フランス革命を支持して執筆した『人間の権利』（*Rights of Man*, 1791-92）の中でアメリカ独立戦争に触れ、勃発の原因はジョージ三世による課税にあると主張している（Paine 98）。

10　アルフレッド大王を賛美していることよりも、アルフレッド大王のような英雄を賛美していることがディケンズとしては異例と言える。ディケンズはカーライルを敬愛し多大な影響を受けているが、英雄崇拝に関してはカーライルに批判的だった。ディケンズがカーライルの歴史観の影響を受けたことについては本書序章第三節第三項参照。英雄崇拝に賛同しなかったことについては、ジョンソン（Johnson 2: 1135, 1144, 1147）が詳しい。

11　『ジェイムズ二世の戴冠以降のイングランド史』からの引用は、巻末の引用・参考文献一覧に挙げるペンギン版から。

第八章　十九世紀における現在および過去に関する議論の中で

第一節　進歩と復古主義

ディケンズの考えについて論じる前に、十九世紀前半における時間および過去についての一般的な考えと、歴史学における一大潮流としてホイッグ史観が形成されるのに、多大な影響を与えたマコーリーの考えについてまとめておきたい。

十九世紀の英国に生きる多くの人々は、互いに矛盾する二つの感覚を時間に関して持ち合わせていた。一つは進歩の時代に生きているという自負心で、もう一つは過去に対する憧憬の念である。過去を憧憬するようになった背景には、産業革命が社会構造に大変革をもたらし、鉄道網の急速な拡大によって、人々が時間感覚を大幅に修正するよう迫られたことがある。オールティックが論じているように、人々は暮らしが豊かになることへの期待感を持つと同時に、その緊急性に戸惑い、結果的に、過去に対して強いノスタルジーを持つようになった。復古主義の諸要素——懐古趣味、保守性、情緒性——が新時代の熱狂的な気運を和らげ、啓発的な作用を与えてくれると、人々には思えたからである（Altick 101）。このような当時の傾向を裏づける証拠の一として、サウジー（Robert Southey, 1774-1843）の『トマス・モア――進歩と社会の展望に関する考察』（*Sir Thomas More: or, Colloquies on the Progress and Prospects of Society*, 1829）がある。サウジーはエリザベス朝を「古きよき黄金時代」と見なし、十六世紀中葉以降に発展した工場制手工業が後世の精神的な堕落を招いたと嘆いている。[1]

そういったサウジーの主張に反駁したのがマコーリーである。マコーリーは『エジンバラ・レヴュー』に一八三〇年に掲載された「サウジーによる社会に関する考察について（Southey's Colloqueis on Society）」の中で、サウジーを「極度の超保守主義者（ヴァイオレント・ウルトラ・トーリー）」（101）と罵倒し、英国社会が堕落どころか進歩の一途をたどっていると主張している。マコーリーの反駁の特徴は、サウジーの考察が論証（アーギュメント）を欠いていると激しく批判していることと、英国が遂げている「必然的な進歩」の証拠として種々の事実（ファクト）を列挙していることである。

> （中略）サウジー氏はご自分の主張の根拠となる事実を一つも挙げていらっしゃらない。一方で、我々が見たところ、異なった結論を導く事実が実際に複数ある。第一に、貧困率は、農業地域よりも工業地域において各段に低い。この件に関する議会の報告書に目を通していただければ、労働者が教区に対して求めた救済の、イングランドにおける地域ごとの総計は、各地域の工業生産システムの導入率と、完全にと言っていいくらい反比例しているのに、サウジー氏も同意してくださるだろう。
>
> 一八二五年三月までの一年間と、一八二八年三月までの一年間、それぞれについての報告

書が、ちょうど我々の目の前にある。一八二五年三月までの一年間において、貧困率が最も高いのはサセックスで、数値は二十である。それに続くのが、バッキンガムシャー、エセックス、サフォーク、ベッドフォードシャー、ハンティンドンシャー、ケント、ノーフォークで、以上のすべての地域において貧困率は十五以上である。（中略）ところが、ヨークシャーのウェスト・ライディングで貧困率は五まで下がり、ランカシャーでは四になる。サセックスの貧困率の五分の一である。（Macaulay, "Southey's Colloquies" 103-04）

マコーリーはこの論考を通して、政治的主張には証拠として事実が不可欠だという信念を示すと同時に、貧困率の低下は工業化を推進してきたホイッグ党の功績であると主張している。そうすることによって、彼はホイッグ党が歩んできた歴史を正当化しているのである。結果的に、マコーリーのサウジー論はホイッグ史観の信条を最も早い時期に表現したものとなり（Lucus 136）、その主張に勢いづけられたかのようにホイッグ党は躍進を始め、マコーリーはサウジー論が出版された一八三〇年に国会議員に選出される。翌年には選挙法改正法案を支持する演説をして彼は一躍有名になり、政治家として名声を得ることになる（Trevor-Roper 16）。

ただし、以上のようにサウジーを批判しているからと言って、マコーリーが懐古主義に批判的だというわけではない。実際、英国の歩んできた歴史——特に名誉革命以後の歴史——を強く肯定するマコーリーには、懐古主義者としての側面がある。マコーリーがサウジーに反駁したのは、サウジーが過去よりも現在の方が劣っていると主張したからである。マコーリー自身、過去を描出することに並々ならぬ執着を持ち、過去に対して強い憧憬の念を持つスコットを敬愛している。マコーリーがそのような自分の信念を表明したのが、一八二八年に書いたエッセイ「歴史（History）」である。彼はサウジー論の中で、政治に関する議論には事実の提示が不可欠と述べたように、「歴史」において、歴史家が過去の事実を扱うことの重要性を主張している。それでは、マコーリーにとっての過去の事実とは何だろうか。例えば、彼から見れば実証性が乏しいヘロドトス（Herodotus, 生没年不詳）の記述は、歴史ではなく伝説（レジェンド）に過ぎない（Macaulay, "History" 379）。自分にとって理想的な歴史記述について、マコーリーは次のように述べている。

> イングランドの歴史を書く場合、書き手は戦闘、攻防戦、交渉、暴動、内閣の変遷を絶対に省略しないだろう。ただし、それらに、歴史ロマンスの魅力である詳細な情報を散りばめるべきであろう。リンカーン大聖堂に美しいステンドグラスがある。親方が使用しなかったガラスの欠片を使って弟子が制作したものである。それは聖堂内のどのステンドグラスよりも素晴らしかったので、伝えられているところによれば、弟子に負けた親方は屈辱のあまり自殺してしまった。サー・ウォルター・スコットは同様に、歴史家が冷笑しながら捨ててしまった真実の欠片を利用することによって、彼らの羨望の的になっている。サー・スコットは（中略）歴史家たちが叙述する歴史に、決して劣らない歴史を作り上げている。もっとも、真に偉大な歴史家なら、小説家が評価する題材を利用するであろう。（Macaulay, "History" 428-29）

読者の関心を惹きつけ、イメージを膨らませるために、詳細な情報を織り混ぜながら、実証性のある過去の事実を提示することが、マコーリーから見た歴史記述のあるべき姿である。このような歴史記述を行う理想的なモデルとして、彼はスコットの歴史小説を挙げている。[2] マコーリーはスコットを師と仰ぎながら、論考「歴史」を執筆し、その約二十年後、『ジェイムズ二世の戴冠以降のイングランド史』において、自分の掲げた理想を形にすることになる（G. M. Trevelyan vi）。そのようにして彼はホイッグ史観という歴史学の一大潮流の礎を築いたのである。

以上を念頭に置いて、ディケンズが時間および歴史をどう捉えているか、そして彼が、その考え方を『子供のためのイングランド史』にどのように反映させているかについて次節で吟味する。その際の論点の一つ目は、ディケンズが同時代をどのように捉え、懐古主義的もしくは復古主義的な風潮に対してどう反応しているか、二つ目は、彼が『子供のためのイングランド史』において、何を歴史上の事実と見なしているか、さらに、そのような歴史上の事実をどう扱っているかである。論点の二つ目について吟味するとき、子供のための歴史物語を書いたディケンズ以外の作家の著述物を適宜参照する。

第二節　ディケンズの復古主義批判

前章の最後に述べたように、ディケンズは同時代に至る英国の歩みに対し、不満と期待の入り混じった両価感情を抱いていた。すなわち、彼には、過去の為政者の怠慢によって不満足な現在がもたられているという憂いと、進歩の時代に生きているという自負の両方があった。自負心の証拠として、彼は『ボズのスケッチ集』の「川」の中に、進歩の時代に生きる恩恵に感嘆する労働者たちの声を書き込んでいる。

「蒸気機関とは素晴らしいものですなあ」「ああ（深くため息をついて）まったくその通りですなあ」「偉大なものですなあ」「途轍もない、途轍もないですよ」「蒸気機関は素晴らしい働きをしますなあ」「ああ（さらに深いため息をついて、物知り顔で頭を縦に振りながら）確かにそう言えますなあ」「まだまだ開発途中だって言われているらしいですよ」（*SB* 128）

以上の会話から、蒸気船に乗って休日を楽しむ労働者たちのくつろいだ雰囲気と、進歩によって暮らしがさらに豊かになることへの期待が感じられる。おそらくディケンズはこのような庶民の姿を実際に目撃し、彼自身の期待感もあって、批判や皮肉を交えずにスケッチとして残したのであろう。

十九世紀という時代に生きていることに対し、このような自負心を持っていたことを考慮するなら、ディケンズはマコーリーと類似した考えを持っていたと言えそうである。しかしながら、マコーリーが、歴史は「進歩」の一途をたどったと信じるほど、現在をもたらした過去を信頼した一方、ディケンズは、過去を懐かしむばかりで現状から目を逸らし改革を怠った人物によって、不満足な現在がもたらされたと考えた。そのような考えが顕著に表れている例として、ディケンズが一八四一年八月の『イグザミナー』誌に匿名で投稿した三篇の政治諷刺的な詩のうちの一篇、「(保守党員のすべての食事会で朗読もしくは合唱されるべき) 古きよきイングランド紳士 (The Fine Old English Gentleman [to be said or sung at all Conservative Dinners])」がある。これは当時人気があった伝承歌謡「古きよきイングランド紳士」の替え歌で、[3] ほとんどのスタンザが「古きよき英国のトーリー党時代が、すぐに再び訪れますように！ (Oh the fine old English Tory times; Soon may they come again!)」という逆説的な祈願文で締めくくられる。その中でディケンズが名指しで標的にしているのは、トーリー党政権を率いたウィリアム・ピット（William Pit, 1759-1806）だが、労働者を保護すべく制定された工場法（一八三三年）の改正に反対するなどの保守的な動きを見せたトーリー党政権そのものに対する彼の批判が込められている。

本書第一章および第二章で述べたように、ディケンズは『バーナビー・ラッジ』において、復古主義者を否定的に描き、彼らが悪しき歴史を繰り返しているという循環的な歴史観を示した。例えば、「徒弟騎士団」のタパーティットは「古きよきイングランドの慣習を復活させる変化以外の一切の変化に抵抗」（*BR* 76）するために破壊行為を行ったために、暴動鎮圧後、比喩的な去勢という罰を与えられる。仲間たちから「典型的な古きよきイングランドの父親」（251）と呼ばれるメイポール亭の主ウィレットは息子ジョーの成長という変化を見逃し、彼が英国の進歩に貢献するのを妨げようとしたために、宿屋を暴徒に破壊され、痴呆に陥らされるという罰を受ける（本書第一章第二節参照）。バーナビーと母親のメアリが遭遇する悪意に満ちた治安判事は「古きよき田舎紳士」や「正真正銘のジョン・ブル」と呼ばれ、その復古主義的もしくは懐古主義的傾向が匂わされているだけではなく、改革を怠る典型的な役人の一人として風刺されている（389）。

ディケンズは『バーナビー・ラッジ』の中で治安判事を罰していないが、その三年後に出版された『鐘の音』（*The Chimes*, 1844）の中に、市参事会員でトーリー党員のキュートとして、治安判事を再登場させ、その傍若無人で横暴な振る舞いを強く非難している。[4]チェスタトンが「クリスマスの軍歌」（Chesterton, *Dickens* 87）と呼ぶほど社会批判的な要素が濃厚な『鐘の音』において、ディケンズは、彼から見れば、弱者の置かれた状況を改善しようとせず、「古きよき時代！」を連呼するばかりの自称「実践派（プラクティカル・マン）」（*CB* 168）のキュートをはじめとした保守党の役人を、社会の進歩を阻む復古主義者と見なし、彼らが貧しい公認荷物運搬人（チケット・ポーター）のヴェックを自殺未遂に追い込む様子を描いている。キュートは、労働者が食用として珍重しても、富裕な人々から見れば廃物に過ぎない動物肉の胃壁、トライプについて、次の引用のように、御託を並べるのである。

> トライプは例外なく最も不経済なものであり、我が国の市場が作り出す消費の中で最たる無駄である。（中略）トライプは、適切に評価されれば、温室栽培のパイナップルより高価である。統計に掲載されている一年あたりの屠殺数のみを考慮に入れ、その中でも適正に屠殺された動物の死体から取り出されるトライプの量のみを少なく見積もるとして、それを例えば茹でた場合に出るゴミの量は、五百人の兵士がいる駐屯軍に、ひと月あたり三十一日と仮定して五か月分、それに二十八日を加えた日数に渡って供給される食糧の量に相当する。ああ、無駄だ、無駄だ。（*CB* 166）

キュートは『ハード・タイムズ』（*Hard Times*, 1854）の功利主義者よろしく、[5]数字と統計値を並べ立ててヴェックを圧倒し、トライプを食べることによって「五百人の駐屯軍を自分が飢えさせていた」罪の意識を彼に感じさせる。さらに、キュートは「欠乏について、デタラメなことをいう輩がたくさんいるんですよ。『金がない』なんて言うんですよ。（中略）ははは！　そんな輩は口を封じて（プット・イット・ダウン）やりますよ」（*CB* 170）と豪語する。“Put It Down”が「口を封じる」だけではなく「抹殺する」も意味していること考慮するなら、キュートは貧民の抹殺を匂わせている。それを裏づけるかのように、この発言を聞いたヴェックは教会の鐘楼に上り、投身自殺しようとする。そこでヴェックは、「時の声（the Voice of Time)」の人間に対する「前進せよ！」というメッセージを読み間違えていると「鐘の精」に叱責され、「暗黒と不正と暴力の時代は終わったのだぞ」（208-05）と説教される（図⑩参照）。その様子を描くことによってディケンズは、懐古主義者の言葉に耳を貸してはいけないと読者に警告している。もっとも、それに至る伏線を張るためだとは言え、抹殺を匂わせるキュートの言葉は辛辣の度が過ぎるように筆者には思える。

スレイターによれば、このようなディケンズの辛辣さは、ジェロルドに強く影響された結果である（Slater, "Carlyle and Jerrold" 200）。ディケンズは、世間の人々の下劣さを情け容赦なく攻撃した同時代の社会についてジェロルドとよく似た考えを持っており、一八四〇年代に急速に親交を深めた。ディケンズはジェロルドの執筆物に賛辞を呈しただけではなく、自分がこの時期に編集に携わっていた『デイリー・ニュース』へのジェロルドからの寄稿を歓迎した（Slater, *Jerrold* 173-74）。「口を封じる」もしくは「抹殺する」にあたる表現は、ジェロルドが『パンチ』誌で既に用いており（Slater, *Jerrold* 156）、ディケンズは『鐘の音』でそれを援用した可能性がある。

図⑩ Trotty Veck among the Bells

ディケンズとジェロルドは懐古主義に批判的な点においてもよく似ている。ディケンズは状況改善を怠る役人キュートを懐古主義者として批判しているが、ジェロルドも自分が主催する『イルミネーティッド・マガジン』創刊号（一八四三年）の巻頭記事「エリザベスとヴィクトリア」において、懐古主義を揶揄している。

慈悲深い、よき女王エリザベスが優美に微笑みながら、闘犬を楽しみ、熊いじめ場に響き渡る唸り声や轟音、はやし声に、それらがまるでイングランド独特の音楽であるかのように耳を傾けていらっしゃった頃と今とで、イングランド人の精神はいかに変化したことでしょうか。女王陛下はフランス大使を闘犬場にお連れになり（中略）、大使閣下は頑固で大胆不敵な犬の傍にいる観客の勇気を目の当たりにしながら、フランス人の勇気とは異なる、ある種のイングランド的な勇気について、理解をお深めになったことでしょう。（Jerrold 5）

エリザベス朝はサウジーをはじめとした懐古主義者にとって「古きよき黄金時代」の象徴だが、闘犬や牛いじめが代表的な民衆娯楽だった当時は、動物愛護の精神が高まり、動物虐待を含む娯楽が禁止に追い込まれるようになった十九世紀半ばから見れば、野蛮な時代だったはずである。右の引用でジェロルドはこの点を揶揄し、エリザベス朝の後進性を示す一例と見なしている。[6] ディケンズも、『子供のためのイングランド史』のエリザベス一世について述べた第三十一章の最終段落で、闘犬などの当時の娯楽に言及し、その野蛮さを批判している（*CHE* 435）。ディケンズがジェロルドに倣ってそうしたのかどうかは想像の枠を出ないが、一八四三年五月三日、同年十月の出版に先立って「エリザベスとヴィクトリア」を読んでいたディケンズは、それを賞賛する書簡の中で、長男チャールズのための歴史書執筆を構想していることをジェロルドに告げている。

息子のために、短いイングランド史を書くことにしています。印刷したら、あなたにもお送りします。あなたの息子さんたちには幼稚すぎると思いますけどね。面白いことに、私が息子に印象づけようとしているのは、あなたが著作物に記していらっしゃる、まさにその精神です。息子が何らかの保守的な、つまり高教会的な考えを持つようになったら、私はどうすればいいか、わかりません。そういった恐ろしい結果を招かないために、そのような芽は小さいうちに摘んでおくに限ります。（*Letters* 3: 482）

ジェロルドの「著作物」は「エリザベスとヴィクトリア」を明らかに指している。この書簡に記した「短いイングランド史」がその約十年後に『子供のためのイングランド史』として出版されたと断定することはできないが、もとから復古主義もしくは懐古主義に対して批判的な考えを抱いていたディケンズが「エリザベスとヴィクトリア」に刺激されて、そのような傾向を批判するための歴史書執筆を思いついた可能性は十分にある。

第三節　過去には憧憬する価値がないことを主張するためのフィクション

結論を先に言えば、ディケンズにとって、歴史上の事実として伝わるものは、編纂者の恣意が作用したフィクションであり、彼は、過去には憧憬する価値がないことを主張するためのフィクションとして『子供のためのイングランド史』を執筆したと考えられる。ディケンズが、歴史記述は「言語に依拠した実在であり、言語の秩序に属する」(White 37) と主張したポストモダンの歴史家に近い考えを持っていたことについては、本書第三章および第五章で論じた通りである。ハンフリー・ハウスが『荒涼館』を引き合いに出して、ディケンズには「特定の時期の正しい記録にしようという意図」(House 21) がないと主張したことについて本書序章で述べたが、『子供のためのイングランド史』について、ディケンズにそのような意図はほとんどなかったと推測される。例えば、ディケンズが『子供のためのイングランド史』第三十一章の最後のパラグラフで、闘犬や熊いじめに言及したのは (*CHE* 435)、そういった娯楽がエリザベス時代に存在していた実証可能な事実であることを、検証の結果、確信していたからではないだろう。動物虐待防止運動が盛んになり、動物虐待を含む民衆娯楽が禁止に追い込まれるようになった十九世紀半ばにおいて (Thomas 143-50)、それらの娯楽が過去の遺物として認識されるようになり、ディケンズから見れば、過去には憧憬する価値がないことを主張するための証拠になったから言及したのだと推測される。ディケンズはこのような恣意を内包したフィクションを創り上げることを意図していたために、『ハウスホールド・ワーズ』誌連載時の『子供のためのイングランド史』に日付を導入しなかったのではないだろうか。換言すれば、ディケンズには、そこに書き込んだ過去の出来事を特定の日付と関連づけ、歴史上の事実として確立させる (富山『文化』118-19) 必要性を感じていなかったのではないだろうか。[7]

ディケンズに限らず、十九世紀の有識者の多くが歴史記述は作り事(フィクティヴ)だと認識していたことについては、本書第三章冒頭で述べたが、その一方で、歴史の書き手の多くが、自分は過去の事実を記述していると考えていた。マコーリーはそのうちの一人であり、彼がそういった信念を「歴史」の中で表明したことについては、本章第一節で述べた通りである。彼は、例えば『ジェイムズ二世の戴冠以降のイングランド史』執筆のために、オランダやスコットランドなどに資料収集旅行に出かけている（Trevor-Roper 23）。資料には、作成者の恣意が反映されたフィクションとしての側面があるが、マコーリーから見れば、そこに記されているのは事実であり、そのような資料を基に作成された歴史記述もまた事実だと彼は認識していたようである。例えば、前掲書の本編に先立つ箇所で、マコーリーはエリザベス朝におけるカトリック教徒の策略や議会における清教徒の反発を、プロテスタンティズム発展の歴史という観点から叙述している（Macaulay, *History*, McLean 39-40）が、自分が利用している資料も、それを基に自分が作成している記述も、その他の可能性を意図的に排除したフィクションではないかという疑念が彼の頭にはおそらくなかった。それと同時にマコーリーは、歴史上の事件が起きた場所で感じ取った「雰囲気（ローカル・カラー）」（Trevor-Roper 20）を文章にしたものをフィクションと見なし、事実とは明確に区別した。例えば、彼は、イタリアという土地の持つ「雰囲気」を多分に織り込んだフィクションとして『古代ローマについての物語詩』（*Lays of Ancient Rome*, 1842）を書いた。要するに、裏づけとなる資料を提示できるかどうかによって、マコーリーは事実とフィクションを区別したようである。

十九世紀アメリカの代表的な児童文学者、グッドリッチ（Charles Augustus Goodrich, 1790-1862）は、『絵入りイングランド史』（*The Pictorial History of England*, 1845）などの歴史物語の作者である。彼は、子供には事実のみを伝えるべきだという信念を持ち、架空の物語としてのフィクションに慣れ親しんだ子供が、乱暴で残虐な思考や情緒を持つようになるのではないかと懸念していた（Townsend

48)。[8]彼は、自分の歴史物語にはフィクションではなく事実を記していると「序文」の中で主張している(Goodrich 11)。しかしながら、彼自身が目撃したはずはなく、証拠があるとも思えない過去の出来事を、ピーター・パーレーという架空の人物が独自の視点から語るという設定で書いた歴史物語は、ポストモダンの歴史家はもちろん、裏づけ資料の有無を歴史上の事実か否かの条件にしたマコーリーから見てもフィクションであろう。例えば、グッドリッチは『絵入りイングランド史』の中で、アルフレッド大王の人柄について次のように述べている。

> 彼は家来たちに愛され、敵に恐れられ、すべての人間に尊敬されていた。その子孫である我々イングランド人は、多くの有益な法律や、価値ある権利に関して、アルフレッド大王の英知の恩恵を受けている。(Goodrich 36)

アルフレッド大王の功績が『アングロ・サクソン年代記』(*The Anglo-Saxon Chronicle*, 891?-1154)という資料に記されているとしても、その人柄についての記述は、マコーリーの言う「筆者には知る由のない詳細」(Macaulay, "History" 2-3)に類するのではないだろうか。マコーリーはこのような種類の詳細が語られていることを根拠に、ヘロドトスの歴史記述を「完全なフィクション」と呼んでいる。

ディケンズが『子供のためのイングランド史』の種本にした『イングランド史』の著者カイトリーは、歴史の専門家ではなく、エイヴリーの言葉を借りるなら雑文家(Avery xxii-xxiii)だが、歴史書には公平無私の立場から事実のみを記すべきという信念の持ち主だった。カイトリーは前掲書において、彼から見ればカトリックの立場に固執しているジョン・リンガード(John Lingard, 1771-1851)の歴史記述を批判しながら、自分自身の信念を表明している。「序文」からの次の引用はその一例である。

リンガード博士は（中略）、自分が所属する教会が関連する箇所において、歴史家ではなく擁護者である。博士が求めているのは、真実ではなく勝利であり、情報を提供するというよりも、特定の道に誘うために奮闘している。彼の書物は、冷たい禁欲主義的な精神で満ち溢れており、美徳や英雄的な行為であっても、その精神を温めることはできない。（Keightley 1: iv）

さらにカイトリーは、本文中のここかしこに注を付け、自分の記述とリンガードの記述の違いを読者に明示している。一例として、カンタベリー大司教のオードが、その当時ウスター司教だったダンスタンと共謀して、エドウィ公平王の妃エルギーヴァを拉致したことについて記した箇所に付けた注がある。その中でカイトリーは「リンガードは何と好意的にこの経緯のすべてを語っていることか！」と嘆いた後に、リンガードによる次の記述を引用している。

オード大司教は、内縁関係にある女性に対し、法律が認めている罰を与えることによって、王の醜聞をなかったことにしようとした。大司教は召使いと共にエルギーヴァを捕らえ（中略）、彼女を海辺に連行し、船に乗せ、アイルランドへ連れ去った。宮廷に戻ると、大司教はエドウィ王のところに行き、慇懃で愛情あふれる言葉で自分のしたことの正当性を説明し、若き王の憤りを鎮めようとした。（Keightley 1: 33, n.）

リンガードが醜聞や内縁関係という表現を使用している理由は、従兄妹同士であるエルギーヴァとエドウィ王の結婚が、教会法（canon law）で禁じられた親等内における結婚であったためである（Goldsmith 1: 61）。リンガードは、オードが王を神の教えに従わせ、王の正当性を守るために彼を妻から引き離したという考えから、このように叙述しているが、カイトリーは、オードがエルギーヴァを拉致しただけではなく、ダンスタンと共謀して彼女に焼印による傷を負わせた挙句、惨殺したと記しており、両者の記述は完全に印象を異にしている。

この件に関する『子供のためのイングランド史』における記述は、事実関係においてカイトリーの記述とほぼ同じである。ただしディケンズは、ダンスタンを「悪漢の」と形容し、「あの悪しき時代にイングランドの王と王妃であるよりも、このよりよい現在に農民である方がいい！」（*CHE* 153）と個人的な感想を付け加えることによって、エドウィとエルギーヴァの悲劇が、彼から見れば、過去には憧憬する価値のないことを裏づける証拠の一つに過ぎないことを示唆している。対照的にカイトリーは、この件に限らず読者がダンスタンに対して否定的な印象を抱きかねない箇所に、例えば、次のような前置きをしている。

> ダンスタンの人格の聖性について、最近の多くの作家が真剣に、そして、根拠を示さないでもなく疑うようになったのは、（エドワード二世の）御代に、とある二つの事件が起きたことに由来する。（Keightley 1: 36）

要するにカイトリーは、歴史上の人物が否定的に評価されるようになった背景に言及するなどして、自分が公平無私であることを読者に印象づけようとしている。グッドリッチも同様である。例えば、彼はヘンリー八世の否定的な側面に述べるとき、「その残酷さ、強奪ぶり、暴力性、多くの悪徳によって自分自身の人格を貶めているが、家臣にはある程度の愛情を最後まで持ち続けていた」（Goodrich 243）と付け加えるなど、自分が王の肯定的な面にも目を向けていることを読者に示している。

ディケンズは『子供のためのイングランド史』において、オードやダンスタン、そして、彼によれば「最も嫌悪すべき悪人の一人」（*CHE* 369）であるヘンリー八世以外の人物についても、彼から見た「錆びついた面」を執拗に描出している。その結果、『子供のためのイングランド史』は、為政者や宗教指導者の欺瞞や裏切り行為、血なまぐさい抗争や虐待、為政者のむごたらしい死の描写に満ちたものとなっている。マコーリーやカイトリー、グッドリッチとは異なり、ディケンズは自分が客観的な事実を記しているかどうかということにも、また、公平無視の立場に立っていることを読者に示すことにも、おそらく関心がなかった。既述したように、彼が『子供のためのイングランド史』で描こうとしたのは、過去には憧憬する価値がないことであり、それこそが彼から見た歴史上の事実だったと考えられる。そのためか、ディケンズが『子供のためのイングランド史』で批判しているのは歴史上の人物だけではない。

> ヘンリー八世はかなりのプロテスタントの著述家によって好意的に叙述されている。宗教改革が彼の御代に成し遂げられたからである。しかしながら、そうすることによって利益を得るのは王自身ではなく、別の人たちである。（*CHE* 390）

この引用でディケンズが批判しているのは、ヘンリー八世ではなく、プロテスタント国家としての英国の歴史を肯定的に描いてきたプロテスタントの歴史家たちである。

同時代の不満足な状況は、過去の為政者の怠慢によってもたらされたと考えるディケンズにとって、過去を肯定することは同時代を肯定することに他ならない。換言すれば、同時代を立憲君主制の到達点と見なし、それに至るまでの英国は「進歩」の一途をたどったとするマコーリーをはじめとしたホイッグ・プロテスタントの歴史家に、ディケンズは反発している。実際に彼は、「社会問題が蔓延しているにも関わらず、進歩に関するホイッグ的な楽天主義を満足げに展開するなど茶番だ」(Johnson 2: 855) とマコーリーを痛烈に批判している。それは、マコーリーが一八四八年十一月に、『ジェイムズ二世の戴冠以降のイングランド史』の最初の二巻を出版し終え――ジェイムズ二世の罷免までの歴史を語り終え――、彼が期待した通りの好評を博した (Trevor-Roper 22) 直後にあたる。進歩の時代に生きているという自負を抱くと同時に、同時代には社会問題が蔓延していると考えたディケンズは、『子供のためのイングランド史』の中で過去を肯定しないことによって、マコーリーや彼の同胞の現状認識に強く反発したのである。

注

1　サウジーは、若い頃は急進主義者だったが、年を重ねると共に保守的になり、急進主義者を激しく攻撃するようになった。彼の思想的転身については、第九章第二節を参照。

2　マコーリーのスコットへの傾倒については、本書第三章第五節参照。ブラントリンジャーは、スコットがトーリー党員であったにも関わらず、過去から現在への直線的な進歩を信じていたと指摘している（Brantlinger 69）。この点もマコーリーがスコットの歴史観に共感した証左であろう。

3　「古きよきイングランド紳士」は、かつての金持ちで、飢えた者やホームレスに食べ物や寝床を提供する貧民についてうたった伝承歌謡である。特に十九世紀に人気があり、ディケンズに限らず多くの人々が替え歌を作るなどして政治諷刺に利用した（Hepburn 218-22）。

4　治安判事は『鐘の音』の一年前、『クリスマス・キャロル』に、改心前のスクルージとして再登場したと考えることもできる。この点については、本書第九章第三節参照。

5　『ハード・タイムズ』には、例えば、功利主義的な模範生ビッツァーが馬を定義する際に数字を羅列し、サーカス出身の少女ジュープを当惑させる場面がある（*HT* 12）。

6　十八世紀よりも前の英国において動物虐待を含む娯楽が盛んに行われていたこと、そして十八世紀後半以降に動物愛護の精神が高まり、一八二四年には動物愛護協会（Society for the Prevention of Cruelty）が設立され闘鶏などを禁止に追い込んだことについては、トマス（Thomas 143-50）が詳しい。

7　『子供のためのイングランド史』に当初日付がなかったことについて、ステイプルズという人物がディケンズに苦言を呈したことについては、本書第七章第二節を参照。

8　十九世紀の英国およびアメリカで、子供に架空の物語を与えることの是非を問う論争が起きていた。ニューヨーク冊子協会（The Tract Society of New York）はこの問題に関して、一八二〇年頃に発行したリーフレットにおいて否定的な見解を示している（Townsend 49）。

第九章　描き切れなかった過去、現在、未来

第一節　『ハウスホールド・ワーズ』誌という文脈

ディケンズが『子供のためのイングランド史』で描き切れなかった過去、現在、未来についての吟味する前に、彼が『子供のためのイングランド史』を掲載した『ハウスホールド・ワーズ』誌を、どのような意図で編集したかについて確認しておきたい。一八五〇年三月三十日に創刊されたこの雑誌の「序言」において、彼は次のように述べている。

功利主義的な精神も、辛い現実に心を結び付ける鋼鉄のようなものも、我らが『ハウスホールド・ワーズ』誌に、味気ない調子を付与することはない。老いも若きも、富める者も貧しき者も、人がその心の奥底で代々受け継いでいる想像力（Fancy）の光を、我々は穏やかに育みたい。

（*Collected Papers* 1: 223）

ディケンズはこの文芸誌の中で「想像力」を育むと宣言している。彼は、その四年後に同誌に連載した『ハード・タイムズ』においても、サーカスの馬乗りの娘シシーの言動を通し、その重要性を主張しているが、[1] 雑誌を編集して読者の「想像力」を育むことは、彼のかねてからの希望だった。ハリー・ストーンによれば、その思いはディケンズ自身が『タトラー』誌、『スペクテイター』誌、『ビー』誌といった雑誌を読んで、靴墨工場での労働という辛い現実を耐え忍んだ少年時代に端を発する。かつての自分のように重荷を背負わされた大人や子供に、読書を通して生きる力を獲得して欲しいとディケンズは強く願ったのである（Stone 13）。

『ハウスホールド・ワーズ』誌には、小説から時事問題まで多岐に渡る著作物が掲載されたが、それらは総じてどのような種類のものだろうか。ディケンズが「序言」で使用した言葉を使うなら、それはありふれたものに内在するロマンスである。ディケンズは『ハウスホールド・ワーズ』誌創刊の約二年後に分冊出版され始めた『荒涼館』を、一八五三年に単行本として出版する際の「序文」でも同様の表現を用い、自分が創造したものの性質を表現している。すなわち、ディケンズは「『荒涼館』において、ありふれたもののロマンチックな側面を意図的に描出することに終始した」と述べているが、「ありふれたもののロマンチックな側面」とは、彼がこの表現を使用する直前に言及しているクルックの自然発火（spontaneous combustion）による死のみを指しているわけではないだろう。スラム街の孤児で四辻掃除人のジョーの悲惨な生涯の物語も含んでいるはずである。なぜなら、チェスタトンが分析しているように、ディケンズは「奇怪で尋常ならざる出来事」を描くと通常定義される「ロマンス」が「読者に与える効果を狙いながら現実（reality）を描いて」いる（Chesterton, *Victorian Age* 77）。すなわち、彼は人々が気づいていなくても身近に存在する、ぞっとするような現実を作品中にしばしば書き込んでいるからである。[2] ディケンズは小説家としての経歴の初期から、そのような意味でロマンスという語を用いている。例えば彼は、『ピクウィック・クラブ』の挿話「奇妙な依頼人の話（A Story about a Queer Client）」（第二十一章）の語り手に、卒中で死亡した後、十八ヶ月もの間、誰からも気づかれず放置されていた男の話（*PP* 361）や、クリフォード・インで砒素を飲み、人知れず死んでいた男の話（*PP* 362）を語らせている。それらの話を、古城や大聖堂といったゴシック的な設定を必要としない「実生活のロマンス」と呼ぶことによって、ディケンズは衝撃的な現実が身近に潜んでいる可能性を読者に暗示している。そういった現実を理解する知性が、彼にとっての「想像力」なのである。

ディケンズが、このようなロマンスを導入しようと意図した『ハウスホールド・ワーズ』誌の特徴について、エドガー・ジョンソンは次のように述べている。

> 『ハウスホールド・ワーズ』誌は（中略）教養のない人をなくそうとする試みであり、公教育制度や、貧困者には無償の小学校および職業学校への政府の援助を呼び掛ける試みである。それはまた適切な汚水処理、安価で無制限の上水の供給、健康を重視した産業規制が実施されるよう呼びかける試みでもある。それはスラムを廃して、貧困者のために一定水準以上の住居を建設すること要求し、子供たちのための運動場建設を陳情し、段階的な都市計画を擁護している。（中略）同誌は、産業資本家が事故を防止するためのコストを出し渋った揚句、雇用している労働者を負傷させたり、死に至らしめることを絶対に許さないと主張している。同誌は、何らかの支障が生じるとしても、働く者には組合を組織する権利があると断言し、労働者階級

の人々の目を、社会に対して無関心で無能な政府関係者や議員に向けさせ、貧しい者たちが患っている病気の治療費を政府に要求するよう呼びかけている。(Johnson 2: 714)

ジョンソンの記す「試み」や「呼びかけ」をディケンズが『ハウスホールド・ワーズ』誌で行った背景として、雑誌創刊の翌年にあたる一八五一年にロンドン万国博覧会の開催が予定され、国民一般の意気が揚がりつつあったことが挙げられる。万国博覧会は、「飢餓の四〇年代」に貧困者数が増大し、ディズレーリ(Benjamin Disraeli, 1804-81)の小説『シビル』(*Sybil*, 1845)の副題「二つの国民(The Two Nations)」が示唆するように、富める者と貧しき者の間の格差が拡大し、事実上の分裂の危機にあった国家を再統一すること(Lucas 144)、また、国力を回復し、植民地を拡大しつつあった英国の繁栄を国内外に知らしめることを主要な目的とする「君主制国家としての祭典」(Lucas 146)だった。ディケンズは万国博覧会に注目が集まるあまり、一八五〇年代に入っても、引き続き悲惨な生活を強いられている社会的弱者が忘れ去られることを懸念し、弱者が直面している現実に人々の目を向けさせる必要性を痛感した。だから彼は『ハウスホールド・ワーズ』誌の中に独自のロマンスを導入し、繁栄の裏に潜む辛い現実に読者の目を誘おうとしたのである。

このような特徴を持つ『ハウスホールド・ワーズ』誌に歴史物語を掲載することを、ディケンズが創刊時において既に意図していたかどうかは想像の域を出ない。それでも、彼が「序言」に「我らの『ハウスホールド・ワーズ』誌には、現在だけではなく、過去も反映される」(*Collected Papers* 1: 224)と記していることを考慮するなら、彼には、不満足な現在をもたらした過去を、同誌の中で批判的に描く意図がもとからあったと言えるのではないだろうか。マコーリーとは異なり、ディケンズが過去から現在への歩み、すなわち歴史を肯定的に描くはずはない（本書第八章第三節を参照）。彼が『ハウスホールド・ワーズ』誌に「過去を反映」させるとすれば、それは、為政者の怠慢によって、望ましくない過去が再来しつつあるという循環的な歴史観を提示しながら、[3]読者の目を同時代の社会問題へと誘うため、もしくは、為政者が改革を怠り続けた過去など憧憬する価値はないと主張するためであろう。

要するに、ディケンズが『子供のためのイングランド史』において、歴代のほとんどの国王を否定的に描いているのは、十九世紀半ばという現在が抱える諸問題から目を背け、万国博覧会という「君主制国家としての祭典」（Lucas 146）に酔いしれる多くの人々に疑問を投げかけるためだと言える。その際、例えば、ワット・タイラーという労働者階級の英雄を書き込み、国王のリチャード二世よりも「より誠実で尊敬すべき人物」（*CHE* 297）と呼んでいる理由は、チャーティストの急進性に恐れをなしていたディケンズだが、王侯貴族には成しえない改革を下層階級に属する者が成し遂げる可能性があると考えていたためであろう。[4]ただし、ディケンズが過去と現在の関わり、さらに未来をどのように捉えていたのかについて、より明確に把握するためには、『子供のためのイングランド史』を精読し、それを掲載した『ハウスホールド・ワーズ』誌という文脈について検証するだけでは不十分である。大物小説家のディケンズであっても、歴史の手引書という枠組みの中では、一般に知られている過去の偉人を時系列順に登場させ、彼らにまつわるエピソードを語るという原則を意識せざるを得なかったはずである。その結果、為政者の権力争いや、その果てにある無残な死の描写に終始し、彼がそのような過去と現在および未来には関わりがあると考えていても、それをうまく表現するのは困難だったのではないだろうか。そのような『子供のためのイングランド史』では十分に表現できなかったと推測されるディケンズの考えについて検証するために、彼がこの歴史の手引書とほぼ同時進行で執筆した『荒涼館』を次節で吟味する。

第二節　『荒涼館』と英国の過去、現在、そして未来

ディケンズが『荒涼館』において、第一回ロンドン万国博覧会開催に浮き足立った同時代の英国社会に潜む陰惨な現実に光を当てようとしていることは、そのタイトルから明らかであろう。なぜなら、ジャーンダイスの屋敷、荒涼館は、英国の繁栄を象徴する博覧会場、水晶宮（クリスタル・パレス）のパロディーだと解釈できるからである。壮大な水晶宮は、観光客が集い、英国の工業技術の水準の高さに感嘆し、世界各地から集められた展示品を目の当たりにしながら、帝国主義国家としての英国の繁栄に驚嘆する場所である。一方の荒涼館は、屋敷の中でもジャーンダイスが憂鬱な気分を鎮めるために頻繁に出入りしている「唸りの部屋（グロウルリー）」（*BH* 144）が象徴するように、身近な弱者は救済の対象としないミセス・ジェリビーたちの「望遠鏡的博愛主義（テレスコーピック・フィランソロピー）」や大法官制度など、関係者を救済するのではなく廃人に追い込む社会制度に対し憤る場所である。ミセス・ジェリビーやその同胞のミセス・パーディグルが、アフリカ大陸のボリオブーラ・ガーの子供たちよりも、四辻掃除人のジョーをはじめとしたロンドンのスラム街の孤児たちや、彼女たち自身の子供たちを博愛の対象にすべきだとディケンズが考えていた証拠に、彼はミセス・エドワード・クロッパー（Mrs Edward Cropper, 1815-?）に宛てた書簡（*Letters* 6: 825, 20 December 1852）の中で、被植民者よりも先に本国における社会的弱者の救済をすべきだという考えを、ミセス・パーディグルに言及しながら表明している。[5] 要するに、大法官制度とスラ

ム街の劣悪な生活環境が代表的な社会問題だった一八五〇年代初頭に執筆されたこの小説において、荒涼館という屋敷は、同時代の英国が繁栄の背後に抱えている諸問題に対するディケンズ自身の懸念や、改革を怠る為政者に対する憤り、さらに「望遠鏡的博愛主義」に対する批判を内包していると解釈できるのである。

このような同時代性を持つ『荒涼館』において、過去と現在の関わりはどのように描かれているだろうか。この問題を解く鍵は、旧態依然とした貴族のサー・レスターが、一三八一年の農民一揆の指導者の一人、ワット・タイラーに対して持っているイメージである。

（サー・レスターは）大法官法廷のことを、判決が下されるのが時折遅延したり、多少の混乱が生じたりすることが仮にあるとしても、あらゆるものを（人間的な見地から）永遠に解決する完全なる人知によって形成される様々な何ものかとの関連で考案されたものだと考えていた。そして彼は、どんな申し立てであれ、是認するようなことがあれば、例えばワット・タイラーのような下層階級の人物が、どこかで蜂起するきっかけを与えかねないと固く信じていた。（*BH* 60-61）

サー・レスターは、体制に反旗を翻さんとするワット・タイラーのような人物が、同時代にも存在していることを感じ取っている。ところが、それが誰なのか、また、現体制のどこに問題があるのかを彼は理解していない。そのような認識不足は、彼が大法官制度によって象徴される現体制を容認していることに表れている。[6] 彼の視点から見れば、体制に反意が示されれば、それは体制を支えている王侯貴族に対する理不尽な反抗以外の何ものでもない。サー・レスターは、ワット・タイラーたちによる農民一揆が現在に伝える歴史の教訓もまた理解していないために、下層階級による蜂起という彼から見た忌々しき過去が再来することを防ぐ手立てを持っていない。過去と現在をうまく関連づけることができないサー・レスターの前に、セルフメイド・マンで鉄鋼業者（アイロンマスター）のラウンスウェルが十九世紀のワット・タイラーとして出現し、サー・レスターから見れば容認すべき旧来の制度の一つである、デッドロック家における召使い教育に異議を唱える（*BH* 452）。さらにラウンスウェルは、国政選挙においてサー・レスターが率いる一派を下して大勝し（627）、改革の必要性を社会に認めさせる。そうすることによってラウンスウェルは、サー・レスターが容認する現在のあり方が誤っていることを明示するのである。

　ワット・タイラーを反逆者の象徴と見なすサー・レスターの見方は、十八世紀末から十九世紀前半にかけて一般的なものだったのだろうか。エドマンド・バーク（Edmund Burke, 1729-97）はタイラーを、フランスで旧制度（アンシャン・レジーム）に反旗を翻した革命家と同一視した。バークは、彼が恐れをなして見守っていた革命と、タイラーが先導した農民一揆とを重ね合わせ、革命の影響が英国に達すれば、農民一揆が起きた一三八一年という「暗黒時代（ダーク・エイジ）」が再来するだろうと懸念したのである。[7] 一方、バークとは対照的にフランス革命を擁護するペイン（Thomas Paine, 1737-1809）は、バークの『フランス革命の省察』（*Reflections on the Revolution in France*, 1790）に反論するために著した『人間の権利』（*Rights of Men*, 1791）において、フランスの革命家だけではなく、タイラーのことも次の引用のように擁護している。

タイラーは大胆で、自分自身のことには無頓着だったようだ。リチャード二世に対して彼が提示した要求は、貴族たちがジョン王に提出した要求よりも、公明正大な見地からなされている。歴史家やバーク氏のような人たちはタイラーを誹謗中傷することによって、王侯貴族の卑劣な行為をもみ消そうとしているが、そういった人たちの欺瞞よりもタイラーの名声の方が、長く後世に語り伝えられるだろう。(Paine 125-26, n.1)

ペインは、ジョージ三世のアメリカ植民地に対する課税と、リチャード二世による人頭税導入を関連づけ、その箇所に付けた注の中で、バークへの反発を示しながら、タイラーの高潔な人柄と国王に対する要求の正当性を主張している。[8]

当時の社会体制に対する反発とタイラーが率いた農民一揆を関連づけた例は他にもある。若い頃は急進派だったサウジーは、一七九四年、ニューゲート監獄に投獄中の政治犯ウィンターボザム(William Winterbotham, 1763-1829)のために、戯曲的な詩『ワット・タイラー』(*Wat Tyler: A Dramatic Poem*, 1817)を執筆し、タイラーの言動について述べながら、当時のウィリアム・ピット内閣や王室を痛烈に批判している。[9] 以上のように、動揺と不安に包まれながらフランス革命の先行きを見守っていた頃の英国において、タイラーは為政者に反抗する民衆の象徴だったのである。ダンによれば、タイラーはその後、喜劇やオペレッタの主人公として頻繁に取り上げられるようになり、[10] 一八三二年の選挙法改正以降、急進的なイメージを失っていく。それでも、チャーティストのリーダーの一人、ジェファーソン(Isaac Jefferson, 生没年不明)が「ワット・タイラー」の異名で広く知られたように、[11] タイラーを国家権力に反発する民衆の象徴と見なす傾向は、十九世紀半ばにおいても続いていたようである。それを裏づける証拠として、チャールズ・ナイト（Charles Knight, 1791-1873）の『イングランド史を三十分ずつ』（*Half-Hours of English History*, 1851）におけるタイラーに関する記述がある。ナイトは様々な歴史家や、場合によっては文学者の記述を時代ごとに引用して前掲書を編集し、リチャード二世の治世に関する箇所では、ヒュームの『イングランド史』の該当部分を引用している。その中でヒュームは、タイラーとその仲間のストローを「最も厚顔無恥で罪深い」（238）と形容しているが、それを引用したナイトもまた、タイラーに対してこのような見方を共有していたはずである。

　ディケンズが経歴の早い段階でタイラーに言及したものとして、労働者階級の文筆家ジョン・オウヴァースに宛てた一八四〇年十二月三十日付の書簡がある。

> （中略）私はワットを完全な悪人と見なすことに、道徳的見地から反対です。というのは、彼の場合に見られるような反乱は、他人の共感があって初めて勃発させることができるわけで、もし私が彼の同時代人であれば、私自身、収税吏の脳天を叩き割ったことでしょう。もしくは、彼のような人のことを、全知全能ではないにしても、神のように思ったことでしょう。父親だったら、それが政府の役人であるとしても、自分の娘にあのような破廉恥なことをすれば、腹を立てて当然です。周囲の人間は、目の前であのようなことが起これば、激高する以外に自分たちの誇り（マンフッド）を表現する方法を見つけられないでしょう。
>
> 　したがって、ワット・タイラーとその仲間たちが、怒りを一旦冷ました後でシティ区を焼き尽くし酒池肉林に酔いしれたとしても、それでも私は彼らに対して敬意を抱いたでしょう。
>
> （*Letters* 2: 176）

この書簡は、ディケンズがその文筆活動について指導者的な役割を果たしていたオウヴァースがタイラーを「完全な悪人」と見なしたことに対し、異論を唱えたものである。[12] もっとも、ディケンズが、『骨董屋』第四十五章（図⑪参照）でチャーティストに対する嫌悪感を表出させたのとほぼ同時期に、[13] チャーティストの別名でもあったタイラーをこのように擁護したことは奇妙に見えるかもしれない。その場合は、オウヴァース宛の書簡の中でディケンズが、タイラーの体制に対する反抗的な行動というよりも、人間的な側面——娘が十四歳以下であることを確かめるために、税吏が行った破廉恥な行為に対してタイラーが父親として憤ったこと（*CHE* 295）[14]——に共感していることに留意すべきである。すなわち、ディケンズは以上の書簡において、蜂起の政治的な正当性ではなく、タイラーが父親として憤り、労働者としての誇りを集税吏に示したことを評価している。

『子供のためのイングランド史』においてもディケンズは、タイラーが人としての誇りを表現したことによって、新たな労働者のあり方を示したと見なしている（*CHE* 294-45）。同様に、ラウンスウェルがセルフメイド・マンとしての誇りをサー・レスターの御前で主張したことによって、『荒涼館』における社会刷新の兆候が示唆されている。例えばラウンスウェルは、息子のワットがレディ・デッ

図⑪ A Procession of the Unemployed
(*OCS* ch. 45)

ドロックの小間使いのローザと結婚すれば、それは工場労働者の娘との結婚に相当する「不釣合いな結婚」(*BH* 452-53) になると述べ、鉄鋼業者の方が貴族の召使いよりも社会的地位が上だという新しい価値観を示している。それに対してサー・レスターは怒り心頭に発するわけだが、国政選挙でラウンスウェルに大敗することによって、新しい時代が到来していることを認めざるを得なくなるのである。[15]

ディケンズは、サー・レスターのような貴族や、『子供のためのイングランド史』で批判した歴代の国王にはもたらすことのできない変革を、ラウンスウェルのような人物がもたらしてくれるはずだという希望を『荒涼館』に書き込んでいる。その一方でディケンズは、『ハード・タイムズ』に偽のセルフメイド・マン、バウンダービーを登場させているが、この二人の違いはいったい何だろうか。手がかりは、ラウンスウェルによる次の発言の中にある。

たいへんありがたいのですが、私は夜通し歩いて、国内ではありますが、明日の朝の約束した時間までに、とある遠隔地に到着しなければなりません。(*BH* 454)

これは、チェスニー・ウォールドに一泊し疲れを癒すよう勧められたラウンスウェルが、申し出を丁重に断りながら、サー・レスターとレディ・デッドロックに対して述べたものであり、未来を念頭に置いて現在行うべきことを決めるラウンスウェルの特徴を表している。つまり、ラウンスウェルの目は現在だけではなく、未来に向けられているのである。[16] 対照的に、バウンダービーの特徴は過去を振り返ることである。彼は貧民の生まれながら、努力の甲斐あって工場主や銀行家などとして成功したのだと家政婦のミセス・スパーシットに、自分の過去を都合よく誇張した話ばかりしている。

ラウンスウェルのこの特徴は、サー・レスターおよび彼の同胞である貴族たちとラウンスウェルとの違いも暗示している。なぜなら、貴族たちは「上流社会」に安住するあまり、未来に目を向けて「前進」することをしないからである。ディケンズは上流社会という貴族が住む社会の特徴を「我々平民の住むこの世界」と比較しながら、『荒涼館』の中で次のように描写している。

それは決して広い世界ではない。（中略）我々平民が住むこの世界と比較しても、とても小さい。

そこにはいいものがたくさんあるし、善良で誠実な人たちがたくさんいる。整備された場所もある。悪いことがあるとすれば、多すぎるほどの宝石を包む真綿や良質の羊毛に覆われていて、もっと大きな世界の物音が聞こえず、太陽の周りをぐるぐる回っているために、外側の世界が見えないことである。それは感覚に乏しい世界であり、空気が欠乏しているために、拡大すれば健康に害が

図⑫ Tom-all-Alone's (*BH*)

及ばされる。（*BH* 55）

右の引用における「もっと大きな世界」は原文では複数形で記されているが、ディズレーリの言う「二つの国民」の片割れが住む世界である。そのうちの一つが、四辻掃除人の少年ジョーが住むスラム街、トム・オール・アローンズ（図⑫参照）であり、ジョーの死の場面でディケンズは、そういった世界に目を向けていただきたいと読者に呼びかけている。それが左の引用である。この呼びかけは、ヴィクトリア女王をはじめとした「上流階級」の住人のみを対象としているわけではない。それでも、一つ前の引用と呼応しており、ディケンズは、ジョーの死のような「もっと大きな世界」の出来事に対して無感覚な王侯貴族を暗に批判している。

死にました。陛下、死んだのです。王侯貴族の皆様方、死んだのです。死んだのですよ、高位聖職者のみなさま、高位ではない、あらゆる階層の聖職者のみなさま。死んでしまったのです、男性のみなさま、女性のみなさま、心の中に神々しいほどの同情心を持った方々よ。そして、私たちの周りでは毎日、誰かがこのように死に絶えているのです。（*BH* 705）

ディケンズはこの呼びかけを通して、ジョーの死や、彼が住んでいたトム・オール・アローンズが現在も置かれている悲惨な状況だけでなく、哀れなジョーが将来迎えるはずだった未来に、人々の中でも特に為政者である王侯貴族の目を向けさせようとしている。為政者が改革を怠ったことによって弱者が救済されず、ジョーの命と未来が奪われたと解釈できるからである。ディケンズは、義妹のメアリ（Mary Hogarth, 1819-37）が十七歳で亡くなったときから、早世した子供や若者が経験できなくなった彼らの未来を思って、やりきれない感情を抱くようになった（Ford 56）。その結果、ディケンズは現在と未来の関わりについて独特の感覚を抱くようになり、現状に甘んじて未来を考えない人々を非難するようになったと推測される。彼の社会改革者的視点も明らかにそれに影響しているだろう。右の引用は、ジョーのような哀れな子供に未来を授けるために、現在なすべきことを考えていただきたいという、為政者に対するディケンズの陳情の言葉なのである。

一八五一年、英国の繁栄の象徴である水晶宮が注目されるあまり、「もっと大きな世界」の存在が忘れ去られつつあった。このようなディケンズの懸念を裏づけるかのように、マコーリーは、万国博覧会開会式に出席した直後に彼自身がハイドパークで遭遇した出来事を、日記に綴っている。

（神学者のジョージ・グラヴィル・ブラッドレイ［George Granville Bradley, 1821-1903］）が、マダム・ド・リーベン（Dorothea von Lieven, née Benckendorff, 1785-1857）からの手紙を私に見せてくれた（中略）。彼女はこの博覧会を大胆で無分別な実験と呼び、「安全に乗り切ることができるかもしれません。もし乗り切ることが出来れば、あなたは以前に増して多くのものを書くことが出来そうですね」と記している。どうも彼女は、博覧会場で爆発事件が起きると考えているようだ。この女性が、政界では巫女のように思われているだって！　英国で革命が起きる可能性は、月が落下する可能性がないのと同様にない。（G. O. Trevelyan 226）[17]

英国における革命勃発の可能性を完全に否定するこの記述は、国家の進歩と繁栄に対し、絶対的な信頼を寄せるマコーリーの頭の中に「二つの国民」が存在していなかったことを明示している。[18] ディケンズがマコーリーの日記を読んだはずはないが、『荒涼館』には、ディケンズがマコーリーをはじめとした政治家の認識不足を糾弾しているかのように思える箇所がある。次の引用は、その一例である。

（トム・オール・アローンズ）は復讐する。風さえも、トムの伝令であり、真っ暗な闇の時間にトムに仕えている。たった一滴のトムの汚れた血に過ぎなくても、汚染や感染は広がっていく。（中略）ほんの少量のトムの泥や、トムがいる場所の一平方インチの有害ガスや、トムがその身を委ねている、ちょっとした残酷さが、上へ上へと、誇り高い人たちの中でも最も誇り高い人のところまで、高位にいる人たちの中でも最も高いところにいる人のところまで運ばれて報いを与える。腐らせ、略奪し、ぶち壊す。トムは復讐をする。（*BH* 683）

ディケンズは、トム・オール・アローンズに居住する貧民たちの王侯貴族に対する怒りが、革命や爆弾の代わりに伝染病として英国社会全体を脅かす様子を『荒涼館』に書き込んでいる。このようにしてディケンズは、過去から現在までの道程に満足するあまり未来を念頭に置いて行動しない人々を、『荒涼館』の中で非難しているのである。

第三節　なぜ「子供のための」イングランド史なのか

歴史の伝える教訓を理解することなく「上流社会」に安住するサー・レスターをはじめとした人々

に対し、社会的弱者の中でもジョーのような哀れな子供の未来を念頭に置いて現在についての再考をしていただきたい、そうディケンズが『荒涼館』の中で陳情していることを、前節で解明した。このような歴史もしくは過去、子供、未来、現在の関連づけを、ディケンズは『荒涼館』と同時進行で執筆した『子供のためのイングランド史』でも行っているのではないだろうか。すなわち、イングランド史に冠した「子供のための」という枕詞に、ディケンズは「子供が読むための」だけではなく、「子供の未来を念頭に置いて現在について再考するための」を含意させたのではないだろうか。一八四三年にダグラス・ジェロルドとアンジェラ・バーデット＝クーツに対し、子供のための歴史書執筆の意思を書簡で知らせたとき（*Letters* 3: 482, 539）、[19]ディケンズは、復古主義もしくは懐古主義に対する彼自身の嫌悪感が背後にあったとはいえ、長男チャーリーの未来を念頭に置いて歴史を書こうとしていた。そして、同じく一八四三年に執筆および出版した『クリスマス・キャロル』において、ディケンズは、エビニーザ・スクルージが過去、現在、未来のクリスマスの精霊の導きによって、子供の視点に立つことを学び、他人に善行を施すことができるようになる様子を描いている。

換言すれば、スクルージは自分自身の過去を振り返ったことをきっかけに現在と未来に対する見方を変え、改心するに至るわけだが、その際に、子供時代のスクルージ自身、会計事務所の前でクリスマス・キャロルを歌っていた少年、事務員トム・クラチットの息子のティムという三人の子供が大きな役割を果たしている。スクルージが改心する最初の兆候が現れたのは、キャロルを歌っていた少年を脅かして追い払ってしまった（*CB* 53）ことを、自分の心無い行為として後悔したときである（73）。彼が後悔したのは、クリスマスの精霊に導かれて自分自身の過去に回帰し、孤独だった自分が本の登場人物にどんなに慰められていたかを思い出した（71-73）ことにより、キャロルを歌っていた少年の視点から、自分の言動を再考できるようになったためである。さらにスクルージは、寄宿学校時代に妹のファンが自分を迎えに来てくれて嬉しかったときのこと（73-74）や、徒弟時代に親方の開いてくれたクリスマス・パーティーがとても楽しかったこと（75-78）も思い出すことによって、他人のちょっとした思いやりが人の気持ちをどんなに明るくするかを理解できるようになった。そのような心境の変化を経ていたから、現在のクリスマスの精霊と共にクラチット家を訪れたスクルージは、家族の楽し気な様子を見ているうちに、それまでに感じたことのない衝動に駆られ、病弱な末息子の「ティム坊は生きながらえることができるのでしょうか」（97）と精霊に詰め寄っている。すなわち、スクルージはティムという子供の未来について考えることができるようになったのである。自分自身の過去に回帰したことによって子供の視点に立つことを学び、その視点から現在や未来について考えることができるようになったスクルージの変化は、クリスマスの日を迎えた彼の「私は過去と現在と未来の中に生きよう！」（127）という宣言に表れている。

子供時代という自分の過去を振り返ることによってこのような学びを得ることと、クリスマスという時節の関わりについて、ディケンズは三人称の語り手の口を借りて次のように述べている。

> 時には子供になるのもいいものだ。そうなるのにクリスマスよりもよい時期はない。クリスマスの偉大な創始者であるキリスト自身、クリスマスには子供だったのだから。（*CB* 104）

これはスクルージの気づきでもある。だから、クリスマスを迎えたスクルージは、クラチットに昇給を約束し（132）、社会的弱者救済の募金をして（130-31）他人に対する思いやりの気持ちを表現するだけではなく、甥のフレッドの家を訪れて祝祭気分を共有し、遊びに興じることによって子供時代に戻ろうとするのである（131-32）。

　過去から教訓を引き出し、未来を担う子供の視点から現在について再考する。そういったスクルージの学びは、ディケンズが『荒涼館』において、特に「上流階級」の人々に対し、陳情したものに他ならない。換言すれば、陳情の対象であるサー・レスターをはじめとした王侯貴族には、改心前のスクルージと類似した側面があり、ディケンズは一八四三年においても一八五〇年代初頭においても、過去、現在、未来、子供の関連性について同様の考えを持っていたことがわかる。さらに、改心前のスクルージが『バーナビー・ラッジ』に登場する懐古主義的な治安判事とも共通点があることを考慮するなら、ディケンズは一八四三年よりも前からそのような考えを持っていたことがわかる。すなわち、改心前のスクルージは、社会的弱者救済のための募金を断るときの「私は施設（エスタブリッシュメント）（債務者牢獄や救貧院）を支援しています。相当な額の税金を払ってますよ」（51）という発言に明示されているように、弱者の置かれた現状に目を向けようとしていなかった。『バーナビー・ラッジ』の治安判事はスクルージの以上の発言と類似した表現を使いながら、知的障がい者のバーナビーを施設に入れていない母親メアリを「我々は国の機関（インスティテューションズ）のためにたっぷり税金を払っているぞ」（*BR* 390）と言って責め、彼女が息子を使って「他人様の慈悲の心」を利用しようとしていると言いがかりをつけている。スクルージと治安判事は公的な施設もしくは機関のあり方を肯定して見せることによって、それらを設立した為政者の歩みを肯定し、弱者の置かれた現在や未来に目を向けることを拒否している。現存の制度を肯定し弱者に目を向けない点において、『荒涼館』のサー・レスターも同様である（*BH* 60-61）。治安判事の後継者である『鐘の音』のキュートは（本書第八章第二節参照）、サウジーが『トマス・モア——進歩と社会の展望に関する考察』の中で十六世紀半ば以降の英国の精神的な堕落を嘆いた（本書第八章第一節）ように、現在が過去よりも劣っていると見なしているが、弱者の現状や未来に目を向けていない点で、スクルージや治安判事と共通している。以上の人物たちの中で、スクルージだけが子供の視点から現在や未来について考えることができるようになった。そのきっかけが過去に回帰したことだったことを考慮するなら、ディケンズは過去を振り返ることを無意味だと考えているわけではない。無暗に過去を懐かしむだけで教訓を引き出そうとしない人々をディケンズは非難しているのである。

ただし、スクルージが過去のクリスマスを振り返ることが耐え難くなり、クリスマスの精霊と争った末に、過去を照らしていた光を消灯器（extinguisher）で消してしまう（*CB* 83）姿が暗示しているように、教訓を引き出すべき過去は振り返って心地よいものだとは限らない。振り返るのに傷みを伴う場合もある。一八四三年、ディケンズが息子チャーリーのための歴史物語において、「古きよき時代」ではなく、「栄光の剣」の「錆びついた面」を描出するとクーツ宛の書簡（*Letters* 3: 539）に記したとき、彼はその点を意識していたのではないだろうか。その二年前の一八四一年、『バーナビー・ラッジ』の「序文」において、ゴードン暴動の示す歴史の教訓が理解されていないと嘆き、彼の目から見れば改革を怠り続けて不満足な現在や未来を招きつつある為政者を批判した（*BR* 3、本書第一章第一節参照）ときも、ディケンズの頭には同様の意識があったのではないだろうか。その後もディケンズはそういった意識を持ち続け、『子供のためのイングランド史』の中に、再来させるべきではない悪しき過去を書き込み、過去は無暗に懐かしむべきものではなく、子供の未来のために教訓を引き出すべきものだという思いを表明したのではないだろうか。もっとも、『子供のためのイングランド史』だけを読んで、以上の可能性を察することは困難であり、ディケンズが偏った視点から陰謀と策略に満ちた歴史を書きたてているという印象だけが残るだろう。だから『子供のためのイングランド史』は、「忘れ去られた本」という好ましくない評価を得ているのだと考えられる。しかしながら、そうだとしても、『ハウス・ホールドワーズ』誌という文脈や、『荒涼館』、『クリスマス・キャロル』、『鐘の音』などのその他のディケンズ作品を合わせて吟味することによって、『子供のためのイングランド史』に込められたディケンズの歴史や過去に対する独自の考えを推察し、ディケンズが十九世紀という歴史の時代に対し、どのような反応をしたのかについて検証することができるのである。

注

1　スレイターによれば、『ハード・タイムズ』におけるディケンズの功利主義批判は、フランス革命再発への懸念と関連している。ディケンズは、功利主義者が労働者から「想像力」を奪い、彼らを精神的に荒廃させることによって過激な行動へと駆り立てるのではないかと懸念した（Slater, *Intelligent* 26）。

2　「ロマンス」は、その三つ目の定義として *OED* に "A fictitious narrative in prose of which the scene and incidents are very remote from those of ordinary life" と記されているように、「奇怪で尋常ならざる出来事」を通常指しているが、ディケンズは独自の意味でこの言葉を使用している。

3 「ディケンズの循環的な歴史観については本書序章、第一章、第二章を参照。ただし、ディケンズがホーン（Richard Henry Horne, 1802-84）と共同執筆した「大博覧会と小博覧会（The Great Exhibition and the Little One)」（一八五一年七月の『ハウスホールド・ワーズ』誌掲載）を読むと、ディケンズは直線的な進歩史観の持ち主で、しかも万国博覧会が象徴する英国の繁栄を完全に肯定しているように見える。なぜなら、ディケンズはこの記事において、万国博覧会を英国の「進歩（Progress）」の象徴、博覧会と同時期にチャイニーズ・ギャラリーで開催された中国室内装飾展を中国の「後進性（Stoppage）」の象徴と見なしているからである。さらに、彼は中国の後進性をトーリー党の「保守性（Toryism）」や懐古主義と関連づけて揶揄している（*Uncollected Writings* 329）。彼が進歩の時代に生きていると自負していたことは本書第八章第二節で述べた通りだが、万国博覧会に対する支持を表明しているとすれば奇妙である。おそらく、これは彼の帝国主義的な意識によるものであろう。彼の中国に対する偏見は一八四八年に『イグザミナー』誌に寄稿した「中国のガラクタ（The Chinese Junk）」にも表れている。ディケンズの帝国主義的な意識については、本書第七章第三節参照。

4 ディケンズは『子供のためのイングランド史』において、種本としたカイトリーの『イングランド史』の記述よりも好意的にタイラーについて述べている。すなわち、事実関係についての記述はほとんど同じだが、カイトリーは「タイラーが短剣をもてあそびながら国王に話しかけ、それから王の馬勒に手をかけたのを目撃されている」（Keightley 1: 225）とのみ記しているのに対し、ディケンズは「私自身は、彼が礼儀知らずな怒った男がよくやるような話し方を王に対して行っただけであり、それ以上のことはしていないと思います」（*CHE* 297）と付け加え、タイラーを擁護している。

5 ミセス・パーディグルと彼女の同胞であるミセス・ジェリビーは、被植民者の生活改善に博愛精神を発揮したチザム（Caroline Chisholm, 1808-77）をモデルにして創造された。筆者が資料を見る限りでディケンズはチザムを直接的に非難していないが、本文中に書き込んでいるように、被植民者の救済活動のあり方に疑念を抱いていた。

6　『荒涼館』には、サー・レスターをはじめ、悪人だと必ずしも言えないが、現状認識の肝心な部分が欠如しているため、好ましくない結果を招きがちな人物が登場する。バケット警部もそのような人物のうちの一人である。レディ・デッドロックの秘密が露見するのを恐れたバケットはスキムポールを買収して、熱病に苦しむジョーを荒涼館から追い出し、結果的にジョーの死期を早めている（830）。捜査のためとは言え、弱者を窮地に追い込み、しかもそれを自分の落ち度だと思っていないバケットを、ルーカスは「人間の顔をした法制度」（Lucas 151）と呼んでいる。

7　タイラーに対するバークの見方については、ダンによる論考（Dunn 29）を参照した。バークが『フランス革命の省察』の中でタイラーを非難しているわけではない。

8　英国だけではなくフランスにおいても革命家のあり方を巡る二つのイデオロギーが対立した。一つは彼らを進歩の担い手で自発的な統率力を備えている民衆と解釈する見方で、もう一つは無知で野蛮な暴徒と解釈する見方である。ミシュレ（Jules Michelet, 1798-1874）は『民衆』（*Le Peuple*, 1846）の中で、民衆の「生命あふれた熱気」（28）という優越性が、憔悴した社会を復活させると述べている。フランス革命擁護派のペインの見方はミシュレに近い。そのような見方に、バークは真っ向から対立している。

9　後年はトーリー党員となり、懐古主義的な『トマス・モア――進歩と社会の展望に関する考察』を執筆してマコーリーに攻撃されたサウジーだが（本書第八章第一節参照）、若い頃は急進主義者で、ジャコバン思想に共感して『ワット・タイラー』を執筆した。この作品は執筆から二十三年間は出版されず、一八一七年になってサウジーの承諾を得ることなく出版された。サウジーは、その頃までに政治的な立場を変更していたために、背信した共和主義者として、急進主義者やホイッグ党員から激しく攻撃されることになった。出版までの経緯や攻撃の内容については、杉野（72-79）が詳しい。

10　例えば、サラ（George Augustus Henry Sala, 1828-95）のオペレッタ『ワット・タイラー議員』（*Wat Tyler MP*, 1869）がある。

11　一八四八年五月三十一日付の『タイムズ』に掲載された次の記事がその証拠である。"… On Monday morning the Bradford magistrates issued the following caution …. Simultaneously with the issuing of this notice a posse of special constables were called out for the purpose of apprehending two of the most violent and dangerous of the Chartist leaders, namely David Lightowler … and Issac Jefferson, *alias* 'Wat Tyler,' the reputed principal Chartist pike maker of the district, a rabid speaker and a man of ferocious aspect and Herculean strength, who had boasted of the amount of cold steel he would give to any man who attempted his arrest."

12　オウヴァースのタイラー観を一八四〇年代における一般的な見方だと考えるべきではないだろう。オウヴァースは、労働者階級に属していながら文筆業で身を立てようとする上昇志向ゆえに、かえって労働者のタイラーを見下す態度を取ったと推測される。

13　『骨董屋』第四十五章においてディケンズは、バーミンガムと思われる工業都市にたどり着いたネル・トレントが見た悪夢のような光景の中に、チャーティストを彷彿とさせる労働者たちを次のように書き込んだ。"… night-time in this dreadful spot! … - night, when the noise of every strange machine was aggravated by the darkness; when the people near them looked wilder and more savage; when bands of unemployed labourers paraded the roads, or clustered by torch-light round their leaders, who told them, in stern language, of their wrongs, and urged them on to frightful cries and threats; when maddened men, armed with sword and firebrand, spurning the tears and prayers of women who would restrain them, rushed forth on errands of terror and destruction, to work no ruin half so surely as their own … - night, which, unlike the night that Heaven sends on earth, brought with it no peace, nor quiet, nor signs of blessed sleep - who shall tell the terrors of the night to the young wandering child!"（*OCS* 424）この部分に付けられた挿絵が図⑪である。

14　税吏のタイラーの娘に対する行為について、現在の歴史書や百貨事典（例えば『ブリタニカ大百科事典』）には、ほとんど記されていないが、カイトリーやヒュームも、タイラーが憤怒する経緯についてディケンズと同様の記述をしている。

15　第四十章の章題「国の問題と家の問題（National and Domestic）」は、国政選挙における敗北とレディ・デッドロックの過去の情事の露見というデッドロック家の政治と家庭両面における崩壊を直接的に指している。それに加え、サー・レスターとラウンスウェルという、社会における旧勢力と新勢力の家庭および政治における対立も含意されている。

16　フォードによると、ディケンズが小説中で読者に語りかける声（voice）の特徴は、同時代人一般に対して呼びかけていることと、読者に前進することを勧めるために未来を志向している（future-oriented）ことである（Ford 51）。

17　マコーリーが一八五一年五月一日の出来事を記したこの日記は、歴史家ジョージ・マコーリー・トレヴェリヤン（George Macaulay Trevelyan, 1876-1962）の父でマコーリーの甥にあたるジョージ・オットー・トレヴェリヤン（George Otto Trevelyan, 1838-1928）が執筆および編纂した『マコーリー卿の人生と書簡』（*The Life and Letter of Lord Macaulay*, 1961）から引用した。

18　マコーリーは同年十月の日記において万国博覧会の盛況ぶりを記し、閉会を惜しんでいる（G. O. Trevelyan 226）。

19　ジェロルド宛の書簡は第八章第二節で、クーツ宛の書簡は第七章第二節で引用している。

終章

第一節　過去からの教訓

未来を志向しながら現在行うべきことを決めるために、過去から教訓を引き出す必要があるというディケンズの信念は、『デイヴィッド・コパフィールド』の主人公の大伯母ベッツィー・トロットウッドの発言にも表れている。彼女は「過去を思い出すなんて無駄よ、現在に何らかの影響があるなら話は別だけど（It's in vain ... to recall the past, unless it works some influence upon the present）」（*DC* 407）と言うが、発言後半の条件節に力点を置きながら、実際には「現在に影響を与えているのだから、過去を思い出すことは決して無駄ではない」と主張している。ベッツィーのこの発言は、学生生活を終えたデイヴィッドの未来のために自分ができることについて語る場面においてなされる。ディケンズは、その場面の直後に、彼女のかつての夫をデイヴィッドの前に初めて出現させ、彼女が若気の至り的な結婚に失敗していることを少しずつ明かしていく。そうすることによってディケンズは、ベッツィーが自分自身の過去の苦い経験から教訓を引き出し、デイヴィッドの未来のために、現在自分が行うべきことを決めていることを示唆している。

ディケンズはベッツィーが彼女の個人的な過去をもとに以上の発言をする様子を描いているが、『バーナビー・ラッジ』の一八四一年の「序文」では、ゴードン暴動という国家規模の過去の事件から、現在と未来に行かすべき教訓を引き出すよう、読者に呼び掛けている。

言うまでもなく、あの恥ずべき暴動は、勃発した時代とそれに加担したすべての人々に消しがたい恥辱を残したと同時に、よい教訓を与えてくれる。日常生活におけるちょっとした善悪さえ区別することができない無宗教な輩が、不寛容と他人に対する悪意によって、安易に引き起こした無分別で、非合理で、理不尽で、無慈悲な一件を、我々は宗教的な嘆願だと勘違いしているという教訓である。すべては歴史が我々に教えてくれるのである。（*BR* 3）

本書第一章第一節で述べたように、『バーナビー・ラッジ』を書いた頃のディケンズは、同時代の労働者たちの置かれた状況に理解を示し、議会に対する彼らの要求の多くに賛成する一方で、チャーティスト運動の先行きを強く懸念していた（Bowen, "Introduction" xxii）。チャーティスト運動とゴードン暴動の背景に、弱者のための改革を怠る為政者の怠慢とそれに対する弱者の漠然とした不満という共通点を見出したディケンズは、現在と未来のためにゴードン暴動から教訓を引き出すよう読者に呼びかけると同時に、改革を怠ることによって悪しき過去を繰り返す可能性が高いと彼には思える為政者を強く非難している。

教訓を引き出すためではなく、ただ懐かしむためだけに過去を振り返る為政者をディケンズは否定的に描いている。その代表が、『バーナビー・ラッジ』に登場する治安判事や彼の後継者である『鐘の音』のキュートである（本書第八章第二節参照）。為政者ではないが、不変に囚われている『バーナビー・ラッジ』のジョン・ウィレットやその仲間たちも同様である（本書第一章第一節参照）。十九世紀半ばにウィッグ史観の礎を築きつつあったトマス・マコーリーは、現在が過去よりも劣っているとする見方に強く反発し、英国の立憲民主制が進歩の一途をたどったと見なす直線的な歴史観を提示している（本書第三章第三節および第八章第一節参照）が、ディケンズから見れば、教訓を引き出さずに過去を憧憬している点でマコーリーは治安判事らの同胞である。ディケンズは歴史小説で歴史の循環性を提示し（本書第一章参照）、『子供のためのイングランド史』に英国の悪しき過去を書き込むことによって、マコーリーの見方に反発している。ディケンズが循環的な歴史観を持つようになる過程で、カーライルの影響が大きいと考えられることについては、本書序章第四節第三項に記している。

第二節　憑依する過去

前節で述べたように、ディケンズは個人の歴史においても、国家の歴史においても、現在と未来のために振り返り教訓を引き出すべきだという考えを作品の中で表現している。それと同時にディケンズは、過去が憑依し人物に苦痛を与える様子もまた作品中に書き込んでいる。前節で引用したベッツィー・トロットウッドの発言――「過去を思い出すなんて無駄よ、現在に何らかの影響があるなら話は別だけど」――の背景には、忌まわしい過去にとり憑かれているという彼女の実感がある。すなわち、金を無心されるなどして夫から脅かされ続け、夫との関係を過ぎ去った過去の出来事として忘れ去ることができないベッツィーは、自分がしたような結婚の失敗をデイヴィッドにしてもらいたくないという思いから、この発言をしている。ベッツィーに限らず、人物が過去に憑依される様子をディケンズが描く背景には、靴墨工場での労働という子供時代の辛い記憶によって彼自身が憑依されていたためではないか推測される。[1]

敬愛するカーライルの影響（本書序章第四節第三項参照）もあって、ディケンズは国の歴史についても、悪しき過去が現在に憑依しながら再来しているという循環的な歴史観を持つようになった。チャーティストが急進性を強めていくのを目のあたりにしていた一八三〇年代後半のディケンズは、ゴードン暴動が勃発した一七八〇年が再来しつつあるのではないかという恐怖心を抱き、その恐怖心を『バーナビー・ラッジ』に反映させている。ブラントリンジャーは過去の憑依を「悪魔化」という言葉で表現し、ディケンズにとっての歴史が、悪政に対する虐げられた者の常軌を逸した反応の繰り返しによって形成されていると分析している（本書序章第四節第三項参照）。個人の歴史と国の歴史の関係性に興味を持っていたディケンズは、『バーナビー・ラッジ』において、ラッジ・シニアが引き起こしたルーバン・ヘアデイル殺害事件が、ラッジ自身やルーバンの家族に悪影響を与えるだけではなく、社会に蔓延する根拠のない悪意の一つとして、ゴードン暴動という国家規模の大事件勃発と関わる様子を描出している（本書第一章章参照）。

過去が現在に憑依する様子は『二都物語』でも描かれている。旧貴族サン・テヴレモンド家への怨恨を晴らすという執念を持つマダム・ドファルジュ、彼女の姉と兄が貶められ死へと追いやられた一件に関係させられた揚句、バスチーユ監獄に不当に投獄されたアレキサンドル・マネット、父と叔父が犯した罪を自分自身の罪として母親によって植え付けられたサン・テヴレモンド家嫡男チャールズ・ダーネイは、フランス革命が勃発し、恐怖時代になっても、旧制度（アンシャンレジーム）時代という過去によって取り憑かれている（本書第五章第一節および第二節参照）。マネットとダーネイは旧制度時代の被圧政者と圧政者の家族という過去を清算し、新たな関係を築こうとするが、共和主義者のマダム・ドファルジュとその夫によって、旧制度時代の一七六七年の視点から一七九三年という現在を再構築するよう強制される。その結果、マネットは過去へと退行し、ダーネイは生気を失ってしまうのである（本書第五章第二節参照）。悪しき過去を断ち切ることをマネットとダーネイに許さないマダム・ドファルジュは、彼女自身、過去に憑依されているにも関わらず、旧制度下の過去と共和制の現在の間に穿たれた「断絶」（セルトー 97）を都合よく利用して、共和国成立の必然性と正当性を人々に印象づける歴史を編纂しようとする（本書第五章第三節参照）。マダム・ドファルジュのそういった恣意的な姿を描くことによって、ディケンズは、自己正当化の傾向がある為政者の歴史編纂方法を批判している。マコーリーが、ホイッグ党の推進してきた工業化政策が功を奏して英国社会は進歩の一途をたどったという自負心から書いた『ジェイムズ二世の戴冠以降のイングランド史』に対し、ディケンズが「社会問題が蔓延しているにも関わらず、進歩に関するホイッグ的な楽天主義を満足げに展開するなど茶番だ」（Johnson 2: 855）と嫌悪感を露にしたことは、本書第七章第三節で述べた通りである。ディケンズが『バーナビー・ラッジ』において、為政者ではないが、英国社会の中心に位置するホイッグ・プロテスタントの都市ブルジョア、ゲイブリエル・ヴァーデンが歴史を語るのを、カラスのグリップに妨げさせていることは、本書第三章で述べた通りである。

ディケンズはマダム・ドファルジュをはじめとした共和主義者の恣意的な歴史編纂方法を描きながら、フランスの恐怖政治への嫌悪感を表出させてもいる。革命勃発以降、政治体制が刻々と変化し、そのたびに過去と現在の間に「断絶」が穿たれていた十九世紀のフランスで、バルザックやユゴーは、その中での自分自身の立ち位置を確認しながら作品を書いた（本書第六章第五節参照）。その一方で、ディケンズはフランス革命規模の危機的状況が英国にもたらされるのではないかと恐れをなしていた。ディケンズは恐怖時代という隣国の過去にとり憑かれていたのである。フランス革命を、終わりが見えない特異なカーニヴァルとして『二都物語』に書き込んだのも、彼がそのような心理状態にあったからであろう（本書第四章参照）。

第三節　歴史や過去に対するディケンズの両面価値的（アンビヴァレント）な態度

本書第九章第一節で述べたように、一八五一年の第一回ロンドン万国博覧会は「君主制国家としての祭典」（Lucas 146）であり、それに至る英国の歴史を肯定するという側面がある。万国博覧会に注目が集まるあまり、累積する社会問題に目が向けられなくなることを強く懸念したディケンズが同年から一八五三年にかけて『ハウスホールド・ワーズ』誌に連載した『子供のためのイングランド史』には、例えばマコーリーのような為政者が国の歩みを肯定して編纂した歴史のアンチテーゼとしての側面がある。

それでは、ディケンズが英国の歩みを否定しているかと言えば、必ずしもそうではない。例えば彼は、本書第八章第二節で引用した『ボズのスケッチ集』の「川」の中で、進歩の時代に生きているという自負心を表現している。『子供のためのイングランド史』においても、為政者の血生臭い勢力争いや、策略を容赦なく描出する一方で、ディケンズは豊かな冒険心や開拓精神を英国らしさの一つと見なし、「世界のあらゆる地域へ向かう」（*CHE* 129）人々を産出してきた帝国主義国家としての英国の歩みを肯定する狂信的愛国主義者（ショーヴィニズム）的な一面を露呈している（本書第七章第三節参照）。ディケンズは、第一回万国博覧会とほぼ同時期に書いた「大博覧会と小博覧会」（"The Great Exhibition and the Little One," 1851）や「中国のガラクタ」（"The Chinese Junk," 1848）においても、彼から見た中国の後進性をトーリー党の保守主義と関連づけ（*Uncollected Writings* 329, 本書第九章の注３参照）、帝国主義国家としての英国の先進性を称揚している。そういった彼の姿は、マコーリーをはじめとしたホイッグ党の歴史家のようである。『バーナビー・ラッジ』では、アメリカ独立戦争や西インド諸島のプランテーション経営という帝国主義的文脈で活躍した若者が時代を刷新する様子を描いており（本書第二章第四節参照）、ディケンズには後のホイッグ史観もしくは進歩史観の歴史家としての側面があるかのように思えてくる。しかしながら、英国の進歩に自負心を持つと同時に、彼から見れば問題が山積している同時代までの歩みを必ずしも肯定的に捉えていない点で、ディケンズは彼らとは一線を画する。だから彼は、「古きよき時代」を賛美するばかりで、弱者の辛い現状に目を向けない懐古主義的な人物を作品の中で非難している。『バーナビー・ラッジ』の治安判事や、『鐘の音』のキュートはその代表例である（本書第八章第二節参照）。そして、過去には憧憬する価値がないことを示唆するために、ディケンズは『子供のためのイングランド史』に、為政者の策略に満ちた血生臭い歴史を書き込んでいるのである。

ところが、『子供のためのイングランド史』の制作過程を考慮すると、ディケンズが過去に回帰するのを楽しんでいたことがわかる。並行して『荒涼館』を書いていた彼は「長い間、座りっきりの閉じ込められた後でほっと一息ついて、部屋の中を歩き回りながら」（Collins, *Education* 60）歴史を語り、それを義妹のジョージナ（Georgina Hogarth, 1827-1917）に口述筆記させていたのである。『バーナビー・ラッジ』とほぼ同時期に執筆した『骨董屋』にも、このようなディケンズの傾向が表出している。ディケンズは『骨董屋』とその外枠を形成する『ハンフリー親方の時計』（*Master Humphrey's Clock*, 1840-41）に、十九世紀前半における急激な時代の変化の中で忘れ去られつつある過去の遺物を、人物が収集する様子を書き込んでいる（矢次『骨董屋』165-66）。さらにディケンズは、ヒロイン、ネル・

トレントのロンドンから田園への空間移動を、金権主義が蔓延る十九世紀から産業革命以前の過去への時間旅行であるかのように描いている。ネルは旅の途中で、工業廃水で汚染された川（*OCS* 408）や、チャーティストを思わせる労働者たち（424）がいる十九世紀のロンドンを彷彿させる光景に遭遇するものの、十字軍の戦士たちが着用した甲冑など、「古い時代と古い時代のものを好む紳士たちが買いたがる過去の記念品」（492）が収められている教会に最終的にたどり着く。そこで静かに死の眠りに就くネル（図⑬参照）は、まるで中世にたどり着いて安堵しているかのようであり（Robson 236）、ディケンズは過去にさかのぼることの効用を示唆しているかのように見える。要するに、「古きよき過去」を懐かしむばかりで弱者の置かれた辛い現状から目を逸らす人物を、ディケンズは社会改革者的な小説家として糾弾しているが、その一方で、彼自身、過去について語ることを楽しみ、過去に回帰することの効用を意識的もしくは無意識的に作品に表出させている。ディケンズはそのような両面価値的な態度も過去に対して持っているのである。

図⑬ At Rest (Nell dead) (*OCS* ch. 71)

第四節　小説家が歴史を書くとは

ディケンズの過去もしくは過去について語ることへの両価感情（アンビヴァレンス）は、『デイヴィッド・コパフィールド』のディックの言動にも表出している。ディックがその名の示す通りディケンズの分身であることは、本書序章第四節第四項で述べた。両者は辛い経験に由来するトラウマを抱えており、過去を振り返るのは苦痛であるはずなのに、過去について書かずにはいられない。ディケンズは靴墨工場での経験を忘れたいはずなのに、当時の自分と同様に、親をはじめとした身近な大人たちに庇護されない子供たちを作品に繰り返し登場させている。『骨董屋』のネルはそのうちの一人である。ディックは、知的障がいを理由に実の兄から監禁された経験を持ち、自分がなぜそうされたのかを理解できないまま、辛い当時を連想させる本名のリチャード・バブリーで呼ばれることを必死に避けているのである（*DC* 257）。それにも関わらず、ディックは回想録執筆という過去の想起を伴う作業を続けている。自分の家族の不幸と、チャールズ一世という歴史上の人物の処刑がその頭の中で奇妙に結びついているため、ディックはチャールズ一世の打ち落とされた首を時折脳裏に浮かべては、執筆作業を中断させられている（本書第三章第一節参照）。そのようなディックの回想録執筆について、ディケンズはベッツィー・トロットウッドの口を借りて次のように述べている。

（ディックさんは）たとえ話のような言い方をするのよ。自分の病気と、国の大ごととを結びつけているの、あたりまえのことみたいにね。それは人物だったり、比喩だったり、呼び方は何だっていいのだけど、そうするって自分で決めているのよ。ディックさんが真っ当だって思

っているんだったら、それでいいじゃない！（*DC* 261）

ウェストバーグによれば、ディケンズはベッツィーにこのように説明させることを通して、自分もまた物を書くときに「たとえ話のような言い方」をしていることを匂わせている。ディケンズは『デイヴィッド・コパフィールド』の分冊出版終了の翌年に『ハウスホールド・ワーズ』誌上で連載を始めた『子供のためのイングランド史』において、国の歴史というよりも自分自身について語っており（Westburg, "His Allegorical Way" 638）、ディックと同様に、チャールズ一世に自己を重ね合わせている（639）。前掲書の中でディケンズはチャールズ一世の虚言癖について叙述し、「王の言葉が信用に足るものであれば、彼の人生（ヒストリー）は異なる結末を迎えていただろう」（*CHE* 452）と述べているが、ウェストバーグはこのコメントの中に、生きるために虚言を弄したチャールズ一世と、生きるために「たとえ話のような言い方」をしながら作品を書いたディケンズとの共通性を読み取っている。[2] ウェストバーグはディケンズがチャールズ一世に自己投影している証拠として、処刑前夜の王を描いた「子供たちに別れを告げるチャールズ一世」（図⑭参照）が『子供のためのイングランド史』の中で最も感動的な挿絵の一つであることや、ディ

図⑭ Charles the First Taking Leave of His Children (*CHE* ch. 33)

ケンズがゴールドスミスよりも好意的に、チャールズ一世の最期についての記述していることを挙げている。[3]

ディケンズがチャールズ一世に意識的に自己投影していたかどうかについて、可能性を否定しないが疑問はある。例えば、彼が挿絵も含め、チャールズ一世に好意的だったのは、『バーナビー・ラッジ』におけるカトリック教徒に対してそうだったように（*BR* 504-10）、迫害される者に同情する傾向が彼にあるから、[4]また、チャールズ一世をよき家庭人の象徴と見なしていた（高橋 254）同時代の読者の感情に配慮したからだと考えるべきではないだろうか。確実に言えるとすれば、ディケンズが自分の分身ディックの言動を通して、自分は公平無私の視点から事実と解釈できる過去の出来事を記す歴史家ではなく、歴史上の人物に自己を投影させたり、個人の歴史と国の歴史を互いに関連させたりしながら、歴史を叙述する小説家なのだという自意識を表現しているのではないかということであろう。すなわち、チャールズ一世をはじめとした歴史上の人物に自己投影したとしても、語り手が小説家であれば、それは歴史を語ることにおける逸脱では決してないとディケンズはおそらく考えていた。狂人と見なされている人物の言動を通して真意を示唆する傾向がディケンズにあることは、本書第三章でスコットの場合と比較しながら解明した通りである。

小説家として歴史を語る方法は、言うまでもなく一様ではない。ディケンズ以外の例を挙げるなら、『子供のためのイングランド史』の約六十年前、弱冠十五歳のジェイン・オースティンは、歴史を勉強するときに読んだゴールドスミスの『イングランド史』のパロディとして、習作「ヘンリー四世の即位からチャールズ一世の死に至るイングランド史」（"The History of England from the Reign of Henry the 4th to the Death of Charles the 1st," 1791）を執筆し、作者である自分を「公平ではなく、偏見に満ちた無知の歴史家」と呼んだ。そうすることによってオースティンは、自分が公平無私な立場から事実関係を記す歴史家ではないことだけではなく、当時主流的だった歴史書（すなわち、ゴールドスミスの『イングランド史』）に記されているような歴史を自分は書くつもりはないという意思を示している。なお、ジェイン・ウェスト（Jane West, 1758-1852）やハナ・モア（Hannah More, 1745-1833）など、オースティンと同時代の保守的な文人たちはホイッグ的な歴史観の支持者であり、エリザベス一世の功績を高く評価するのが常だった。オースティンは「イングランド史」の中でそれに反発し、エリザベス一世を批判的に描くと同時に、スコットランド女王のメアリ・スチュアートに肩入れしている（Doody xxvi, Kent 64）。要するに、オースティンは同時代の歴史記述や歴史観の傾向を理解した上で、それと真っ向から対立する歴史を叙述しているのである。

本書第三章第一節で述べたように、十九世紀の有識者は、歴史は作り事（フィクティブ）だという意識を既に持っており、オースティンは『ノーサンガー・アビー』の登場人物の口を借りて歴史を作り物（インヴェンション）と呼んでいる（123）。オースティンは「イングランド史」において、自分を「公平ではなく、偏見に満ちた無知の歴史家」と呼び、自分が恣意的に歴史を語っていることを明示することによって、そもそも公平な歴史記述とは何なのか、歴史家の記述に偏見は含まれていないのかという疑問を提示していると考えることもできよう。

過去の出来事を歴史上の事実として確立させるために日付が必要だと認識されている（富山『文化』118-19）が、オースティンは「イングランド史」に日付を配していない。これは「イングランド史」がゴールドスミスの『イングランド史』のパロディであることを明示するための手段であり、彼女は「この歴史書に日付はほとんどありません」（Austen, "History" 134）と入念にも表紙に記している。ゴールドスミスが日付を記しているのは、わずか二か所である（329; n. 134）。ディケンズは『子供のためのイングランド史』を『ハウスホールド・ワーズ』誌に連載しているとき、日付を配していないことについて苦言を受け、「ロマンチックで魅力的な雰囲気を高めるため」だったと釈明した（*Letters* 7: 1-2）後、三巻本で出版するときに、国王の統治年一覧と各章が扱う年代の一覧を付け加えている（本書第七章第二節）。『子供のためのイングランド史』には、国の歩みを肯定する歴史書のアンチテーゼとしての側面があると前節の最初に述べた。そのような歴史書を書くに際し、ディケンズはそこに書き込んだ出来事の一つ一つが事実であることを示す必要性を感じていなかったので、当初、日付を配していなかったのではないかと推測される。

アンチテーゼやパロディとしての歴史書執筆に加え、社会改革者的な小説家として同時代に対する憂いや怒りを反映させた歴史小説や、為政者が編纂した歴史に対する批判や隣国の過去の大事件への恐怖心を表出させた歴史小説を書くこと、歴史小説や歴史書に自己を投影させること。これらは小説家が歴史記述に関わる方法の一部であろう。本書では、ディケンズの場合について〈小説家が描く歴史〉とは何か、〈歴史学者が描く歴史〉と何が違うのかについて吟味した。換言すれば、フランス革命勃発により未曾有の大混乱が生じ、人々の歴史意識が喚起された十九世紀のヨーロッパという文脈（本書序章第四節第二項および第一章第一節）、そして、人々が進歩の時代に生きているという自負心と過去に対する憧憬の念の両方を持っていた英国という文脈（本書第八章第一節参照）の中で、歴史学の大著が量産され（本書序章第四節第二項および第七章第一節参照）、スコットの歴史小説が英国内外の文学史の流れに多大な影響を与えた（本書序章第一節および第一章第一節参照）。そのような歴史の時代に、ディケンズが小説家としてどのような反応をしたのかについて分析した。そうすることを通して、ディケンズの視点から歴史の時代である十九世紀の英国について再考し、ディケンズ以外の文人の反応についての検討も行った。

注

1　ディケンズは一八四〇年代に自伝を執筆し、その断片をジョン・フォースターに送っている。フォースターはそれを資料の一つとして『チャールズ・ディケンズ伝』を執筆した。エドマンド・ウィルソンによれば、ディケンズは断片に記した辛い子供時代の記憶を誰にも語ることはなく、ディケンズの妻子でさえフォースターによる伝記を読むまで彼の子供時代の詳細を知らなかった（Edmund Wilson 8）が、現在の研究では妻キャサリンはディケンズから事情を聞かされていたと考えられている。

2　本節冒頭で引用したベッツィーの言葉をタイトルの一部としたウェストバーグの論考「『寓意物語をするみたいな言い方』――『オリヴァー・トゥイスト』と『子供のためのイングランド史』における清教徒革命と心理的葛藤」は、「信用詐欺――『オリヴァー・トゥイスト』、『子供のためのイングランド史』、頓挫した自伝（Confidence Game: *Oliver Twist*, *A Child's History*, and the Failure of Autobiography）」と改題され、一九七七年出版の彼の著書『チャールズ・ディケンズの告白小説（*The Confessional Fictions of Charles Dickens*）』に「補遺」として掲載されている。本章では主に、ディケンズがチャールズ一世に自己投影しているという指摘に着目しているが、ウェストバーグの趣旨は、彼が『オリヴァー・トゥイスト』に見出した清教徒革命に関する隠喩（637）と『子供のためのイングランド史』における該当箇所の比較することにある。

3　金子幸男訳のタイトルを使わせていただいている。

4　ディケンズにこのような傾向があると考えられる、その他の証拠として、『子供のためのイングランド史』において迫害されるユダヤ人を描いた箇所（*CHE* 222-23, 236, 251, 257-58）を挙げることができる。

あとがき

本書は二〇〇八年十月に名古屋大学大学院（国際言語文化研究科国際多元文化専攻）に提出した博士論文『ディケンズの歴史観――「バーナビー・ラッジ」、「二都物語」、「子供のためのイングランド史」研究』を約十年の歳月を経て見直して整理し、加筆修正を施したものである。第一章から第六章の論文は「掲載論文の初出一覧」に記している通り、ディケンズ・フェロウシップ日本支部、日本ヴィクトリア朝文化研究学会、日本英文学会九州支部、同中国四国支部、同中部支部の各ジャーナルに二〇〇五年以降に掲載されたものであり、第七章および第八章は、ディケンズ・フェロウシップ日本支部平成十九年度秋季総会（二〇〇七年十月六日、於京都大学）での研究発表「ディケンズと歴史――『英国史物語』」に部分的に基づいている。*A Child's History of Englnd* の邦題は、その段階では一九五〇年に暁書房より出版された原百代訳のタイトルに倣っていたが、本書序章注2に記している理由で、博士論文としてまとめるときに『子供のためのイングランド史』に変更した。

博士論文を書こうと思ったのは、二〇〇五年一月の半ば過ぎだった。思い立ったら吉日と、前々からお世話になっていた松岡光治先生にその日のうちにメールで意思を伝えたところ、博士後期課程の社会人学生をちょうど募集しているところなので、計画書などの応募書類を至急作成するよう返信で指示された。正直に言えば速すぎる展開にびっくりしながら、慌てて書類を作成して受験し、名古屋大学大学院の社会人学生になった。それから博士号を取得するまでの約三年半は、宇部工業高等専門学校の助教授（二〇〇七年四月より准教授）として授業はもちろん学生指導や校務分掌を何とかこなしつつ、私が投稿できるジャーナルの締切りに合わせて論文を作成する日々だった。論文が書けるか書けないか、投稿しようかどうしようかなど悩むゆとりさえなく、常に精神的に追い詰められていたが、振り返ってみれば、迷いのない幸せな日々だったのかもしれない。

主指導教員の松岡光治先生はもちろん、副指導教員の上原早苗先生、渡辺美紀先生には本当にお世話になった。助言してくださったディケンズ・フェロウシップ日本支部の方々、私の投稿論文を読み、コメントしてくださった先生方、宇部工業高等専門学校の同僚だったみなさまの中でも図書係の方々（文献取り寄せに関する私の無理難題に、いつも快く迅速に応じてくれた。あの方々の助力なしに論文を書くことはできなかった）、オーバーヒートしそうな私を支えてくれた方にも、心よりお礼申し上げる。加えて、当時の宇部工業高等専門学校の学生さんたちが、清掃時間など日々のちょっとしたやり取りの中で私を気分転換させてくれたのもありがたかった。感謝の意を表したい。

本書は二〇一九年度松山大学研究叢書の出版助成を受けて出版された。その過程で、大阪教育図書の横山哲彌社長と奥様、田中晴巳氏にもたいへんお世話になった。感謝と共にここに記す。

二〇一九年十二月

矢次　綾

掲載論文の初出一覧

「『バーナビー・ラッジ』における変化と不変——歴史小説家としてのディケンズ」『ディケンズ・フェロウシップ日本支部年報』第 28 号（2005 年 10 月 20 日）：3-14.

「ディケンズが書いた他者の歴史——『バーナビー・ラッジ』」『九州英文学研究』第 23 号（2006 年 3 月 31 日）：1-12.

「『二都物語』におけるカーニヴァル——革命空間の集団および個人」『中部英文学』第 26 号（2007 年 3 月 31 日）：1-13.

「『二都物語』における歴史編纂——過去の暴露と現在の再構築」『中国四国英文学研究』第 4 号（2007 年 10 月 20 日）：17-27.

「歴史記述のフィクション性と狂人——『ミドロージァンの心臓』と『バーナビー・ラッジ』」『ヴィクトリア朝文化研究』第 5 号（2007 年 11 月 15 日）：23-37.

「フランス革命期を描く小説の歴史性——『ラ・ヴァンデ』と『二都物語』を中心に」『ディケンズ・フェロウシップ日本支部年報』第 30 号（2007 年 11 月 20 日）31-41.

引用・参考文献

●一次資料

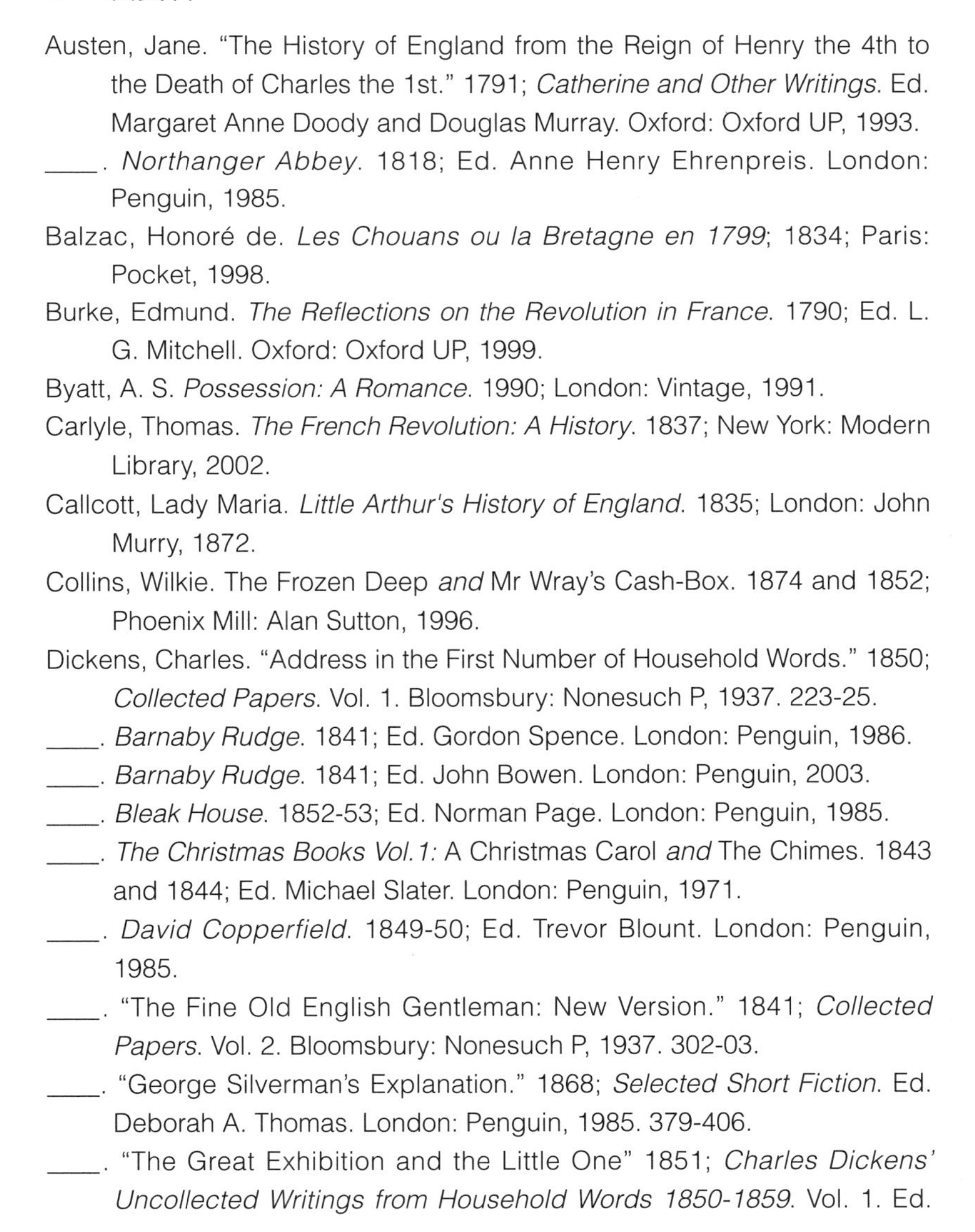

Austen, Jane. "The History of England from the Reign of Henry the 4th to the Death of Charles the 1st." 1791; *Catherine and Other Writings*. Ed. Margaret Anne Doody and Douglas Murray. Oxford: Oxford UP, 1993.

____. *Northanger Abbey*. 1818; Ed. Anne Henry Ehrenpreis. London: Penguin, 1985.

Balzac, Honoré de. *Les Chouans ou la Bretagne en 1799*; 1834; Paris: Pocket, 1998.

Burke, Edmund. *The Reflections on the Revolution in France*. 1790; Ed. L. G. Mitchell. Oxford: Oxford UP, 1999.

Byatt, A. S. *Possession: A Romance*. 1990; London: Vintage, 1991.

Carlyle, Thomas. *The French Revolution: A History*. 1837; New York: Modern Library, 2002.

Callcott, Lady Maria. *Little Arthur's History of England*. 1835; London: John Murry, 1872.

Collins, Wilkie. The Frozen Deep *and* Mr Wray's Cash-Box. 1874 and 1852; Phoenix Mill: Alan Sutton, 1996.

Dickens, Charles. "Address in the First Number of Household Words." 1850; *Collected Papers*. Vol. 1. Bloomsbury: Nonesuch P, 1937. 223-25.

____. *Barnaby Rudge*. 1841; Ed. Gordon Spence. London: Penguin, 1986.

____. *Barnaby Rudge*. 1841; Ed. John Bowen. London: Penguin, 2003.

____. *Bleak House*. 1852-53; Ed. Norman Page. London: Penguin, 1985.

____. *The Christmas Books Vol.1:* A Christmas Carol *and* The Chimes. 1843 and 1844; Ed. Michael Slater. London: Penguin, 1971.

____. *David Copperfield*. 1849-50; Ed. Trevor Blount. London: Penguin, 1985.

____. "The Fine Old English Gentleman: New Version." 1841; *Collected Papers*. Vol. 2. Bloomsbury: Nonesuch P, 1937. 302-03.

____. "George Silverman's Explanation." 1868; *Selected Short Fiction*. Ed. Deborah A. Thomas. London: Penguin, 1985. 379-406.

____. "The Great Exhibition and the Little One" 1851; *Charles Dickens' Uncollected Writings from Household Words 1850-1859*. Vol. 1. Ed.

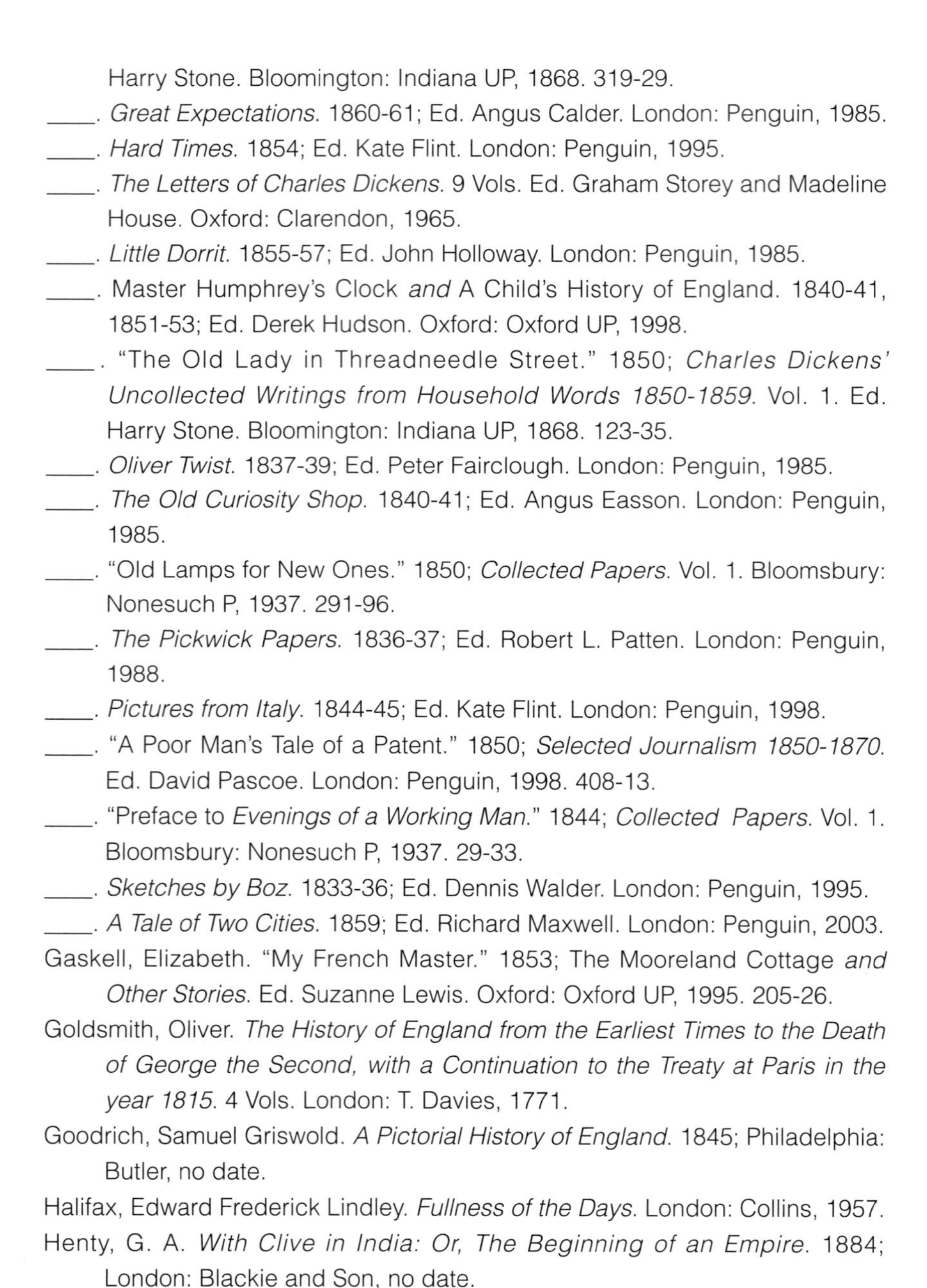
Harry Stone. Bloomington: Indiana UP, 1868. 319-29.
____. *Great Expectations*. 1860-61; Ed. Angus Calder. London: Penguin, 1985.
____. *Hard Times*. 1854; Ed. Kate Flint. London: Penguin, 1995.
____. *The Letters of Charles Dickens*. 9 Vols. Ed. Graham Storey and Madeline House. Oxford: Clarendon, 1965.
____. *Little Dorrit*. 1855-57; Ed. John Holloway. London: Penguin, 1985.
____. Master Humphrey's Clock *and* A Child's History of England. 1840-41, 1851-53; Ed. Derek Hudson. Oxford: Oxford UP, 1998.
____. "The Old Lady in Threadneedle Street." 1850; *Charles Dickens' Uncollected Writings from Household Words 1850-1859*. Vol. 1. Ed. Harry Stone. Bloomington: Indiana UP, 1868. 123-35.
____. *Oliver Twist*. 1837-39; Ed. Peter Fairclough. London: Penguin, 1985.
____. *The Old Curiosity Shop*. 1840-41; Ed. Angus Easson. London: Penguin, 1985.
____. "Old Lamps for New Ones." 1850; *Collected Papers*. Vol. 1. Bloomsbury: Nonesuch P, 1937. 291-96.
____. *The Pickwick Papers*. 1836-37; Ed. Robert L. Patten. London: Penguin, 1988.
____. *Pictures from Italy*. 1844-45; Ed. Kate Flint. London: Penguin, 1998.
____. "A Poor Man's Tale of a Patent." 1850; *Selected Journalism 1850-1870*. Ed. David Pascoe. London: Penguin, 1998. 408-13.
____. "Preface to *Evenings of a Working Man*." 1844; *Collected Papers*. Vol. 1. Bloomsbury: Nonesuch P, 1937. 29-33.
____. *Sketches by Boz*. 1833-36; Ed. Dennis Walder. London: Penguin, 1995.
____. *A Tale of Two Cities*. 1859; Ed. Richard Maxwell. London: Penguin, 2003.
Gaskell, Elizabeth. "My French Master." 1853; The Mooreland Cottage *and Other Stories*. Ed. Suzanne Lewis. Oxford: Oxford UP, 1995. 205-26.
Goldsmith, Oliver. *The History of England from the Earliest Times to the Death of George the Second, with a Continuation to the Treaty at Paris in the year 1815*. 4 Vols. London: T. Davies, 1771.
Goodrich, Samuel Griswold. *A Pictorial History of England*. 1845; Philadelphia: Butler, no date.
Halifax, Edward Frederick Lindley. *Fullness of the Days*. London: Collins, 1957.
Henty, G. A. *With Clive in India: Or, The Beginning of an Empire*. 1884; London: Blackie and Son, no date.

____. *True to the Old Flag: A Tale of the American War of Independence.* 1885; New York: Lupton, no date.

Hugo, Victor. *Quartrevingt-treize.* 1874; Paris: Flammarion, 2002.

Hume, David. *The History of England.* London: Virtue, 1754-61.

Ishiguro, Kazuo. *The Remains of the Day.* 1989; London: Faber and Faber, 1990.

Jerrold, Douglas William. "Elizabeth and Victoria." *The Illuminated Magazine* 1 (1843): 3-8.

Keightley, Thomas. *The History of England.* 2 Vols. 1837; London: Whittaker, 1853.

Knight, Charles. *Half-Hours of English History.* 9 Vols. London: Warne, 1851.

Macaulay, Thomas Babington. "Essay on History." 1828; *Critical, Historical, and Miscellaneous Essays.* Vol. 1. New York: Sheldon, 1960. 376-432.

____. *The History of England.* 1848; Ed. Hugh Trevor-Roper. London: Penguin, 1986.

____. *The History of England from the Accession of James the Second.* Vol.1. McLean, VA: IndyPublish.com, 2002.

____. "Southey's Colloquies on Society." 1830; *The Modern British Essayists.* Vol.1. Philadelphia: A. Hart, Late Carey and Hart, 1852. 99-115.

Markham, Elizabeth Penrose. *A History of England from the First Invasion by the Romans down to the Present Time.* 1823; London. John Murray, 1867.

Paine, Thomas. *Rights of Man.* 1791-92; London: Watts, 1926.

Ritchie, Anne Thackeray. *Old Kensington.* London: Smith, Elder, 1873.

Scott, Walter. "An Essay on Romance." 1818; *Complete Works of Sir Walter Scott.* Vol. 8. Philadelphia: Carey and Hart, 1847.

____. *The Heart of Midlothian.* 1818. Ed. Claire Lamont. Oxford: Oxford UP, 1988.

____. *Waverly.* 1814; Ed. Andrew Hook. London: Penguin, 1985.

Smollett, Tobias. *The History of England.* Vol. 2. London: Virtue, no date.

Trimmer, Sarah. *A Series of Prints of English History Designed as Ornaments for those Apartments in which Children receive the first Rudiments of thier Education.* London: John Marshall, no date.

Trollope, Anthony. *La Vendée.* 1850; Oxford: Oxford UP, 1994.

●二次資料

Ackroyd, Peter. *Dickens*. 1990; New York: ParperPerennial, 1991.

____. *London: The Biography*. 2000; London: Vintage, 2001.

Allingham, Philip. "*A Tale of Two Cities*: A Synthesis of History and Fiction." *Dickens Magazine* 3. 1 (2003): 10-11.

Alter, Robert. "The Demons of History in Dickens' *Tale*." *A Forum of History* 1. 1 (fall 1967): 135-42.

Altick, Richard D. *Victorian People and Ideas: A Companion for the Modern Reader of Victorian Literature*. New York: Norton, 1973.

Arnold, Beth R. "Disraeli and Dickens on Young England." *Dickensian* 63 (1967): 26-31.

Avery, Gillian. "Introduction." *Holiday Romance and Other Writings for Children*. London: Everyman, 1995. xix-xxviii.

Baldridge, Cates. "Alternative to Bourgeois Individualism in *A Tale of Two Cities." Studies in English Literature* 30 (1990): 633-54.

Baumgarten, Murray. "Writing the Revolution." *Dickens Studies Annual* 12 (1983): 161-76.

Birch, Dennis. "A Forgotten Book: Extracts from a Talk on *A Child's History of England* given to the Dickens Fellowship in London." *Dickensian* 51 (1955): 121-126. 154-57.

Bleackley, Horace. *The Hangmen of England: How They Hanged and Whom They Hanged*. Wakefield: EP Publishing, 1976.

Bowen, John. "The Historical Novel." *A Companion to the Victorian Novel*. Ed. Patrick Brantlinger and William B. Thesing. 2002; Oxford: Blackwell, 2005. 244-59.

____. *Other Dickens: Pickwick to Chuzzlewit*. 2000; Oxford: Oxford UP, 2003.

____. "Introduction." *Barnaby Rudge*. London: Penguin, 2003. xiii-xiv.

Brantlinger, Patrick. "Did Dickens have a Philosophy of History? The Case of *Barnaby Rudge*." *Dickens Studies Annual* 30 (2001): 59-74.

Briggs, Asa, *Victorian People: A Reassessment of Persons and Themes 1851-67*. 1954; London: Penguin, 1995.

Brooks, Peter. *The Melodramatic Imagination: Balzac, Henry James, Melodrama, and the Mode of Excess*. 1976; New Haven: Yale UP, 1995.

Brush, Lilian M. Hatfield. "A Psychological Study of *Barnaby Rudge*." *Dickensian* 31 (1935): 24-30.

Burrow, J. W. *A Liberal Descent: Victorian Historians and the English Past*. Cambridge: Cambridge UP, 1981.

Butt, John and Kathleen Tillotson. *Dickens at Work*. London: Methuen, 1957.

Byatt, A. S. *Passions of the Mind: A Provocative Collection of Essays on Subjects Ranging from George Eliot to Toni Morrison*. 1991; New York: Vintage, 1993.

Carlton, William J. "George Hogarth: A Link with Scott and Dickens." *Dickensian* 59 (1963): 78-89.

Case, Alison. "Against Scott: The Antihistory of Dickens's *Barnaby Rudge*." *CLIO* 19. 2 (1990): 127-45.

Chancellor, Beresford. "One City." *Dickensian* 23 (1927): 101-04.

Chesterton, G. K. *Charles Dickens*. 1906; Ware: Wordsworth Editions, 2007.

____. *The Victorian Age in Literature*. London: Oxford UP, 1946.

Collins, Philip. *Dickens and Crime*. 1962; London: Macmillan, 1994.

____. *Dickens: The Critical Heritage*. 1971; London: Routledge and Kegan Paul, 1986.

____. *Dickens and Education*. London: Macmillan, 1963.

____, ed. *Dickens: Interviews and Recollections*. London: Macmillan, 1981.

Crotch, W. Walter. "Dickens's Instinct for Reason." *Dickensian* 1 (1905): 255-58.

Curtin, Philip D. *Imperialism*. New York; Walker, 1971.

Daiches, David. "Scott's Achievement as a Novelist." 1951; *Walter Scott: Modern Judgments*. Ed. D. D. Devlin. London: Macmillan, 1968. 33-62.

David, Deidre. "Empire, Race, and the Victorian Novel." *A Companion to the Victorian Novel*. Ed. Patrick Brantlinger and William B. Thesing. 2002; Oxford: Blackwell, 2005. 84-100.

David, Marcel. *Fraternité et Révolution Français, 1789-1799*. Paris: Aubier, 1987.

Dilnot, Alan. "*Barnaby Rudge*: The Historical Novel and Lies." *Dickens Magazine* 3. 4 (2005): 18-20.

Doody, Margaret Anne. "Introdction." *Catherine and Other Writings*. Ed.

Margaret Anne Doody and Douglas Murry. Oxford; Oxford UP, 1993. ix-xxxviii.
Duncan, Ian. *Modern Romance and Transformations of the Novel: The Gothic, Scott, Dickens*. 1992; New York: Cambridge UP, 2005.
Dunn, Alstair. "The Many Roles of Wat Tyler." *History Today* 51 (2001): 28-29.
Dunn, Richard J. and Ann M. Tandy. David Copperfield: *An Annotated Bibliography Supplement 1 1981-1998*. New York: AMS, 2000.
Edmondson, John, ed. *Dickens on France*. Northampton, Mass.: Interlink, 2007.
Fenn, G. M. *George Alfred Henty: The Story of an Active Life*. London: Blackie, 1907.
Fitzgerald, Percy. "Boz and His Publishers." *Dickensian* 3 (1907): 33-37.
Fleishman, Avrom. *The English Historical Novel: Walter Scott to Virginia Woolf*. Baltimore: Johns Hopkins UP, 1971.
Folland, Harold F. "The Doer and the Deed: The Theme and Pattern in *Barnaby Rudge*." *PMLA* 74 (1959): 59-74.
Ford, George H. "Dickens and the Voice of Time." *Dickens Centennial Essays*. Ed. Ada Nisbet and Blake Nevius. Barkeley: U of California P, 1971. 46-66.
Forster, E. M. *Aspects of the Novel*. 1927; London: Penguin, 2005.
Forster, John. *The Life of Charles Dickens*. 2 Vols. 1872-74; London: Dent, 1969.
Foucault, Michel. *Madness and Civilization: A History of Insanity in the Age of Reason*. Trans. Richard Howard. 1965; New York: Vintage, 1988.
Friedman, Stanley. "English History and the Midpoint of *Bleak House*." *Dickensian* 83 (Summer 1987): 89-92.
Gallagher, Catherine. "The Duplicity of Doubling in *A Tale of Two Cities*." *Dickens Studies Annual* 12 (1978): 125-45.
Gardiner, John. "History at Large: The Dickensian and Us." *History Workshop Journal* 39 (Spring 1995): 227-37.
Gay, Peter. *Freud for Historians*. 1985; Oxford: Oxford UP, 1986.
____. *Savage Reprisals:* Bleak House, Madame Bovary, Buddenbrooks. New York: Norton, 2002.
Gilmour, Robin. *The Intellectual and Cultural Context of English Literature*

1830-1890. London: Longman, 1993.

Glancy, Ruth. "Introduction" and "Notes." *The Christmas Stories*. London: Dent, 1996.

____. A Tale of Two Cities: *An Annotated Bibliography*. New York: Garland, 1993.

Glavin, John. "Politics and *Barnaby Rudge*: Surrogation, Restoration, and Revival." *Dickens Studies Annual* 30 (2001): 95-112.

Goldberg, Michael. *Dickens and Carlyle*. Athens: U of Georgia P, 1972.

Gorniak, George. "The English Revolution." *Dickens Magazine* 3. 4 (2005): 26-28.

Gray, Dorbes. "The Edinburgh Relatives and Friends of Dickens." *Dickensian* 22 (1926): 218-23.

Gray, W. Forbes. "Dickens's Debt to Scotland." *Dickensian* 32 (1936): 177-191.

Gross, John. *"A Tale of Two Cities." Twentieth-Century Interpretations of* A Tale of Two Cities. Ed. Charles E. Beckwith. Eaglewood Cliffs, New Jersey: Prentice-Hall, 1972. 19-28.

Hall, John N. *Trollope: A Biography*. Oxford: Clarendon, 1991.

Hepburn, James G. *A Book of Scattered Leaves: Poetry of Poverty in Broadside Ballads of Nineteenth-Century England : Study and Anthology*. Vol. 1. Lewisburg: Bucknell UP, 2000.

Holdsworth, William S. *Charles Dickens as a Legal Historian*. 1929; Union, NJ: Lawbook Exchange, 1995.

Hook, Andrew. "Introduction." *Waverley*. 1972; London: Penguin, 1985.

Houghton, Walter E. *The Victorian Frame of Mind 1830-1870*. 1957; New Haven: Yale UP, 1967.

House, Humphry. *The Dickens World*. 1941; Oxford: Oxford UP, 1960.

Hudson, Derek. "Introduction." Master Humphrey's Clock *and* A Child's History of England. Oxford: Oxford UP, 1998. v-xi.

Hughes, James L. *Dickens as an Educator*, 1902; New York: Haskell House, 1971.

Hunt, Lynn. *The Family Romance of the French Revolution*. Berkeley: U of California P, 1992.

Hunter, R. W. G. "*A Tale of Two Cities* and the French Revolution." *Dickensian* 8 (1912): 75.

____. "Old Fleet: Dickens and the French Revolution." *Dickensian* 21 (1925): 136.

Hutter, Albert D. "Nation and Generation in *A Tale of Two Cities.*" *PMLA* 93 (1978): 448-62.

Jann, Rosemary. "Fact, Fiction and Interpretation in *A Child's History of England.*" 1987; *Charles Dickens: Critical Assessments.* Ed. Michael Hollington. Vol. 1. The Banks, Mountfield, East Sussex: Helem Information, 1995. 629-35.

John, Juliet. *Dickens's Villains: Melodrama, Character, Popular Culture.* Oxford: Oxford UP, 2001.

Johnson, Edgar. *Charles Dickens: His Tragedy and Triumph.* 2 Vols. Boston: Little, Brown, 1952.

Kent, Christopher. "Learning History with, and from Jane Austen." *Jane Austen's Beginnings: The Juvenilia and Lady Susan.* London: UMI Research Press, 1989. 59-72.

Kerr, James. *Fiction against History: Scott as Storyteller.* 1989; Cambridge: Cambridge UP, 2006.

Kitton, Frederic G. *Charles Dickens: His Life, Writing, and Personality.* London: Ballantyne, 1902.

Kroeber, Karl. *British Romantic Act.* Berkeley: U of California P, 1986.

Levine, George. ed. *The Emergence of Victorian Consciousness: The Spirit of Age.* New York: Free Press, 1967.

Ley, J. W. T. "Dickens the Immortal." *Dickensian* 19 (1923): 139-40.

Lockhart, John. Gibson. *The Life of Sir Walter Scott.* 1837-38; London: Everyman, 1969.

Lodge, David. *After Bakhtin: Essays on Fiction and Criticism.* London: Routledge, 1990.

Lucas, John. "Past and Present: *Bleak House* and *A Child's History of England.*" *Dickens Refigured: Bodies, Desires, and other Histories.* Ed. John Schad. Manchester: Manchester UP, 1996.

Lukács, Georg. *The Historical Novel.* 1937; Trans. Hannah and Stanley Mitchell. London: Merlin, 1989.

Lupton, E. Basil. "Andrew Fairservice and Sam Weller." *Dickensian* 4 (1908): 48.

____. "A Dickens Scene with a Scott Prototype." *Dickensian* 16 (1920): 217-

18.

Manheim, Leonard. "Dickens's Fools and Madmen." *Dickens Studies Annual* 2 (1972): 69-97.

Manning, John. *Dickens on Education.* Toronto: U of Toronto P, 1959.

Marcus, Steven. *Dickens: From Pickwick to Dombey.* 1965; New York: Norton, 1985.

Marsden, Gordon. *Victorian Values: Personalities and Perspectives in Nineteenth Century Society.* London: Longman, 1990.

Maxwell, Richard. "Introduction." 2000; *A Tale of Two Cities.* London: Penguin, 2003.

McCormack, W. J. "Introduction." *La Vendée.* Oxford: Oxford UP, 1994.

McGowan, John P. "Mystery and History in *Barnaby Rudge.*" *Dickens Studies Annual* 9 (1981): 35-52.

McKenzie, Keith A. "Foreigners in Dickens." *Dickensian* 31 (1935): 169-74.

McKnight, Natalie. *Idiots, Madmen and Other Prisoners in Dickens.* New York: St. Martin's, 1993.

Mehlman, Jeffrey. *Revolution and Repetition: Marx, Hugo, Balzac.* Berkeley: U of California P, 1977.

Monod, Sylvère. *Dickens the Novelist.* 1953; Norman: U of Oklahoma P, 1968.

Moore, Grace. *Dickens and Empire: Discourses of Class, Race and Colonialism in the Works of Charles Dickens.* Aldershot: Ashgate, 2004.

Mullen, Richard. *Anthony Trollope: A Victorian in his World.* London: Duckworth, 1990.

Murphy, Thomas Daniel. *"A Child's History of England." Dickensian* 52 (1956): 157-61.

Murayama, Toshikatsu. "Writing, Knitting and Digging: Textual Indeterminacy in *A Tale of Two Cities.*" *Otsuka Review* 29 (1993): 69-84.

Mynahan, Julian. "The Hero's Guilt: The Case of *Great Expectations.*" *Essays in Criticism* 10 (1960): 60-79.

Newsom, Robert. *Dickens on the Romantic Side of Familiar Things:* Bleak House *and the Novel Tradition.* 1977; Santa Cruz, CA: Dickens Project, 1988.

Oddie, William. "Dickens and the Indian Mutiny." *Dickensian* 68 (1972): 3-15.

Opie, Jona and Peter, ed. *The Oxford Dictionary of Nursery Rhymes.* 1951; Oxford: Oxford UP, 1997.

Ousby, Ian. *Cambridge Guide to Fiction in English.* Cambridge: Cambridge UP, 1998.

Palmer, William J. *Dickens and New Historicism.* London: Macmillan, 1997.

Paz, D. G. *Dickens and* Barnaby Rudge: *Anti-Catholicism and Chartism.* Monmouth: Merlin, 2006.

Plowright, John. *The Routledge Dictionary of Modern British History.* London: Routledge, 2006.

Pritchett, V. S. *The Living Novel.* 1946; London: Chatto and Windus, 1961.

Rey, Pierre-Louis. "Préface." *Les Chouans ou la Bretagne en 1799.* Paris: Pocket, 1998.

Rice, Thomas Jackson. *Barnaby Rudge: An Annotated Bibliography.* New York: Garland, 1987.

Robson, Catherine. "Historicizing Dickens." *Palgrave Advances in Charles Dickens Studies.* New York: Macmillan, 2006.

Sanders, Andrew. *The Companion to* A Tale of Two Cities. London: Unwin Hyman, 1988.

____. *Dickens and the Spirit of the Age.* 1999; Oxford: Oxford UP, 2002.

____. "Introduction." *A Tale of Two Cities.* Oxford: Oxford UP, 1998.

____. *The Victorian Historical Novel 1840-1880.* 1978; New York: Palgrave, 2001.

Schama, Simon. *Citizens: A Chronicle of the French Revolution.* 1989; New York: Vintage, 1990.

Shaw, Harry E. *The Forms of Historical Fiction: Sir Walter Scott and his Successors.* 1983; Ithaca: Cornell UP, 1985.

Sim, Wai-Chew. *Kazuo Ishiguro.* London: Routledge, 2010.

Slater, Michael. "Carlyle and Jerrold into Dickens: A Study of *The Chimes.*" *Dickens Centennial Essays.* Ed. Ada Nisbet and Blake Nevius. Barkeley: U of California P, 1971. 184-204.

____. *Douglas Jerrold 1803-1857.* London: Duckworth, 2002.

____. *An Intelligent Person's Guide to Charles Dickens.* London: Duckworth, 1999.

Spence, Gordon. "Dickens as a Historical Novelist." *Dickensian* 72 (1976): 21-29.

____. "Introduction." *Barnaby Rudge*. 1973; London: Penguin, 1986. 11-31.

Stigant, Paul and Peter Widdowson. "*Barnaby Rudge*: A Historical Novel?" *CLIO* 14 (1975): 2-44.

Stone, Harry. "Introduction." *Charles Dickens' Uncollected Writings from Household Words 1850-1859*. Vol. 1. Bloomington: Indiana UP, 1868.

Thomas, Keith. *Man and the Natural World: Changing Attitudes in England 1500-1800*. 1983; London: Penguin, 1984.

Townsend, John Rowe. *Written for Children: An Outline of English-Language Children's Literature*. 1965; Harmondsworth: Kestrel, 1983.

Trevelyan, George Macaulay. "Introduction." *Lord Macaulay: Lays of Ancient Rome, Essays and Poems*. 1954; London: Everyman, 1968. v-vii.

Trevelyan, George Otto. *The Life and Letters of Lord Macaulay*. Vol. 2. Oxford: Oxford UP, 1961.

Trevor-Roper, Hugh. "Introduction." 1968; Lord Macaulay. *The History of England*. London: Penguin, 1986.

Uglow, Jenny. *Elizabeth Gaskell: A Habit of Stories*. 1993; London: Faber and Faber, 1994.

Upfal, Annette and Christine Alexander. "Appendix B: Costume Evidence in Cassandra's Portraits of the three Queens: Mary, Queen of Scots, Elizabeth and Mary." Jane *Austen's* The History of England & *Cassandra's Portraits*. Sydney: Juvenilia Press, 2009.

Von Boheemen, Christine. *The Novel as Family Romance: Language, Gender, and Authority from Fielding to Joyce*. Ithaca: Cornel UP, 1987.

Walder, Dennis. *Dickens and Religion*. Boston: Unwin, 1981.

Wall, Stephen. *Charles Dickens: Penguin Critical Anthology*. London: Penguin, 1970.

Walpole, Hugh. *Anthony Trollope*. London: Macmillan, 1929.

Walters, H. "Similarities and Ideas between Scott and Dickens." *Dickensian* 30 (1934): 144-46.

Westburg, Barry. "'His Allegorical Way of Expressing It': Civil War and Psychic Conflict in *Oliver Twist* and *A Child's History of England*." 1974; *Charles Dickens: Critical Assessments*. Ed. Michael Hollington.

Vol. 1. The Banks, Mountfield, East Success: Helem Information, 1995. 636-45.
Wheeler, Michael. *The Old Enemies: Catholic and Protestant in Nineteenth-Century English Culture*. New York: Cambridge UP, 2006.
White, Hayden. "Historical Emplotment and the Problem of Truth." *Probing the Limits of Representation*. Ed. Saul Friedlander. Cambridge, MA: Harvard UP, 1992. 37-53.
Wilson, Angus. *The World of Charles Dickens*. London: Secker & Warburg, 1970.
Wilson, Edmund. *The Wound and the Bow*. 1929; New York: Oxford UP, 1959.
Wilt, Judith. "Masques of the English in *Barnaby Rudge*." *Dickens Studies Annual* 30 (2001): 75-94.
Wood, Harriet Harvey. *Sir Walter Scott*. Horndon, Tavistock, Devon: Northcote House, 2006.
Woodcock, George. "Introduction." *A Tale of Two Cities*. London: Penguin, 1970.
Wright, Thomas. *The Life of Charles Dickens*. London: Herbert Jenkins, 1935.
稲垣直樹『「レ・ミゼラブル」を読みなおす』白水社，1998.
植木研介『チャールズ・ディケンズ研究――ジャーナリストとして、小説家として』南雲堂フェニックス，2004.
小倉考誠『歴史と表象――近代フランスの歴史小説を読む』新曜社，1997.
河島英昭「ウンベルト・エーコ氏のこと」『朝日新聞』1990 年 10 月 2 日号.
西條隆雄他編『ディケンズ鑑賞大事典』南雲堂，2007.
齋藤九一「ディケンズの『二都物語』とトロロプの『ラ・ヴァンデ』」『ディケンズ・フェロウシップ日本支部年報』25（2002）：19-28.
杉野徹「あとがき」『ワット・タイラー』山口書店，1983.
セルトー，ミシェル・ド『歴史と精神分析――科学と虚構の間で』内藤雅文訳，法政大学出版局，2003.
高橋裕子，高橋達史『ヴィクトリア朝万華鏡』新潮社，1993.
田中孝信「『二都物語』論――天使の光と影」『ディケンズ・フェロウシップ日本支部年報』27（2004）：14-25.
田中裕介「歴史の衣装哲学――スコット・コントラ・カーライル」『岩波講座文学 9――フィクションか歴史か』小森陽一他編，岩波書店，

2002.
鶴見良次『マザー・グースとイギリス近代』岩波書店，2005.
富山太佳夫「宗教――なぜ書かなかったのか」『ギッシングを通して見る後期ヴィクトリア朝の社会と文化』松岡光治編，渓水社，2007.
____.『文化と精読――新しい文学入門』名古屋大学出版会，2003.
バフチン，M.『ドストエフスキイ論――創作方法の諸問題』新谷敬三郎訳，冬樹社，1974.
バフチーン，ミハイール『フランソワ・ラブレーの作品と中世・ルネッサンスの民衆文化』川端香男里訳，せりか書房，1990.
原英一「ディケンズ・カーニヴァル――『バーナビー・ラッジ』再考」『英語青年』129. 10（January 1984）：470-74.
樋口欣三『ウォルター・スコットの歴史小説――スコットランドの歴史・伝承・物語』英宝社，2006.
フォール，アラン『パリのカーニヴァル』見富尚人訳，平凡社，1991.
ブレイルズフォード，H. N.『フランス革命と英国の思想・文学』岡地嶺訳，中央大学出版部，1982.
松村昌家「ディケンズと世紀末――イースト・エンドと関連して」『ディケンズ・フェロウシップ日本支部年報』27（2004）：120-26.
____.『水晶宮物語――ロンドン万国博覧会 1851』リブロポート，1986.
ミシュレ，ジュール『民衆』大野一道訳，みすず書房，1977.
矢次綾「カズオ・イシグロと歴史――『浮世の画家』と『日の名残り』」『言語文化研究』（松山大学）32（2012）：239-57.
____.「『骨董屋』における彷徨、憑依、異界」『路と異界の英語圏文学』森有礼他編，大阪教育図書，2018. 151-71.
____.「『ピクウィック・クラブ』における狂人の視点」『宇部工業高等専門学校研究報告』44（1998）：109-14.
____.「40 代になった精神的な孤児アーサー・クレナムの罪悪感」『宇部工業高等専門学校研究報告』42（1996）：183-89.
____.「歴史小説――歴史の時代への反応」『ギャスケルで読むヴィクトリア朝前半の社会と文化――生誕二百周年記念』松岡光治編，渓水社，2010. 441-57.
米本弘一『フィクションとしての歴史――ウォルター・スコットの語りの技法』英宝社，2007.

索　引

あ 行

か 行

さ行

た行

な行

は行

ま 行

や 行

ら行

わ行

《著者紹介》

矢次　綾（やつぎ あや）

松山大学教授（人文学部英語英米文学科、大学院言語コミュニケーション研究科）、2008年3月名古屋大学大学院国際言語文化研究科国際多元文化専攻単位取得満期退学、同年10月に博士号（文学、名古屋大学）取得。ロンドン大学キングス・カレッジ客員研究員（2015-16年）。著書は、「ギャスケルとアン・サッカレー・リッチー」（『ギャスケル論集』第29号、2019年）、「『骨董屋』における彷徨、憑依、異界」（『路と異界の英語圏文学』大阪教育図書、2018年）、「ギャスケルとイングランド革命――『モートン・ホール』」（『没後150周年記念エリザベス・ギャスケル中・短編小説研究』、大阪教育図書、2015年）、"Sleeping Beauty and the Evil Influences of Fairy Tales in *Cousin Phillis*"（*Evil and Its Variations in the Works of Elizabeth Gaskell*, Osaka Kyoiku Tosho, 2015）、"Dickens's Women Characters: Subversive Responses to the Difficulties in Marriage"（*Dickens in Japan: Bicentenary Essays*, Osaka Kyoiku Tosho, 2013）、"Gaskell's Historical Novels: Reactions to the Period"（*The Gaskell Journal* [UK], vol. 24, 2010）など。

ディケンズと歴史

松山大学研究叢書　第一〇一巻

二〇一九年十二月二十四日　初版第一刷

著　者　矢次　綾
発行者　横山 哲彌
印刷・製本所　西濃印刷株式会社

発行所　大阪教育図書株式会社
〒五三〇-〇〇五五　大阪市北区野崎町一丁目二五
電話：〇六-六三六一-五九三六
ファックス：〇六-六三六一-五八一九
振替：00940-1-115500

落丁・乱丁本はお取り替え致します。

ISBN978-4-271-21062-7 C3098